続シャーロック・ホームズ対伊藤博文

松岡圭祐

角川文庫
24206

目次

1910 年当時の自動車

1

ロンドンの風景は長いこと変わらない。産業革命の影響で、急速に都市化が進んだものの、その後は一枚の写真のごとく凍りついてしまった。

濃い霧の垂れこめる灰いろの午後、女王崩御から二年を経ても、大小のヴィクトリア建築が軒を連ねる。曇り空に工場群の煙が溶けこんでいく。石畳に馬車のひづめの音が鳴り響いては、次から次へとひっきりなしに駆け抜ける。自動車などほとんど見かけない。ここの上流階級はアメリカ人ほど新しい乗り物に熱をあげたりしなかった。ロンドン市民はなにごとも効率重視だ。壊れて立ち往生すれば、ただでさえ喧噪《けんそう》あふれる街角に、渋滞とさらなる混乱が引き起こされてしまう。

ガス灯のごく一部がアーク灯になったものの、道沿いの古書店や古物商店はずっと入れ替わっていない。路地裏には表通りよりも、貧しい暮らしがひろがっている。より小さな店構えで安価な生活用品が売られつづける。いつも浮かない顔の紳士淑女らとちがい、子供たちは笑顔で走りまわる。警官の吹き鳴らす警笛は常にけたたましい。

シャーロック・ホームズはときの経つ速さに驚いていた。いつまでも変わらない環境が己の年齢を失念させる。気づけば四十代も終わろうとしていた。なんとも衝撃的ではないか。馴染《なじ》みの煉瓦《れんが》壁と蔦《つた》が朽ち果てる気配もないうちに、自身の肉体には絶えず歳月が反映されていく。こうして足ばやにベーカー街を急ぐだけでも息があがってくる。

221Bの階段を駆け上った。こんなせわしない靴音を響かせるのは、いつもなら依頼人たちだった。いまはホームズがその立場にある。一刻も早くドアに達したいという思いが、冷静でありたいとする信念に勝る。かつてホームズに相談を持ちかけた誰もがこんな心境だったのだろう。

自分の部屋だ、ノックの必要はない。ホームズは階段を上りきるや、勢いよくドアを開け放ち、室内に踏みこんだ。

正面は誰もいない食卓だ、見るべきものはない。ホームズの目は自然にわきへ流れた。暖炉の前に肘《ひじ》掛け椅子が二脚、互いに向かい合っている。うちひとつに腰掛けるのは、馴染みの我が友、ジョン・H・ワトソン博士だった。口髭《くちひげ》をたくわえた四角い顔に驚きのいろが浮かぶ。

「ホームズ」ワトソンがつぶやきとともに立ちあがった。

このところ新聞の字が霞むにもかかわらず、いっこうに実年齢を自覚できない原因のひとつは、親友にあるとホームズは気づいた。初めて会ったときワトソンは三十手前だった。けれども当初から老け顔だったせいか、いまもあまり印象が変わらない。

経年の波に流されないワトソンが羨《うらや》ましく思えてくる。壁に掛けられた鏡に映る自分の姿をホームズは一瞥《いちべつ》した。瘦《や》せた体型こそ若いころのままだが、髪の生え際が少しずつ後退している。

だがいま鏡のなかの自分を長いこと眺める余裕はなかった。ホームズの目はもうひとつの椅子に釘《くぎ》付けになった。

見知らぬ男が座っている。年齢は三十代半ばだろうか。ワトソンとちがい、スーツの質はそれなりだったが、仕立てが完璧《かんぺき》とまではいえない。どこへ行こうとも失礼とみなされないよう、地味な色彩で統一した服装は新聞記者にちがいないものの、徹底できてはいなかった。懐中時計の鎖が安物、靴も汚れている。『タイムズ』紙の記者ならありえない。

ホームズはいった。「私の席だ、どいてもらおう。少なくとも『デイリー・メール』の記者が身をあずけるのを許したおぼえはない」

ワトソンが当惑ぎみに告げてきた。「落ち着いてくれ、ホームズ。彼を迎えたのは私……」

だが記者のほうはすんなりと腰を浮かせた。「なぜ僕が『デイリー・メール』の記者だと？」

自己紹介より前に質問とは、いっそう不躾《ぶしつけ》な態度に思える。ホームズは憤然と歩み寄った。「わずか半ペニーで、中流以下向けに信頼の置けない記事を載せる新興の大衆紙でも、後発の『デイリー・エクスプレス』の関係者なら、多少の常識と礼儀が備わっているからだ」

記者は悪びれるようすもなく、微笑とともに名刺を差しだしてきた。「パトリック・アンカーソンです。おっしゃるとおり『デイリー・メール』の」

「取材を受けるといったおぼえはない」

ワトソンが気まずそうに弁解した。「きみが腹を立てるのはわかる。だが彼らがあんな記事を書いた根拠について、私も真意を問いただしたいと思ったんだよ」

大衆紙『デイリー・メール』は最近、執拗《しつよう》にシャーロック・ホームズを過去の人物呼ばわりしている。ホームズは鼻を鳴らした。「僕に知らせず、きみひとりで対処するつもりだったのか」

「きみはパディントン区で重要な内偵中だったし……」

「情報屋のシンウェル・ジョンソンに留守を見張らせておいてよかった。招かれざる客をきみが迎えるや、ただちに僕に知らせてくれたんだから」

「きみがいたら気分を害すると思ったんだ」

思わず絶句する。ホームズはワトソンをじっと見つめた。ワトソンの思慮に満ちたまなざしが、いまは特有の頑固さを伴い、なにかを語りかけてくる。

いささか理性を欠いている、そう自己分析しつつも、ひそかに胸騒ぎを禁じえない。じつはおぼろに予想できていた。大衆紙の記者が訪ねてきただけなら、ワトソンがその事実を秘密にはしない。なんらかの深刻な情報がもたらされたにちがいない。そんな不安を掻《か》き立てられたからこそ、ホームズも急ぎ帰ってこざるをえなかった。

アンカーソンが真顔になった。「ホームズさん。当紙はあなたが先日調査なさった事件について、真相を掲載する予定です。あいにくあなたが下した結論とは異なります」

「伝記作家のワトソン君にとっては一大事だろうね。彼の執筆した本も、いろいろ現実との齟齬《そご》を指摘されてばかりだ」

「ケンフォード大学のプレスベリー教授に関する件でして」

沈黙が下りてきた。ホームズはワトソンを見た。ワトソンは視線を落とした。この部屋に漂ったことのない空気が、いま初めて充満しつつある。

ホームズはアンカーソンに断じた。「教授の件なら解決した。依頼人も納得済みだ」

「たしかにそうでした。当紙の意見をきくまではね」アンカーソンはさっきまで腰掛けていた椅子をホームズに勧めた。「座りませんか」

「座らない」

「結構」アンカーソンも立ったままつづけた。「トレバー・ベネット氏は戸惑いがちに、内心あなたの推理には疑問があった旨を打ち明けてくれました。なにしろ彼は教授が最も信頼を寄せる助手で、生物学に豊富な専門知識を有しています。彼がいうには、いかにホームズ先生の推理であっても、あのような突拍子もない話は……」

「ほかに説明のつく科学的な論拠はない」

アンカーソンは黙りこんだ。困惑のいろとともに、救いを求めるような目をワトソンに向ける。

ワトソンもためらいがちにささやいた。「ホームズ……。私も医師の端くれだ。あのときは教授の常識外れの行動をまのあたりにして、きみのいうこともありうると信じた。しかしよく考えてみると、やはりありえないんだ」

ホームズは反射的に強がってみせた。「はん」

「きいてくれないか。教授が若いアリス・モーフィー嬢との結婚を前に、滋養強壮目的で猿の血清を注射するうち、本当に猿みたいな振る舞いをしだすなんて……」

「ベネット君がいっていただろう。教授は以前よりずっと若々しく健康になっていたと。しかも廊下を這《は》うように移動していた。三階の窓までよじ登った。飼っていたウルフハウンドが教授にけたたましく吠えた」

アンカーソンが噴きだした。「ウルフハウンドが吠えたですって？　それはつまり、あれですか、犬猿の仲だから？」

苛立《いらだ》ちがこみあげてくる。だが同時に、この怒りは自分へも向けられている、ホームズはそう感じていた。推理に絶対の自信があれば、心に揺らぎなど生じようがない。どこか腑《ふ》に落ちないからこそ、事実を追究されそうになっているいま、焦燥に駆られつつあるのだろう。

あらゆる可能性のうち、不可能な事柄を消去していき残ったものが、いかにありえそうになくとも真実。いつもそんな信条に基づき推理してきた。そこに過ちか見落としがあったというのだろうか。人生においていちども経験してこなかったことだ。

アンカーソンの顔からふたたび笑いが消えた。「プレスベリー教授の医学検査が終わりましてね。猿の血液成分など検出されなかったんです。打たれたのは猿の血清ではなかった」

ホームズはかっとなった。「プラハのローウェンスタインが手紙に明記していた。ラングールの試料を使ったと。彼は学界から相手にされず、ひとり若返りと不老長寿の研究をおこなっていた」

「そういう触れこみの滋養強壮剤を、教授に売りこんでいただけですよ」

「なら教授が若々しく健康になる一方、極度に怒りっぽくなり、猿のような身体能力を発揮した理由をどう説明する⁉」

ワトソンが静かにいった。「ホームズ。コカインだ」

室内がしんと静まりかえった。時間が静止したような感覚をホームズは味わった。思考が機能を失う一瞬がたしかにあった。過去、誰かと会っているうちには、けっして起こりえなかったことだ。

アンカーソンが見つめてきた。「教授の体内から検出されたのはコカインの成分でした。コカインを静脈注射すると、中枢神経の興奮作用により、一時的に爽快《そうかい》な気分になったりします。ベネット氏が感じた教授の若々しさと健康は、それが理由です」

自分の腕に注射針を突き刺す際の痛み、ほどなく訪れる安堵《あんど》。かつて幾度となく経験した感覚が脳裏によみがえってくる。だが断じて受けいれられない。ホームズは首を横に振った。「コカインはモルヒネ中毒の治療薬だ。害はない」

ワトソンが気遣わしげに口を挟んだ。「プレスベリー教授が打ったのは七パーセント溶液じゃないんだ。もっとも、私が以前から指摘してたとおり、たとえ薄めたものでもコカインはきみの健康を蝕《むしば》む危険が……」

「もうやめた。やってはいない。しかしきみの心配も過剰だった。コカインは依存症を引き起こさない。だからこそフロイト博士も、ほかの薬物依存患者への治療薬として、コカインが有効だといっている」

アンカーソンが手帳を開いた。「英国医師会の会長だったサー・ロバート・クリスティソンが、七十九歳でコカの葉を試した結果、こんな記録を残してます。〝私は六マイルを一時間半で難なく走破し、起きがけに楽々四、五マイル歩き、二階にある自分の部屋まで階段を一段飛ばしで駆け上った。疲れも不安もまったくなかった〟と」

ホームズは負けじとまくしたてた。「眼科医カール・コラーはコカインを局所麻酔に使った。いまでは広く眼科や歯科に普及している方法だ。安全だからこそ医療に用いられている」

「いいえ。たくさん注射すると神経過敏、幻覚、不眠、偏執性妄想が現れます。体外的にも痙攣《けいれん》発作、せん妄、暴力行動が認められるようになるんです。まさに猿じゃありませんか」

「くだらない。教授が僕やワトソンにしめした敵意も、その現れだというのか」

「そうですよ。最新の研究によれば、コカインは精神病性障害を生じ、被害妄想が起きたり、人の顔いろを誤って認識したりするといいます。くわえて大量の発汗につながり、異臭を放ちます。嗅覚《きゅうかく》にすぐれた飼い犬が嫌悪をおぼえるほどに」

「彼の指の関節を見ていないだろう。ワトソン、話してやるといい。教授の指は類人猿のような関節異常を……」

アンカーソンが間髪をいれずにいった。「教授は滋養強壮剤を猿の血清と信じていましたから、判断力の低下に加え、強烈な自己暗示にかかっていました。体力異常増進の錯覚に幻覚が加わり、木や壁をよじ登ったりするようになったんです。やがて指の関節の変形につながった。これも教授への医学的検査で証明されています」

「アメリカはコカを配合したコカ・コーラを売っている！　効能はモルヒネやアヘン依存症の緩和、精力増強や頭痛改善、まさに万能薬と謳《うた》われてる」

「ホームズさん。どうか冷静に……」

「五セントでアメリカじゅうの薬局が売ってるんだぞ。もともと南北戦争で重傷を負った薬剤師ジョン・ペンバートンが、モルヒネの代わりに依存症を生じないコカインを採用し、コカ・コーラを作りだしたんだ。きみの理論が正しければ、アメリカ人はみな猿のように木から木へと飛びまわっているはずだろう」

「なぜそう頑《かたく》なに否定なさるんですか」

「きみはコカインを試したことがあるのか」

「ありません」

「ならなぜそういいきれる！」

しんと静まりかえった。ホームズは黙りこんだ。体裁の悪さを感じざるをえない。分の悪さもだ。アンカーソンの目は冷やかだった。もし彼の主張が正しければ、過去にコカインを愛用していたホームズの思考と感情こそ、疑いを持たれて当然になってしまう。

ワトソンが硬い顔で新聞を差しだした。「ホームズ。彼が持ってきたアメリカの新聞だ。『ワシントン・ポスト』のロンドン版で、日付はきのう」

ホームズは新聞を手にとった。一九〇三年九月二九日、火曜日。老眼ぎみではあっても、くだんの見出しは即座に目についた。

そうあった。

愕然《がくぜん》とせざるをえない。コカ・コーラ社、コカインの使用を打ち切り。見出しには

半ば放心状態で記事を読み進める。コカ・コーラ社は、深刻な健康被害と依存症を引き起こすとして、コカインを今後いっさい成分に混ぜないと発表した。コカイン中毒の男性が見知らぬ女性に乱暴を働いた事件に端を発し、全米でコカインの排斥運動が進むと同時に、コカ・コーラ社へも批判が寄せられるようになっていた。コカ・コーラはコカインに代わる成分として、新たにカフェインと砂糖を採用し……。

静寂が内耳に響く。ホームズは新聞を折りたたむとワトソンに引き渡した。

喉《のど》に絡む言葉でホームズはきいた。「この報道とアンカーソン記者の物言いが、僕を傷つけると思ったのか」

「きみにはあとで知らせようと……」

「すぐ知らせてくれるべきだった。きみひとりで対応するなど愚の骨頂だよ。内容しだいでは僕に黙っているつもりだったんだろう。僕は思いあがったまま放置され、大衆紙で笑いものにされるだけだ」

「そんなつもりはなかった」

「これじゃ僕はまるで猿だ。動物園にいる見世物の猿」

「ホームズ。僕はいままでいちどだって、きみの特異な頭脳を疑ったことなんかない」

「そうとも。今回が初めてだ」

アンカーソンがおずおずといった。「あのう、ホームズさんの名誉のため、これも申しあげておきます。事件の依頼人だったベネット氏にしろ、婚約者のエディス・プレスベリー嬢にしろ、ホームズさんには感謝しているとのことです。薬物の種類という些細《ささい》なまちがいこそありましたが、大筋においてはホームズさんの推理により……」

「決定的にして重大なまちがいを指摘してくれてありがとう、アンカーソン記者」ホームズはドアへと向かった。「記事はきみの好きに書いてくれていい。だが会うのはこれが最後だ」

いままで何度もそうしてきたように、ホームズはドアを開け放つことで、来訪者の退室をうながそうとした。

ところが開けたドアの向こうにはハドソン夫人が立っていた。きれいに束ねた白髪頭が、いっこうに薄くならないハドソン夫人。ワトソン以上に年齢による変化を感じさせない。ただしいまは、ふいに開けられたドアのせいで、ひどく取り乱した態度をとっている。

「あ、あの」ハドソン夫人の笑顔はひきつっていた。「ホームズ先生がおでかけなのに、いつの間にかお客様が……。お茶をご用意しようかと」

「結構」ホームズはドアのわきに立った。「いまお帰りになるところだからね。ついでにいうと、今後はもうお茶をだしてもらう必要はなくなったよ」

ハドソン夫人が戸惑いをしめした。「それはいったい、どういう……」

アンカーソン記者は帽子をかぶるとドアへ歩を進めた。「では失礼します。ホームズ先生、お会いできて光栄でした。ワトソン先生、取材に応じてくださり、心から感謝しております。それでは」

ホームズの目の前をアンカーソンが通過していった。当惑のいろを深めるハドソン夫人に、ホームズはぼそりと告げた。「お見送りを」

「はあ、はい……」ハドソン夫人がそそくさとアンカーソンを追い、下り階段へと消えていった。

ドアは開けたままにしておいた。室内にはホームズとワトソン、ふたりだけが残った。

ワトソンが眉《まゆ》をひそめた。「ホームズ。いまハドソン夫人にいったのはどういう意味だね？」

「見送りを頼んだ。それだけだよ」

「その前だ。もうお茶をだしてもらわなくていいとは……」

「ここを引き払う」

また沈黙がひろがった。今度の静寂は長く尾を引いた。ワトソンが動揺の面持ちできいた。「引き払うって？　どこへ行く？」

「さあ」

「なら僕と妻の住むクイーン・アン街へ来るといい。近所住まいならいろいろと好都合……」

「サセックスの片田舎でかまわない。引退するんだよ」

「……なんだって。誰が？」

「僕さ」

忘れもしない一八九四年の春、ホームズの生還を知った瞬間と同じぐらい、ワトソンは茫然《ぼうぜん》と目を瞠《みは》っていた。「まさか。考え直すんだ、ホームズ。こんなちっぽけなことで……」

「ちっぽけなこと？　致命的だ。もう限界だよ。コカインはやめて久しいが、どうやら思考力の衰えは避けられないらしい。あるいはいまになってコカインの後遺症がじわじわ効いてきたのかな。なんにせよ引き際だ」

「依頼人が感謝を口にしてるんだぞ。きみがここに来る前にも、僕はアンカーソン記者に説いてきかせた。シャーロック・ホームズがいかに多くの人々の幸せに貢献してきたか……」

「猿の血を注射した教授が猿になった！　あらためて考えれば笑い話じゃないか。聡《そう》明《めい》なワトソン博士は真実に気づいていた。依頼人のベネット氏も、アンカーソン記者もだ。僕は老眼ぎみながら近視眼的思考にとらわれ、客観的にものを見るのを忘れていた。ありえないことを科学的結論と信じてしまった。なんの裏付けもないのに」

「そんなに自分を責めないでくれ。動物のことなんてよくわからなくて当然だ。毒蛇や大型犬と同じだよ。かならずしも今回が初めてじゃない」

「慰めてくれているつもりかもしれないが、いまのひとことは僕の傷をおおいに深めてくれたよ、ワトソン。悪いことに僕の技術の基本である、想像力と現実との融合が……。想像力に傾きすぎていた」

「こういうこともあるさ……」

「ああ。偏執性妄想と依存症を引き起こすコカインの常用者だったのだからね」ホームズは虚空に目を転じた。「コカインが依存症につながる……。そうとも。かねてぼんやり自覚できてはいたものの、認めようとしなかった。学説があるのも知っていたが、事実とは思わずにいた。あくまで科学的であろうとした僕がだ。探偵として今後なにをやっていけるというんだ……」

ここへ駆けつけるまでの胸騒ぎを想起するまでもない。こうなる予感はたしかにあった。あの不幸なプレスベリー教授の身に起きたすべてを、果たして自分は洞察できていたのだろうか。可能性がほかにないといいながら、どこか釈然としない気分を抱えていた。

やはり現実は冷酷だった。四十九歳か。老いによる衰えなど、勤勉さや集中力で突っぱねられると信じてきた。だがいまみずからの不完全さを受けいれざるをえない。明日には『デイリー・メール』紙を読んだ人々の嘲笑《ちょうしょう》の種だろう。理性と研ぎ澄まされた思考だけが脳を満たしているはずだった。それが事実なら傷つく自尊心はない。なのにどうしてこんなに落ち着かないのか。胸に絶望の剣を突き立てられた。この痛みはおそらく誰にもわかりはしない。

ワトソンがうっすら涙を浮かべていた。「ホームズ……。僕には医者としての仕事がある。このロンドンで……」

体内に冷たい風が吹きこんでくるかのようだった。別離のときがきたようだ。寒々しい気分を抱えながらホームズはつぶやいた。「ベートーヴェンの遺《のこ》した言葉を、いまこそ口にすべきだろうね。〝諸君、喝采《かっさい》せよ。喜劇は終わったのだ〟と……」

2

ロンドンを引き払ってから六年が過ぎた。

五十五歳のシャーロック・ホームズは、柔らかい秋の陽射しを浴びつつ、緑豊かな丘陵地帯にたたずんでいた。緩やかな斜面の下方は切り立った崖《がけ》に至る。その向こうにはイギリス海峡とチャネル諸島がひろがっている。大空が海原に溶けるような青さを滲《にじ》ませていた。

静かだった。水平線に背を向け、辺りを見渡してみる。誰もいない。遠くに赤煉瓦の一軒家がぽつんと建っていた。潮風に耐えるだけの頑丈さを備えるものの、小ぶりでどこか頼りなく、はかなげに見える。

あれがホームズの住まいだった。年配の家政婦が住みこみで、食事と掃除を世話してくれる。ほかに同居人はいない。家の庭には養蜂《ようほう》箱が並んでいる。蜂蜜《はちみつ》だけでなく蜜蠟《みつろう》が採取できるため、蠟燭《ろうそく》づくりはそれでまかなう。電気などここまで届くはずもない。夜は寝るだけだ。むかしながらのランプの微光で充分だった。

まるで時間がとまったかのようだ。イングランド南東部にあたるサセックスも、ロンドンとはまたちがった意味で、写真のなかのごとく不変の情景と信じた。けれどもそれは思いちがいにすぎない。

五十代の前半にはまだ余裕があった。早めの引退を、優雅な第二の人生と解釈し、知的探求に没頭できる日々への新たな船出ととらえていた。読書、養蜂、化学実験。独りきりで過ごしうる贅沢《ぜいたく》な時間が途方もなくあった。寝て、起きて、また床に就く。季節がめぐっていく。その循環も徐々に加速するように思えた。気づけば五十五歳だ。年齢のわりに若い、そんな自負が鳴りを潜めてきた。ようやく人生は永遠ではないと身に沁《し》みて感じるようになった。

家族がいれば少しは寂しさも紛れるのだろうか。もうマイクロフトとは会っていないが、七つ年上の兄という存在は、いくらか心の支えになっていた。いまシャーロック・ホームズのなかにある憂いも孤独感も、七年前に経験したであろう、身近な人物がいるのだから。

兄に手紙を書こうかと思っては断念する、そんな毎日がつづいた。ワトソンに対してもそうだ。ベーカー街221Bを引き払う前から、彼との距離は開きつつあった。

当時五十歳にして再婚したワトソンは、クイーン・アン街で開業医を始めた。引退に至るまでの丸一年、ホームズはすでに独居の立場だった。

潮風の音に交ざり、馬車のひづめの響きをきいた気がする。幻聴だろうか。ホームズは小さく鼻で笑った。三十八歳でコカインをやめたというのに、いまさら後遺症でもあるまい。これも初老の哀れな自己憐憫《れんびん》が原因か。あくまで知性人であろうとする理想にはほど遠い。

少しばかり奇妙に思えた。ロンドンの思い出にふけっているのだとすれば、ひづめが石畳を叩《たた》く軽快な音がこだまするはずだろう。いまはちがう。剝《む》きだしの地面を棒で小突くような鈍重な響き。馬車が走っているのは土の上だ。しかも音がどんどん大きくなる。

ホームズは目を凝らした。草原のなかに延びる小道を、屋根つき馬車が近づいてくる。こんなところを通りかかるとはめずらしい。旅人が誰にせよ、無粋な自動車のノイズを耳にせずに済んでほっとする。あの煙突の縮小模型のような排気管による大気汚染もご免こうむる。

馬車は速度を緩めると、丘の上にあるホームズの家へ向かいだした。しかしそこで御者がキャビンを振りかえった。馬車が斜めになった状態で停まった。

キャビンの側面の扉が開いた。飛びだしてきたのは、以前よりも恰幅《かっぷく》がよくなった、ふたつ年上の紳士だった。灰いろのスーツの胴まわりが、いまにもはちきれんばかりになっている。遠目にもあの特徴的な口髭が見てとれる。

「ホームズ！」ワトソンは太りぎみの身体を揺すりながら駆けてきた。

湧き立つような喜びの感情を、ホームズはあえていつもどおり、澄ました態度のなかに埋没させた。歓迎のしるしとして微笑をたたえるぐらいは許されるだろう。この場に立ち尽くし、ワトソンの心臓に負担をかけるのは忍びない。ホームズもワトソンのほうへと歩いていった。

再会はすなおに嬉《うれ》しい。ホームズが両手を広げてみせると、ワトソンは息を切らしながら走り寄った。満面の笑いとともに握手を求めてくる。

「変わらないなぁ、ホームズ」ワトソンが目を細めた。「元気そうでなによりだよ」

「いい整体師を見つけたようだ。腰痛が長いこと再発していないらしい」

「なぜわかっ……。ああ。不安があればいつものステッキを手放さないからね」

馬車がゆっくりとこちらへ向かってくる。訪問者はワトソンひとりではなかった。そうと知るやホームズの気は鬱《うつ》した。ワトソンも馬車に乗ったまま、ホームズのもとまで来られたはずだが、彼はほんの数十秒をまてず駆けつけた。そんなワトソンにくらべると、彼の家族はそこまで熱心ではないとわかる。ホームズとさほど親しくもない以上、当然のことかもしれない。

馬車が停まり、ふたたびキャビンの扉が開いた。転がり落ちるように小さな身体が降り立った。栗いろの髪につぶらな目の少年だった。ジャケットの下にズボン吊《つ》りがのぞく。年齢は五、六歳だろう。

次いで現れたのは、さらに年下とおぼしき少女だった。人形のようなドレスをまとい、金髪を潮風になびかせる。そばかすが多めの白い丸顔をホームズに向けると、きちんと会釈をした。さっきの少年もそれに倣った。

すぐに母親が降車してきた。外出用のドレスはジャケットが二枚重ねで、刺繍《ししゅう》の装飾が繊細かつ優雅だった。防寒にマフを身につけている。ボンネットが包む頭髪は、娘と共通する鮮やかな金いろだとわかる。すると息子のほうは父親の影響が濃いのだろう。そういえば少年の無邪気なまなざしはワトソンにそっくりだ。兄妹ともに草原を駆けまわったりせず、おとなしく母親のわきに控えるのも、いかにもワトソン家の子息と息女らしい。

ホームズは言葉を失った。なんとケヴィンとシェリルか。最後に会ったとき、ケヴィンはまだ赤ん坊で、母ローレッタの腕に抱かれていた。シェリルとは初対面になる。ローレッタが第二子を身ごもったことや、シェリルの誕生はワトソンからの手紙で知った。

まだ若々しいローレッタ・ワトソンは三十に満たない。夫と並んで立つと、父娘《おやこ》と見まちがわれる状況も、おそらく頻繁にあるだろう。ロンドンで歳の差の開いた結婚はめずらしくないが、夫の多くは威厳に満ちた上流階級の男性だ。ワトソンは大きく異なる。

もっとも、そういう見解は時代遅れかもしれない、ホームズはそんなふうに思い直した。クイーン・アン街といえばハーリー街に次いで優秀な医師が開業する場所だ。名門マクナルティ家の令嬢を妻に迎えるのに、現在のワトソンはなんら引け目を感じることはないのだろう。

過去に引きずられているのは自分だけか。先入観が推理の妨げになると肝に銘じていたのも、もはや遠いむかしの話だ。

ローレッタが遠慮がちに挨拶《あいさつ》した。「お久しぶりです、ホームズさん」

「一家揃っておいでとは」とホームズは応じた。それ以外にどういうべきかわからない。

ワトソンが申しわけなさそうな顔になった。「ローレッタの旧家のひとつがイーストボーンにあってね。いつでも立ち寄っていいときみがいったから……。お邪魔だったかな」

「いいや、かまわんよ。家政婦のアシュビー夫人に大至急伝えねば。僕のほか四人ぶんのディナーが必要になったと」

ローレッタが申しでた。「料理ならわたしも手伝いますわ」

ホームズは目を合わせなかった。「そうしてくださると助かる。高齢のアシュビー夫人は、小食な僕のぶんのジャガイモを剝《む》くのがやっとだからね」

毎度のことながら微妙な空気になった。ローレッタとふたりの子供は笑わなかった。ワトソンまでが難しい顔で妻子を振りかえった。馬車へ戻るよう目でうながす。

「さあ」ローレッタが子供たちをいざなった。「もういちど乗って。ホームズさんのおうちにお邪魔するから」

そういいながらもローレッタは、キャビンに姿を消す寸前、ホームズに冷たい視線を投げかけてきた。ロンドンではこんな依頼人に対し、見かえしもせず肩をすくめてみせるのが常だった。みずからの行為がいかに失敬だったか、いまになってようやくわかった気がしてくる。

馬車はなおも近くに待機している。ワトソンは踵《きびす》をかえそうとしたものの、ためらいがちに向き直った。「ホームズ。手紙で知らせてくれた、おとしの例の事件だが」

「きみにも立ち会ってほしかったよ。だがきみの文才があれば、僕の詳細に綴《つづ》った手紙をもとに、優にすばらしい一篇に仕立ててあげるだろう。この崖を下った砂浜に打ちあげられた、サイアネア・カピラータなる毒クラゲのおぞましさといったら……」

「すまない、ホームズ。あの事件の記録は出版しない判断が下った」

思わず黙りこむ。ワトソンは目を泳がせていた。予想もしなかった返答に、ホームズのなかにも当惑が生じた。

臆測《おくそく》を働かせつつホームズは提言した。「きみの文章表現になんらかの問題があるのなら、僕が協力しよう」

「いや、そうじゃなくて……。まだ原稿には著していないんだよ。あらましを編集者に伝えたんだが、彼らはきみと僕が若かりしころの、ロンドンでの冒険譚《たん》に興味があるというんだ」

ホームズは海に目を向けた。「なるほど」

「僕の力不足を認めるよ。もっとしっかり売りこめればよかったんだが、なにしろ実際に現場にいたわけではなくて」

「きみのせいなんかじゃない。でもあれは僕が引退し隠居してからも、変わらぬ頭脳の冴《さ》えを維持できていると証明しうる、貴重な記録になったと思うんだがね。よければきみの担当編集者がどんな理由で没にしたか知りたいんだが」

「過去の事件にそっくりだというんだよ。『まだらの紐《ひも》』と」

「ああ……」

「しかももっと単純だと。だいたいライオンのたてがみみたいなクラゲというのが、まだらの紐に似た毒蛇以上に、読者には伝わりにくいといわれてね。挿絵画家もどう描いていいかわからないって」

「想像力に欠ける出版人はこれだから困る。『まだらの紐』事件とは根本的にちがったんだよ。不幸なフィッツロイ・マクファーソン青年の身体に刻印された、細い針金の鞭《むち》で打たれたような赤黒い線……」

「ホームズ。例のブルースーパーティントン設計書事件も発表したし、もうそんなに出版に値する記録は残ってないんじゃないか？　ジェームズ・デマリー卿《きょう》の事件はまだ公表するわけにいかないし」

保養地コーンウォールでモーティマー・トリゲニスが、妹や兄弟の奇怪な死を告げてきた、あの異様な事件があるではないか。だがホームズからいうべきことではない。まるで盛りを過ぎたクリケット選手が、世間から忘れ去られるのを恐れ、名鑑に自分を載せてくれとせっつくようなものだ。そんな器の小さい人間とみなされたくはない。

案ずるにはおよばない。ワトソンは気がまわる。書くならあの事件だと、遅かれ早かれ思いつくだろう。いつまでも書かなければ電報で催促するしかないが、現段階では時期尚早にちがいない。

ワトソンが歩きだした。「馬車には余裕がある。一緒に乗りなよ」

「悪いが後から行く。日課の散歩を終えないのは、心身ともに好ましくなくてね」

しばしワトソンは黙っていた。なにをいおうが野暮に思えるのだろう、無言のまま背を向けると、ワトソンは御者に声をかけ、キャビンに乗りこんだ。御者が巧みに手綱を操り、馬車の向きを変える。丘の上をめざし馬車が遠ざかっていった。

さざめく海風の音に海鳥のさえずりが交ざりあう。ホームズはただ海を眺めた。

親友に筆をとる気がないのなら自分で書けばいい。そうとも。ワトソンはなにかにつけて誇張したがる癖があった。冒頭で〝この異常な事件を著さずして、シャーロック・ホームズの記録を完璧なものということはできない〟などと、大げさな前口上を謳うのが常だ。ホームズが自分で執筆すれば、もっと理知的で学術的な記録文書になりうる。時間はたっぷりある。締めきりなどきめず自由に筆を進めていくか。

思いがそこに及び、なぜそこまで事件の公表に固執するのか、ふいに馬鹿馬鹿しく感じられてきた。

そんなに手柄を自慢したいのか。衰えを知らない己の頭脳を誇示し、人々から称賛を浴びたいのか。拍手をもらうのがなにより嫌いなはずではなかったか。

プレスベリー教授が猿のようになってしまった、あの奇怪な事件についてワトソンは執筆を自粛している。ホームズを気遣ってのことだろうが、真相はとっくに『デイリー・メール』によって暴露されてしまった。人々の記憶も薄らぎつつあるいま、耄《もう》碌《ろく》してなどいないと世間に証明したくて仕方なかったのではないか。そんな自分の浅ましい感情が嫌になってくる。

引退が早すぎたのだろうか。五十五歳。まだ動ける。思考も充分に働く。やり残したことがあればやっておくべきではなかったのか。けれどもそれがなんなのか具体的にはわからない。ベーカー街221Bで依頼人の声に耳を傾けつづけたかったのか。いや明晰《めいせき》な頭脳あればこそ、加齢による限界にいち早く気づきえた。惰性で仕事をつづけ、そのうち老いによる衰えの現実を、眼前に突きつけられたらどうする。期待に応《こた》えられねば依頼人にも迷惑をかける。なによりみずからの心が耐えられない。

ホームズは丘の上を振りかえった。家に馬車が横付けしている。まるで酪農家ワトソン・ファミリーの帰宅風景だった。ホームズはゆっくりと勾配《こうばい》を上りだした。長年の友が訪ねてきてくれている。いまはそれで充分だ。

3

窓の外はすっかり暗くなっていた。蜜蠟でこしらえた蠟燭の炎が、ホームズの書斎をおぼろに照らす。蔵書は本棚に入りきらず、部屋じゅうにあふれかえっていた。客観視すればひどく散らかった状態にちがいない。だがどこになにがあるかは詳細に把握できている。いわば自分なりの整頓《せいとん》された状態だった。このほうが便利で機能的としかいいようがない。

ホームズは肘掛け椅子の背に身をゆだね、天井を仰ぎつつ目を閉じていた。ときおり疲れて眠気を生じる現象が、この歳にして顕著になったといえる。ひと寝いりしたほうが頭も冴える。無理は禁物だった。

隣の部屋からケヴィンとシェリルのはしゃぎ声がきこえる。ローレッタが談笑する相手は夫ワトソンだけではない。家政婦のアシュビー夫人の声も耳に届く。いつになくアシュビー夫人は楽しそうだった。食卓にはワトソン一家の団欒《だんらん》がある。ホームズはひとり早々に抜けだし書斎に籠《こ》もった。やるべきことがあったからだ。

薄目を開け、机の上のタイプライターを眺める。挟まれた紙には、さっき猛然と綴った物語の書きだしがあった。

まったく奇異な巡りあわせだ。引退後、長い探偵生活のどの経験よりも難解かつ特殊な事件が、まるで宅配物のごとく訪れるとは誰に想像できただろう。これは私がサセックスの小さな家に隠居したのちに起きた事件だ。私はほの暗いロンドンでの歳月を過ごすあいだ、ずっと望んできた夢を実現し、探偵業から完全に足を洗い、自然のなかでの穏やかな生活に馴染んでいた。そうなってからの私の暮らしには、好男子ワトソンはほとんど関わらなかった。顔を合わせる機会といえば、不定期の週末に彼が訪ねてくるときにかぎられる。よって私は自分でこの事件の記録を執筆する羽目になった。ああ！　彼がもし私のそばにいてくれたなら、これほど奇怪で想像を絶する事件および、私が万難を排しついに解決に至るまでの道筋を題材とし、どんなにすばらしい回想録を書きあげただろう！　けれども実際には、私がどうやってライオンのたてがみの謎を追い、目の前に立ち塞《ふさ》がる障壁をいかに乗り越えたか、すべてをみずからの手でつまびらかにするという、なんともみっともない選択をせざるをえないのだ。

書いたのはそこまでだった。ざっと読みかえすだけでも頭が痛くなる。ワトソンがなぜ大げさな前口上を避けられなかったのか、その理由がいまになってよくわかる。読み手の関心を引かねばという思いのためばかりではない。書き手である自分の情熱を燃えあがらせるために、いつしか自画自賛に走らざるをえなくなる。これはもう不可抗力だ。

だがふと冷静になってみると、大言壮語としかいいようのない序文ができあがっていた。しかも内容を考慮すると、このような吹き語りはあきらかに効果的ではない。たかがめずらしい形状の動物による事故ではないか、読者がそう感じるのは目に見えている。ライオンのたてがみという重要な文言を、この冒頭で謳うのが適切かどうか、それすらも判断がつかなかった。

自分で書きだしておきながら、先を執筆しつづける気持ちが萎《な》えしぼんだ。この物語は完成してもせいぜい数ページていどだろうが、それまで何年かかるのか。養蜂箱にいる女王蜂の産卵ぐあいを心配するほうが、よほど価値ある時間の使い方に思える。

椅子から身体を起こさないまま、しばし時間が過ぎた。またうとうとしかけたとき、ふいに靴音を耳にした。ホームズははっと我にかえった。歩調からワトソンだとわかる。タイプライターに目が向いた。あわてて前のめりになり、書きかけの原稿を引き抜くと、机の引き出しに投げこんだ。肘掛けに頬杖《ほおづえ》をつき、さも怠惰な時間を過ごしているように装う。それらしい姿勢がきまったと同時に、ドアをノックする音がした。

ワトソンの声が呼びかけた。「ホームズ。いるかい」

「ああ」ホームズはわざとのんびり返事をした。「なにか用かね」

ドアが開いた。ワトソンが戸口に立ち、薄暗い室内を眺めまわした。「まだシェパーズパイが残ってるよ。食事を中座して瞑想《めいそう》にふける習慣は変わらずか」

とんでもない。探偵を廃業してからはいちどもディナーを食べ残したりはしなかった。退席したのは単純に居場所がないと感じたからだ。それが本音だったが、ホームズは澄まし顔を保った。「瞑想ではなく論理的思考を突き詰めているんだ。大自然のひとつに関心を抱くだけでも、無限に等しい分析が可能になるのでね」

ベーカー街でもしばしばあったことだが、ワトソンは半ばあきれたような顔でドアを閉めかけた。「邪魔したね」

とっさにホームズは声を発した。「ワトソン」

　ワトソンが静止した。「なにか？」

「……家族仲睦《なかむつ》まじく、幸せそうでなによりだ」

「どうも……」ワトソンはホームズが会話をつづけたがっていると察したらしい。部屋の奥まで入ってきた。「無粋なことはいいたくないが、きみに家庭を持つのを勧めたら、きっと迷惑に思うだろうね」

「勧めるだけならかまわない。どのような長所と短所があるのか、こと細かにご説明いただきたいね」

　ワトソンが小さくため息をついた。「きみ特有のユーモアを、長年のつきあいがある私は理解できるが、ほとんどの人間には皮肉や揶揄《やゆ》と曲解されるよ」

「細君にそういわれたかね？　ローレッタが馬車に戻る前、表情を険しくしたのには気づいていた」

「いったいどうしたっていうんだ、ホームズ」

「なにが？」

「これまで何度か、私がひとりで来たときのきみは、そこまでひねくれた態度じゃなかっただろう。ケヴィンとシェリルも戸惑ってるよ。子供は母親の動揺を敏感に感じとるもんだ」

「やさしいホームズおじさんの役割をまっとうできなくて、きみときみの家族に申しわけなく思う。親族ではないのだから、本当の意味での叔父《おじ》さんにはなりえないのだが」

「また皮肉めかした物言いだね」ワトソンは近くの椅子に腰掛けた。「ホームズ。この六年間思ってきたことだが、きみの引退は早すぎたよ」

内心ききたかった言葉をきいた喜びを、ただちに理性で否定してみせる。ホームズはさも気怠《けだる》そうに応じた。「僕のことは僕がいちばんよくわかってるんだよ」

「きみの次にわかってるのは僕さ。友人としてだけでなく、医師としてもいわせてもらうが、きみはまだまだ健康で血気盛んだ。積極的な人生を送るべきだよ。僕は五十七歳になるが、本当に充実した毎日を過ごしてる」

「きみにききたい」ホームズはそう持ちかけながら言葉に詰まった。「いや。やっぱりよそう」

「なんだい。きみらしくもない」

「……子を持つと自分の人生が終わってもいいと感じるようになる。そんな話をきいたことがあるが、本当かね」

ワトソンが低く唸《うな》った。「一般論はよくわからないが、僕は子供のためにならら死んでもいいと思ってるよ」

「ちょっとちがうな。子を救う目的で親が命を投げだすとか、そういう意味じゃないんだ。なんというか、こう……。自分の血を継ぐ、いわば分身を世に送りだしたあかつきには、己の命について永遠を意識するに至るというか……」

「死ぬのが怖くなくなるかって？」

「……まあそんなところだ」

「ローレッタはそういってるよ。性別のちがいで感覚もやや異なるみたいだな。なにしろ母親は出産時にも、命の危険にさらされる可能性がある。それを乗り越えて新しい命を授かったときの思いも、父親とは差があるようだ」

「それで父親たるきみは、子を持つ前と変わったかね？」

「変わったね。いつ死んでも悔いはないとまではいわないが、充実した人生だと満足できるようになった」ワトソンがじっと見つめてきた。「やっぱりきみも家庭を……」

「よしてくれ」ホームズは片手をあげワトソンを制した。「僕に次いで僕のことをわかってるきみなら、この議論のたどり着く果てが予想できるだろう」

「きみが持ちかけた議論だよ」

「……そうだな」

ふたりのあいだに沈黙が生じた。食卓はあいかわらず賑《にぎ》やかだった。子供たちだけではなく、ローレッタの笑い声もはっきりきこえてくる。アシュビー夫人もなにやら声を弾ませていた。

ワトソンが静かにたずねた。「ロンドンに戻る気はないのか」

「僕にはここの生活がある」

「ホームズ。僕らはまだ若いよ」

「きみはね。ふたつ年下の僕だが事情がちがう。きわめて高水準の知性をこそ己の真価としてきただけに、絶頂期がだいぶ前にあった。いまはもう年をとった」

「医師が知性を必要としない職業だというのなら、それは侮辱だよ」

「僕は僕のことを話しているだけだ」

ワトソンが憤りをのぞかせた。「きみみたいな七十過ぎの患者をよく診察するよ。悲観論を口にしては慰めの言葉を求めたがる一方、どんな励ましも受けいれない」

「励ましてくれと頼んだおぼえはない」

「きみのそういう物言いは、探偵という職業を放棄したいまとなっては、人を遠ざけるばかりの自滅行為だ。この家で孤独に死んでいくのが本望と考えてはいないだろう。

むしろ全力で運命に抗《あらが》いたがっているように見えるんだがね」

「僕は孤独ではない。いまこの家のなかで比較するだけでも、きみの一万三千七百五十倍もの家族と同居……」

「蜜蜂の家族が五万から六万匹といわれてるから、あいだをとって五万五千として、僕ら家族四人と比較したわけだな。詭弁《きべん》だよ」

ホームズは面食らった。「これは驚いた……」

「きみとどれだけのあいだ一緒にいて、どんなにたくさんの言葉を記録していたと思ってる」

「ワトソン……。きみは暗算が得意だったのか？」

「いいや。正確な数字はわからなかったが、だいたいそんな計算だろうと思っただけだ」

「……みごと正解だ」ホームズは心が沈んでいくのを自覚した。「どうやらきみにまで追い越されてしまったらしい」

「やめてくれないか、ホームズ」ワトソンが顔をしかめ立ちあがった。「食卓に戻ろう。面白い話がまってるよ」

ホームズはまだ椅子におさまっていた。「細君と話題が合うとは思えない」

「ケヴィンはきのう小学校でなにがあったか、ホームズ先生に見抜いてほしがってるよ。これも息子にとって社会勉強のひとつだ。つきあってくれないか」

さすが長年の親友、ホームズを連れだすための誘い文句も心得ている。食卓に戻る大義名分があたえられたのは内心ありがたい。ホームズはさもおっくうそうに腰を浮かせた。「僕はケルト人の女占い師と同じあつかいなわけだ」

ワトソンが苦笑した。「きみの能力はけっしてディナー後の座興などでは……」

ふとホームズの聴覚が喚起された。「しっ」

外の静寂に耳を澄ます。ひづめが土の上を疾走してくる。この部屋の窓は正面に向いていないため、ようすをうかがうことはできない。

音が徐々に大きくなる。この家をめざしているのはあきらかだった。ワトソンの眉《み》間《けん》に縦皺《たてじわ》が刻まれた。「馬車かな?」

そうではないとホームズは推理した。「車輪のきしむ音がない。一頭で軽快な走りっぷりだが、妙な金属音がきこえるな。鞍吊《くらつ》りと胸繫《むながい》の留め金具だ。体形のせいで鞍が後ろに下がってしまう馬は、この辺りじゃセアー駅の馬舎にしかいない」

「こんな時間に駅員がなにか用が?」

「田舎だから駅が電信局を兼ねてるんだよ」

ひづめの音はごく近くで途絶え、ほどなくドアノッカーを打ち鳴らす音がした。ホームズはワトソンとともに書斎をでると、廊下を食堂へと向かった。食卓についたふたりの子供がきょとんと見かえす。ローレッタは立ちあがっていた。ホールの向こうでアシュビー夫人が玄関のドアを開けた。

外套《がいとう》に身を包んだ青年が紙を差しだした。「ホームズさんに電報です」

アシュビー夫人が礼をいって受けとると、青年はすぐに馬にまたがり、ふたたび丘を駆け下りていった。

ドアを閉じ、アシュビー夫人がこちらに向き直る。電報などめったに届かない。ホームズがここに隠居したことを知る人間はごくわずかだからだ。マイクロフトあたりが教えないかぎり、第三者からの連絡はありえない。

緊急の用件にはちがいなかった。ホームズはアシュビー夫人から手渡された電報に目を落とした。ワトソンがランプを近づけてくる。細かい字を読むにあたり、まだ眼鏡までは必要としない。

ホームズは愕然とした。予想もしない文面がそこにあった。

ワトソンがきいた。「なんの報《しら》せだ？」

「……訃《ふ》報《ほう》だ。はるか遠く、東の果てにいた友の」ホームズは虚脱に近い状態でつぶやいた。「伊藤博文《いとうひろぶみ》が亡くなったよ……」

4

十二月上旬、ホームズがひさしぶりに訪ねたロンドンは、真っ白な雪に覆われていた。年の瀬のせわしなさを避ける意味でも、ディオゲネス・クラブに引き籠もる兄との面会は好都合だった。

クラブというからには、世の紳士たちにとっての社交場であるはずだが、ここは非交流が原則になっている。メンバーの誰もが沈黙を貫き、けっして互いに視線を合わせない。政治家や外交官だらけのクラブにおいて、会話を必要としない空間がいかに心地よさの保証となりうるか、この穏やかな静寂に触れるだけでもあきらかだ。天窓から射しこむわずかな陽光の下、絢爛《けんらん》豪華な大広間にいる男たちはみな、各々の小さな縄張りのなかで読書にふけっている。

パル・マルに面した部屋だけは、メンバーが非メンバーと会うためにあり、ここでのみ会話が許される。六十二歳になる兄マイクロフトは、白髪をいっさい染めず、皺の数が増えるにまかせていた。それでも矍鑠《かくしゃく》とし、落ち着いた熟年の貫禄《かんろく》に満ちている。役人を引退したことが、兄にとっては生気を呼び戻すきっかけになったらしい。

「シャーロック、しばらくぶりだ」マイクロフトは向かいの革張り椅子に腰掛けていた。いつもどおり親密の証《あかし》として、厳《いか》めしい顔を弟に向けてくる。「蜂に刺されとらんか？」

苦笑いの代わりに口もとだけ歪《ゆが》めてみせる。シャーロック・ホームズも仏頂面で応じた。「長きにわたるヴィクトリア朝の申し子たる兄さんは、エドワード朝に関わらずに済んでほっとしてるのかな」

「さしもの大英帝国にも陰りがでてきたからな。厄介な時代だ。ドイツのヴィルヘルム二世が、ロシアにアジアでの覇権をめざすようそそのかしたのも、わが国への嫌がらせでな」

「おかげで英日同盟が急がれた」シャーロックは身を乗りだした。「同盟締結の際、伊藤博文が訪英したときいたが」

「私は会っとらんよ。それこそエドワード国王陛下の治世だからな。陛下は平和のため尽力しておられるが、国際社会の現実とは乖離《かいり》がある。世界には暗雲が垂れこめだしておる」

シャーロックはより個人的なことに関心があった。「兄とふたりきりの場では、少々愚痴をこぼすのも許されるかと思うが」

「いってみろ。なんだ」

「伊藤博文の国葬に招かれなかったのは遺憾だ」

「はん」マイクロフトが鼻で笑った。「それで悄気《しょげ》とるのか。私のもとになにか連絡がなかったか、たしかめたかったわけだな」

「アジアでいう干支《えと》のひとまわりぐらい、彼とのあいだには年の差があるが、僕のほうは深い心の結びつきを勝手に感じていたからね」

「冥界《めいかい》で会った幻のような存在と、おまえは以前いっとらんかったか」

そうとも感じる。ライヘンバッハの滝で死を偽ってからの三年間、東洋の旅はまるで冥界行脚のようだった。故人となったシャーロックは、大英帝国の勢力圏外で東洋唯一の近代法治国家、日本を訪ねざるをえなかった。頼りにできるのは旧知の伊藤博文だけだった。チベットで若きダライ・ラマと数日間を過ごせたのも、メッカでカリフに謁見が叶《かな》ったのも、伊藤の権限で日本政府が発行した通行手形のおかげだ。

マイクロフトが肩をすくめた。「東京の日比谷《ひびや》公園で伊藤の国葬が催されたのは、彼の死からわずか九日後だ。西洋の要人はみな航路で間に合うはずもなかった。ほとんどの国が駐日公使の参列にとどまっとる」

「弔電だけでも打たせてほしかったが、それも公には拒否された」

「おまえはかつて日本への入国時、氏名を偽って乗船しとるんだ。入国後も外交上の軋轢《あつれき》につながる行為がなかったとはいえん。ニコライ二世に捨て台詞《ぜりふ》を吐いただろう。ロシアは日本に負けると」

「事実そうなった」

「だからこそ余計にたちが悪い。あの当時も水面下でロシア政府から抗議があった。平和を重視するエドワード朝では許されん事態だ」

国王はそうおっしゃるかもしれないが、現首相のハーバート・ヘンリー・アスキスの意向は異なるように思える。彼は海軍の増強に注力し、ドイツ帝国と激しい建艦競争を繰りひろげている。いま内閣はドイツを敵視し、強く警戒していた。アスキス首相は平和維持というより、むしろ戦争に備える意味で、英日同盟を重要ととらえている。彼にとっては、イギリスの後押しにより同盟国たる日本がロシアを戦争で打ち負かした、そんな認識だろう。

シャーロックはつぶやいた。「アスキス首相と閣僚らも、伊藤の国葬に参列できなかったのを残念に思っているだろう。同盟国との関係を強固なものにしておきたいときだろうからね」

「ああ」マイクロフトはにやりとした。「アスキス首相もおまえと同じく地団駄を踏んだときいとるよ。いまの日本にとってイギリスは最重要国のはずだ、なぜ伊藤の葬儀に招かないのだと」

「彼は政治的な思惑、僕は友情のためにそう感じている。両者は相容《あいい》れない」

「だが日本はどちらに対しても配慮をしめしてきた」マイクロフトが内ポケットから封筒をとりだした。

シャーロックはきいた。「それは?」

「おまえが訪ねてくるにあたり、不満を口にするのは予想がついとった。だからきょう渡すつもりで持ってきたんだ。伊藤博文〝惜別の会〟への招待状が届いとる。アスキス首相以下閣僚らのほか、こうしておまえにも」

ひそかに胸が躍ったものの、シャーロックは無関心を装った。「惜別の会?」

「国葬からちょうど半年後に開催となる。ヨーロッパやアメリカの要人も、日程を調整したうえで東洋への船旅にでられる。今度こそ多くの国々に出席してほしいんだろう。日本政府の正当性と影響力を世界に広く知らしめるために」

シャーロックは封筒を受けとった。「ふうん。正当性と影響力ね」

マイクロフトがうなずいた。「伊藤博文は満州《まんしゅう》のハルビン駅で、朝鮮の独立運動家である安重根《アンジュングン》の凶弾に倒れた。どれだけ多くの国家から支持されていたかを誇示することが、今後の日韓併合における課題にもなるからな」

つまり外交バランスの目算あっての〝惜別の会〟か。

不幸にして伊藤は暗殺された。横浜港《よこはま》の光景が思い浮かぶ。見送りにきた伊藤のほか、奥方の梅子《うめこ》や、娘の生子《いくこ》や朝子《あさこ》。はるか遠い地でも秋の陽射しは穏やかだった。涼風が海原を走り、濃淡のさざ波をつくりだしていた。

個人的な別れを告げたい。そんなシャーロックの願いが叶う機会を得られた。けれども伊藤の無念や、遺族の哀しみを思うだけでも気が滅《め》いってくる。憂鬱な思いとともにシャーロックは封筒を開けた。「彼の墓を訪ねるだけでも充分かもしれないな。死を悼むというより、極東における日本の戦略のひとつでしかない催しに出席したところで……」

封筒から招待状を取りだすや、シャーロックは思わず言葉を切った。上質な和紙には毛筆による日本語のほか、インクとペンで筆記体の英文が綴られている。

問題は招待状に書かれた名前だった。二通ある。シャーロック・ホームズだけではない。ジョン・H・ワトソンへの招待状も同封されているではないか。

シャーロックは面食らった。「なぜワトソンまで招待する？」

「おまえには妻がおらん。最も親しい職業上のパートナーが彼とみなされとるのかもな。外国ではワトソンの著書を通じて、おまえを知る者がほとんどだ。私についてもだが」

なるべく知名度があり、世俗的な興味を掻き立てる人間を、ひとりでも多く招待したいという下心がのぞく。主催者の表記は未亡人の梅子ではなく、現総理大臣の桂太郎《かつらたろう》になっていた。やはりこれは政治宣伝の色彩が濃い、名目だけの催事にすぎないのではないか。

招待状をテーブルに置き、シャーロックは脚を組んだ。「いったいどういう基準で招待者を選出しているんだろう」

「おまえは天皇にも謁見した身だ。伊藤と親しかったし、その後の英日同盟締結に大きく影響をあたえたのはあきらかだ」

「僕じゃなくてワトソン君だよ。たしかに彼は若かりしころの伊藤に会ってる。四十一歳の伊藤がベーカー街221Bを訪ねてきたからね。まだ内閣総理大臣になる前だった」

「なら伊藤の側近だった誰かが気を利かせたんじゃないのか」

「伊藤はひとりで訪ねてきたんだよ。ヨーロッパを周遊中、お忍びで立ち寄ったらしい。あのとき彼が僕らに会ったことは、どこにも記録に残っていないはずなんだ」

「妻子ぐらいには打ち明けたかもしれんだろう。あるいはワトソンが書いた本のどこかに匂わしがあったか」

「僕が生還したいきさつについて、ワトソンが綴った記録が出版されたのは六年前だが……。僕はワトソンと再会した当時、日本についての言及を避けた。モラン大佐が逮捕されたのちに明かしたが、ワトソンは書かなかった」

「ああ。シャーロック・ホームズの不法な出国と渡航、日本への密入国を公にはできんからな。おまえはモリアーティへの正当防衛について、女王陛下の特別恩赦により不問にされたが、日本へ渡った経緯はいまだ灰いろのままだ」

「僕がその経緯を親友に明かしたかどうか、ワトソンの著作からは判断がつかない。なのになぜ招待状にワトソンの名を記したのか。まるで彼が事情を知っていて当然といいたげだ」

「なるほど。たしかにひっかかるな」マイクロフトは身を乗りだした。「シャーロック。おまえ、謎を追いたくてうずうずしとるじゃないか。やはり引退は軽率な判断だった」

シャーロックは顔をしかめてみせた。「謎と呼ぶほどのことじゃない。わが国の外務省から桂太郎内閣に問い合わせるだけのことだ」

「あいにくもう役人ではない私からは、なんの働きかけもできん。古巣の関係者からあたえられた役割は、その招待状を預かり、おまえに渡すことだけだった」

気が進まない思いでふたたび招待状を手にとる。〝惜別の会〟の日付を確認してみる。またもシャーロックは呆気《あっけ》にとられた。「来年の五月十三日から二十日？　一週間もおこなうのか」

「各国要人の出席を望むのなら、期間を広くとるのが賢明な判断だろうな」

「五月十三日は金曜日だが」

「イタリアで不吉とされるのは十七日の金曜日、スペインなら十三日の火曜日。極東の日本までいくと、どんな迷信があるのか想像もつかん」マイクロフトはまた椅子にふんぞりかえった。「じつはアスキス首相が、アイルランド自治法案の妨げになっとる貴族院の拒否権を縮小せんと、議会に働きかけとってな。来年四月ぐらいにめどがつくらしい。そんな事情を日本側に伝えたというもっぱらの噂だ」

イギリス政府の都合を押しつけつつも、同盟の今後を考え、伊藤博文への弔いは実施しておきたい。それがアスキス内閣の本音だろう。結局は大英帝国のわがままを日本がききいれた構図に思える。ますます難色をしめしたくなる。

シャーロックは招待状を封筒に戻し、内ポケットにおさめながら立ちあがった。「まだ期日まで何か月もある。サセックスでゆっくり考えてみる」

「そうするがいい。だが」マイクロフトは座ったまま仰ぎ見た。「シャーロック。おまえはいちど死んだ。キリストの死と復活から始まった教義は、私たちにも死後の復活を運命づける」

「兄さんは引退してここで余生を送っているんだろう？」

「おまえは類《たぐ》い希《まれ》な頭脳を人のために役立てなきゃならん。永遠にな。それを約束したうえでの復活だったはずだ」

「僕は誰とも約束したおぼえはない」

「いや。おまえ自身とだ」

マイクロフトが視線を逸《そ》らしたため、会話はそこで打ち切りになった。もうどんな言葉をかけようが蛇足にしかならない。なにを話そうが返事を得られることはなく、ただ兄の機嫌を損ねるだけだ。

シャーロックは黙ってドアへと向かった。ときに無言で立ち去るのが、この兄弟なりの挨拶のかたちでもある。退室すると大広間のそこかしこから、本や新聞のページをめくる音だけがきこえた。しかめっ面でうつむく男たちが、それぞれソファに身をうずめるなかを、シャーロック・ホームズは正面玄関のほうへと突っ切った。

もやもやした感情が尾を引く。あくまで人として伊藤博文を追悼したい、行動原理はそれだけのはずだ。引退を悔やんでいるようなものさしをあてがわれるのは、甚だ迷惑としかいいようがない。マイクロフトはなんの根拠があって、弟のすべてを理解した気でいるのだろう。頭の回転の速さには畏敬《いけい》の念を禁じ得ない、そんな兄はいまだ健在だが、曖昧《あいまい》さをともなう深読みは彼らしくない。マイクロフトともあろう者が、いよいよ加齢の影響を受け始めているのだろうか。

クロークに預けてあったコートを受けとり、ジャケットの上から羽織ると、正面玄関の庇《ひさし》の下にでた。パル・マル沿いには高級会員制クラブが建ち並ぶ。ディオゲネス・クラブのファサードもほかに負けてはいない。古代ギリシャ風の円柱を左右対称に配置した玄関は、新古典主義とゴシック様式の高度な融合に思える。マイクロフトがディオゲネス・クラブの発起人に名を連ねていることを考えれば、この荘厳さや崇高美はメンバーらの理念の表れといえる。やはり兄にはあくまで知性的でいてほしかった。

短い石段を下ろうとしたとき、黒いドレス姿の痩身《そうしん》が近づいてきた。頭をしっかりと包むクローシェ帽は最新の流行だが、女の背が低く、足もとに目を落としているせいで、顔はわからない。女がぼそりときいた。「ホームズ先生？」

ホームズが立ちどまったとき、女はいっこうに視線をあげないまま、なにかを押しつけてきた。長さ十インチに満たない物体を、ホームズは両手で受けとめざるをえなかった。声をかける暇もなく、女の後ろ姿は石段を駆け下り、パル・マルの往来に消えていった。

茫然と見送ったのち、ホームズは手もとを眺めた。木製で細長い仏像だった。その背には英文が彫りこまれていた。

It was not Ahn Jung-geun who murdered Hirobumi Ito.（伊藤博文を殺したのは安重根ではない。）

ホームズは息を呑《の》んだ。ただちに石段を下り、雑踏のなかに目を凝らす。だがいまさら通行人の群れを掻き分けたところで、クローシェ帽の女を見つけるのは不可能にちがいない。

立ち尽くしながらも、ついさっき視認した情報を分析にかかる。言葉にわずかながら日本語訛《なま》りが感じられた。小柄なうえクローシェ帽からわずかに黒髪がはみだしていた。足もとはドレスシューズだったが、慣れていない歩調で必死に遠ざかった。石畳はあきらかに歩きにくそうだった。ロンドンでの生活に馴染んでいるとは思えない。コートのポケットに仏像をそっとおさめる。ホームズは歩きだした。感じるのは不気味さだけではない。無邪気に心が躍りだすのをとめられなかった。やはり都会には謎がいたるところに転がっている。早期引退の残念さなど鵜呑《うの》みにはしない。だが不可解に脳が揺さぶられる。コカインなどよりずっと刺激的だ。

5

上げ下げ窓にかかるレースカーテンの向こう、夕闇に包まれたクイーン・アン街がある。診療所を兼ねたワトソンの邸宅を、ホームズは訪ねていた。

調度品が少なめの質素な応接間で、ホームズとワトソンはソファにおさまり、しかめっ面を突き合わせた。ふたりのあいだにあるテーブルに置かれた品はふたつ。伊藤博文〝惜別の会〟の招待状が入った封筒と、木彫りの仏像だった。

ワトソンは仏像を手にとり、背に彫りこまれた文字を眺めては、またテーブルに戻した。招待状にも目を走らせたのち、唇を固く結びながら、ふたたびソファに身を沈める。その繰りかえしだった。

ホームズがひとしきり説明を終えてから、もう三十分ほどが経っていた。ずっと沈黙がつづいている。

ようやくワトソンがおずおずと切りだした。「招待状が来たからといって……」

「高価なものではない」ホームズはわざと遮った。「この仏像は、正式には如来立像というが、ごく最近作られた工芸品だ。英日博覧会の準備が進むシェパーズ・ブッシュで、わずか四ペンスで売られている」

「……そうかね」ワトソンがじれったそうに低く唸《うな》った。「これを渡してきた女の謎に、興味がないわけじゃないが……」

「貴金属に名前を彫刻する専用の針で文字を刻んである。『タイムズ』紙の活字を参考にしているな。丁寧で繊細、器用な仕事ぶりだ。ロンドン市民に限定すれば宝飾職人か時計屋だが、入国して間もない日本人なら、その推理は当てはまらない」

「ホームズ」ワトソンは苛立《いらだ》ちをのぞかせた。「僕には仕事も家庭もある。日本へ行くなんてとても無理だ」

また会話が途切れた。静寂のなか食器類を準備する音が、ドア越しに耳に届く。ローレッタ・ワトソン夫人が夕食の支度をしている。ホームズのぶんは丁重に断ってある。というより、ホームズがこの家を訪ねたときのローレッタの冷やかなまなざしが、ディナーへの出席を固く拒んでいた。

もちろんホームズにもその気はなかった。用があるのはジョン・H・ワトソン博士ただひとりだ。なんとしても口説き落とすべくホームズは語気を強めた。「ワトソン。きみとめぐった冒険の日々は、僕にとってかけがえのない思い出だよ。霧深いダートムアの沼地。ニューヘブンからディエップ、ルクセンブルグ、バーゼル経由でスイスのあの荘厳たる滝。サセックスの北の外れ、タンブリッジ・ウェルズの西十マイル……」

「テムズ河の追跡に触れないのはきみなりの配慮か」

ホームズは黙りこんだ。むろん指摘のとおり、いまは亡き先妻メアリー・ワトソンの話題は避けた。だがこういうときに心を見透かされたのを、すなおに認めるホームズではなかった。「いや、忘れていた。ロンドンを離れた事件ばかりに気をとられてね」

ワトソンがむっとしたとき、どう答えるのが適切だったのかと、ホームズはひそかに戸惑った。しかしうろたえるわけにはいかない。目的はあくまでワトソンを連れだすことにある。

ホームズはいった。「きみがいなければどうにもならない事態も多くあった。僕が命を落としかけたことさえある。そのとき救ってくれたのはきみだ。そうでなくともきみは常に僕の心の支えだった。認めるよ。きみがいてこその僕だ」

今度はワトソンが当惑をしめした。「ホームズ。年をとった患者が急に弱腰になるのは、身体の衰えが心にも影響をあたえた証拠……」

「僕の肉体と精神はかつてないほどに昂《たか》ぶった状態にある。非常に積極的な思いできみの助力を求めてるんだ」

「きみは日本へ単独で渡り、無事に帰ってきたじゃないか。僕にとっては行ったことのない国だし、同行したところでなんの役にも立てんよ」

「いいや。前に日本で孤立無援だった僕を救ったのは伊藤博文だ。彼のいないいま、アフガニスタンで従軍したきみの勇気をこそ、僕は必要としている」

「勇気だなんて。たかが〝惜別の会〟への招待を受けるだけだろう」

ホームズは仏像をつかみとった。「これを渡してきた女の謎がある。僕たちの日本行きはきっと重要な意味を持つはずだ。頼む。長年の親友たるきみがいてこそ、遠い異国での不可解に挑める」

「だが……。僕はもう歳が歳だ。身体も動かない」

「きみは若い。僕が請け合うよ。約束する。これが最後だ。きみに東洋の神秘的な国の土を踏んでもらいたい。ぼくらふたりが歩んできた人生の、すべての総括になる旅といえる」

ワトソンは依然として渋い顔だったが、態度が軟化しつつあるのを、ホームズは見逃さなかった。彼もかつて事件の調査に没頭した日々の興奮を取り戻したいはずだ。サセックスに引き籠《こ》もってから、親友と呼べる存在の重要性を日増しに悟った。ワトソンがいたからこそ、ワトソンがいたからこそ、あらゆる困難を乗り越え、不可能を成し遂げられた。今日のシャーロック・ホームズがあるのはワトソンのおかげだ。彼の筆で有名にしてもらったというだけではない、なんの疑いもなくすべてをまかせうる存在は、ワトソンをおいてほかにない。

日本人とおぼしき女が、この仏像を強引に手渡してきた。ディオゲネス・クラブに着くまでの道のりを尾行してきたのだろうか。おそらくホームズが兄と会い、〝惜別の会〟への招待状を受けとるのを、あの女は予測していたにちがいない。女の背後には誰がいる。なぜメッセージを仏像に彫りこんだのか。伊藤博文は安重根という男に撃たれたと、世界じゅうの新聞が報じている。それを否定する根拠はどこにある。

ホームズはつぶやいた。「伊藤は僕にとって命の恩人だよ。その死の経緯に疑わしいところがあるなら、どうあっても解明したい。僕の使命のような気もする」

「いまのきみなら駐日大使が力になってくれるだろう。〝惜別の会〟にわが国の閣僚たちが呼ばれるのなら、スコットランドヤードあたりから警備責任者も派遣されそうだし」

「きみでなければ駄目なんだ。過去のすべてが証明している。頼む、ワトソン。僕にはきみがいなくては」

ワトソンが困惑顔で黙りこんだ。もう折れる寸前だと表情が告げていた。それでも彼が独身だったころほどには、心変わりも容易ではないようだった。ため息まじりにワトソンがいった。「診療所を長期にわたって閉めないと。患者の了解を得なきゃいけない」

「なに、旅立ちまでにはまだ充分な日数があるさ」

「……問題はそれだけじゃない」ワトソンが小声になった。「より難題なのはローレッタの許可だ」

ホームズは言葉に詰まった。「そこは……。一家の主《あるじ》たるきみから話すべきだ」

「ずるいぞ、ホームズ。きみが持ちかけた話だろう」

「なら僕から頼んでみる」

「勝算はあるのかい。というより、どんなふうに話す?」

「いつもどおり説得を試みるだけだ」

「それならけんもほろろじゃないか」

「ではやはりワトソン、夫のきみから話すのが……。いや、僕たちふたりで相談してみよう」

「妻が認めてくれるとは思えないな。ケヴィンとシェリルも寂しがる」

「きみがそんな弱気じゃ困る。前向きな強い意志を明確に打ちだしてほしい」

「僕のなかに前向きな強い意志があるかといえば……」

「わかった。いいからローレッタと話そう」ホームズは腰を浮かせた。

ワトソンは難色をしめしたものの、渋々といったようすで立ちあがった。ふたりで譲りあいつつドアへと向かう。

廊下にでて食堂をのぞきこんだ。ハギスのにおいが濃厚に漂う。ローレッタはドレスにエプロンを身につけ、ひとり配膳《はいぜん》を進めている。

ホームズは決まりの悪さを感じ、ワトソンとともに戸口にたたずむしかなかった。まるで母親に叱られるのをまつ子供のようでもある。ローレッタは不機嫌そうな顔で一瞥《いちべつ》をくれたのち、またテーブルに目を戻した。一家四人の食事の用意を着々と進めている。

「あ」ワトソンが咳《せき》ばらいをした。「あのう。ローレッタ、ちょっと話が……」

ふいに階段をどたばたと下りてくる足音がした。小さなふたつの身体、ケヴィンとシェリルが駆けこんできた。シェリルが笑いながら呼びかけた。「お父さん！　ご本を読んで」

しかし兄妹はホームズが来ていると知るや、こわばった顔で黙りこんだ。ホームズが見下ろすと、シェリルは不安のいろを漂わせた。ケヴィンも及び腰のようすながら、きょうは妹より先に会釈をした。シェリルも表情を変えないまま挨拶《あいさつ》の素振りをした。

ローレッタが子供たちにいった。「あっちでまってて。すぐ食事だから」

はぁい。シェリルが先にソファへ駆けていった。ケヴィンが追いかけていく。食卓から離れた場所にあるソファに、ふたりは並んでおさまると、それぞれ手にした木を読みあいだした。兄妹に子供らしい笑みが復活するや、ホームズは内心ほっとした。この一家に憂いをもたらす存在でありたくはない。

ワトソンが根気強くローレッタに声をかけた。「少し時間をもらえないかな」

ローレッタはテーブルから顔をあげなかった。「お話はきこえておりました」

いっそうの当惑をおぼえる。ホームズはワトソンを見た。見かえすワトソンの目にも戸惑いのいろが浮かぶ。

するとローレッタが淡々とつづけた。「ご自身の声量に気づかないぐらい、肉体と精神がかつてないほどに昂ぶっていらっしゃったのね」

ホームズは気まずさとともに黙るしかなかった。ワトソンが穏やかに弁明した。

「ローレッタ、無理で無茶な相談だとはわかってるが、僕と旧来の友人ホームズとの関係をいちどだけ尊重し、どうか診療所の休業と僕の不在を許してもらえないだろうか。あるいはきみも一緒に……」

「ありえません」ローレッタがきっぱりと否定した。「誰がケヴィンを学校に通わせるのですか。シェリルの世話は？　わたしは子供たちをどこにも預けたくない」

「気持ちはわかる……。僕の留守をどうか受けいれてほしい。大事なことなんだよ。現に招待状も届いているし、故伊藤博文とはいちど会ったこともあって、しかもホームズのもとに謎めいた仏像が……」

「五月十三日、その前後のひと月ずつ、合計二か月」

「……というと？」

「診療所の休業期間ですよ」ローレッタが身体を起こした。「招待状にある〝惜別の会〟を挟んで、航路の片道にひと月。それがわたしの許せる最長期間です。患者さんたちの事情も考えてあげてください。ケヴィンとシェリルのことも」

ワトソンは狐につままれたような顔になったが、あわてぎみに礼を口にした。『あ、ありがとう。ローレッタ。もちろん僕は職務を放棄するつもりなど……」

「奥様」ホームズは心躍る気分で声高に発言した。「ご理解いただき感謝します。しかし最新の蒸気客船でも、ロンドンから横浜まで三十日となるとぎりぎりで、四一日かかる場合も多々ありましてな。偏西風のため復路は往路よりも、さらに数日……」

ローレッタの射るようなまなざしがホームズを睨《にら》みつけた。まずいよとワトソンの目がうったえてくる。ホームズは口ごもるしかなかった。早々と調子に乗ったのは好ましくなかった。

ワトソンは穏やかに感謝を告げた。「ローレッタ、本当にありがとう。迷惑をかけるが、きっと埋め合わせはするからね」

なにをいおうが反発を受けるホームズとちがい、ワトソンのいたわりにローレッタは、ひとり静かに視線を落とした。ローレッタが涙声でささやいた。「無事に帰ってくだされば」

ホームズが常々感じることがある。夫婦の関係というものは、親子や友人どうしとはまた異なる、譲歩と相互理解の特殊な絆《きずな》で結ばれている。ワトソン夫妻も例外でないばかりか、むしろ顕著なようだった。ホームズが無言で見守っていると、ケヴィンとシェリルが父親に駆け寄った。

「お父さん」ケヴィンがすがりついた。「どこかへ行っちゃうの？」

シェリルも抱きつきながらぐずりだした。「いなくなっちゃやだ」

ワトソンは感慨深げに笑った。「そんなに心配するな。少しのあいだ旅行にでかけるだけだよ。日本からお土産を買ってくるからね」

日本ってどんな国、とシェリルがきいた。さあ、まだ行ったことがないからわからないね、ワトソンがそう答えた。でもきっといいところだよ、ホームズおじさんもそういってるから。

ふたりの子供が父親にしきりとまとわりつく。ローレッタが微笑とともに、食事にするわよと呼びかけた。

ホームズの胸の奥に、取り残されたような寂しさと、なんともくすぐったいような温かみが同時に芽生えた。長居するべきではないようだ。ホームズは静かにいった。「ワトソン、僕はおいとまするよ」

「食前酒だけでも一緒に……」

「いや、いいんだ。ローレッタ、ご主人をお借りして本当に申しわけない。彼がいっそう健康になって、この家に帰ることを保証するよ。ケヴィン、シェリル。またね」

それだけいうとホームズは背を向け、足ばやに廊下を抜けていった。ワトソンがすぐに追ってこられないのは、まだ子供たちから解放されないがゆえだろう。見送りを無理強いしたくもない。

家政婦が玄関のドアを開けるべく、ホールへ駆けだしてきたが、ホームズは片手をあげ制した。みずからドアノブを引き、黄昏《たそがれ》どきを迎えたクイーン・アン街へと歩きだす。

黒々とした無数の人影が石畳の上に家路を急ぐ。せわしない流れにホームズも加わった。ワトソンの診療所の入口を通り過ぎ、路地へと折れたとき、さっきの食堂に面した窓が目についた。もう親友を気遣う必要がなくなったワトソンは、遠慮なく妻子たちを抱き締めていた。身を寄せるローレッタが肩を震わせながら泣いている。

感傷が胸をかすめる。ホームズは歩を速めた。自責の念も罪の意識も、きっと気のせいではないのだろう。平穏な日々がここに戻るのを約束せねばならない。ベーカー街の日々は過去だ。彼には一生をかけて守っていくものがある。

6

技術の進歩は人類史の時計を急激に速めた。ホームズはただ舌を巻くしかなかった。ルシタニア級豪華客船は途方もなく巨大だった。全長七八七フィート、幅八七フィート、総トン数三一五五〇トン、排水量は四四〇六〇トンを誇る。スコッチ・ボイラー二十五基、主機関に汽室パーソンズ型蒸気タービン四基を備え、三翅《し》スクリュープロペラが最高速度二六・七ノットを実現する。煙突四本とマスト二本を掲げる、ほとんど揺れのない人工島が、大海原をぐいぐい進んでいく。

一昨年に進水したばかりの船で、ホテルに見紛うほど内装は煌《きら》びやか、一等客室の乗客らも上流階級揃いだった。約二千人もの旅客と八百五十人の乗員を、この三十三日間で極東へと運び、きょうあの懐かしの島国に到着しようとしている。

前に日本へ渡ったときの地獄の経験を、ホームズはぼんやりと思い起こした。ライヘンバッハの滝を生き延びたのは過ちだったかもしれない、そんな後悔の念にさいなまれるほどの過酷さだった。帆と蒸気機関を併用する、朽ち果てる寸前の貨物船の底で、密航者の清国《しんこく》人らと一緒にごろ寝した。船酔いに苦しむのは当然のこと、スペイン人の水夫にバケツとモップを持たされ、甲板清掃を強要された。インド洋でサイクロンに見舞われるなか、マストに登り帆を畳もうと悪戦苦闘した。

あの奴隷船は航海当時、三か月を経てもまだ四方八方を水平線に囲まれていた。いまは同じ海を渡っているとは思えないほどの快適さだ。

ホームズはワトソンとともに、一等客室のルームサービスで朝食をとっていた。まちにまった日本上陸が間近に迫ったけさは、また格別の味わいに感じる。

ティーカップを傾けながら、ホームズは満ち足りた思いを言葉にした。「いやあ、ワトソン。髭《ひげ》を剃る余裕もない百日間の船旅を想像できるかね。僕はいま文明の恩恵にあずかる喜びに浸りきっているよ」

ワトソンが鼻で笑った。「それもイギリス国内の延長たる、この船内にいられるきょうまでじゃないのかな」

「とんでもない。日本は驚くほど発達した文明国さ。わが大英帝国の支配圏にある諸国とは根本的に異なる。伊藤はたいした男だったよ。西欧各国それぞれの長所を巧みにつまみとり、近代法治国家の構築に役立てたのだからね」

「しかし生魚を……火を通さずに食べるんだろう？」

「絶品だよ。ワトソン君、まさか現地にてカトリック教徒よろしく、鱗《うろこ》のない海の生物を食さないといいだすつもりはあるまいね。今後数日は蛸《たこ》や烏賊《いか》を食べるイタリア人やギリシャ人を見習うべきだ。せっかくの異国の珍味に無関心でいる手はないよ」

「それはそうだが」ワトソンは笑顔で食後のクッキーを頬張った。「医師としてきみと僕の健康も気遣わなきゃいけないからね。家族のためにも体調を崩すわけにはいかないよ」

家族のため。そのひとことにホームズは表情筋をこわばらせてしまったらしい。ワトソンがしまったという顔になり、あわてぎみに紅茶をすすった。

だがワトソンが妻子を案じるのは当然だ。ホームズはどう告げるべきか迷ったものの、結局は無言で通した。ワトソンが友情と家族愛の板挟みになり苦しむ姿を見たくない。こうして長旅にでる決心をしてくれた、そのことに深く感謝するのみだ。こんなに頼りにできる味方がほかにいるだろうか。

もうふたりともあえて言葉にはしないが、ロンドンを出航したのち、船上のイギリス人らはいちど喪に服した。なんとエドワード王が急逝したからだ。

伊藤博文に哀悼の意を表するため、祖国を離れ日本をめざしているというのに、その途上でわが国王の崩御をきいた。気分が鬱屈《うっくつ》してくるのは避けられない。ふたつ年上のワトソンは心の支えだった。彼がいてくれればこそ平穏でいられる。ひとりならとっくに病みだしていたのではないか。

ドア越しに廊下の靴音がきこえる。大勢が談笑しながら通り過ぎていくのがわかる。汽笛と鐘の音がこだました。ホームズはナプキンをテーブルに置いた。「陸地が見えてくる時間だ。甲板にでてみようじゃないか」

まんざらでもないようすのワトソンを連れ、ふたりで部屋をでる。廊下から階段へと向かった。朝の陽射しの下にでると、爽《さわ》やかな潮風が吹きつけてきた。

グリニッジを基準に、日付変更線なるものが制定されたのは、ホームズがちょうど三十歳のころだった。日本ではきょうが五月十五日になる。青空は輝かんばかりの初夏に染まっていた。白い波間も鮮やかに照らしだされる。

甲板には大勢の旅客が群れていた。もう間近に迫った異国の情景に、そこかしこで感嘆の声があがる。

横浜港の規模は飛躍的な発展を遂げていた。遠くに見える低い山々こそ、緑の絨毯《じゅうたん》が素朴に覆うものの、手前の平地にひろがる市街地となると、ほぼリバプールの一角と大差ない。洋上に埋め立て地が数を増やし、埠頭《ふとう》がいたるところに浮かんでいる。港湾はひっきりなしに出入りする艦船による混雑がつづく。蒸気船の汽笛が幾重にも響いてくる賑《にぎ》やかさだ。

ホームズはふと複雑な思いに駆られた。たしかに壮観な眺めにはちがいない。だが前に見た横浜とはずいぶん異なっていた。近代的になりすぎている。平底の帆船や小さな釣り船、たくましい半裸の漁師たちが身体を揺すり長い櫓《ろ》を漕ぐ、あの浮世絵の情景はどこにもない。外国船籍でなくとも西欧式の蒸気船ばかりが横断していく。甲板に立つ乗員も洋風の制服姿だ。立ち上る煙のせいか、遠方に富士山《ふじ》も望めない。

ワトソンの顔からも、甲板にでた直後の無邪気な微笑は消え失《う》せていた。「ホームズ……。この旅路できみが何度となくきかせてくれた、伝統と近代の融合する風光明媚《めいび》というのは……」

「ああ。きみがなにをいいたいかはわかる。あきらかに情緒に欠ける。東アフリカにおける英領と独領の境界あたりの印象が漂う」

「ザンジバルというよりはドイツ領寄りだね。わが国やフランスの影響もうかがえるものの、こういっちゃなんだが、まるでビスマルク体制下の軍港に見えるよ」

軍艦に日本の旗が掲げられているため、ドイツ帝国の植民地でないことはあきらかだが、兵装から乗員の制服までドイツ式に近い。無骨で優雅さは皆無に等しかった。

ホームズは腑《ふ》に落ちないものを感じ始めていた。

報道によれば伊藤は九年前、ドイツ皇帝ヴィルヘルム二世から、〝日本のビスマルク〟と称されたらしい。たしかに伊藤はプロイセンを参考に、ドイツ型立憲君主制に似た憲法を制定した。だがこの横浜の変貌《へんぼう》を見るかぎり、統治から軍隊まであらゆるものがドイツ式に染まってしまったのではないか、ふとそんな不安をおぼえる。

豪華客船はたっぷり時間をかけ、ようやく接岸を果たした。旅客たちが桟橋を渡りだす。ホームズとワトソンも、いったん客室に戻り下船の支度をした。細身のシャツとベストに礼装用のフロックコートを羽織る。ヴィクトリア朝のころにくらべると、動きやすい仕立てに流行が変わってきたのはありがたい。ホームズはシルクハット、ワトソンはボーラーハットをかぶった。これも以前にホームズが初めて日本を訪ねたときのみすぼらしさとは雲泥の差だ。

トランク数個の荷物は乗員に運ばせる。入国手続きはロンドンを発《た》つ際に済ませたため、いまは桟橋を通り抜けるだけで異国の大地を踏める。

広大な石畳の埠頭が、はるか彼方《かなた》まで延々とつづき、赤煉瓦倉庫と線路の建設が進む。そんな埠頭には迎えの自動車や馬車、大勢の人々がそこかしこに待機していた。ようやく和装を見かけた。紋付袴《はかま》姿の紳士や艶《つや》やかな着物姿の淑女は、日本画から抜けだしてきたような風情に満ちている。しかしそうした服装も、外国人を出迎えるにあたり、意識的にその身なりを選んだように思えてならない。スーツやドレスの占める割合は、かつてホームズが横浜を発ったときより、ずっと大きくなっている。着こなしも洗練されてきていた。港の発達と同様、西洋文化がごく自然に浸透度を深めた。そのぶん本来の日本的なものが、逆に景色から浮き始めている。

ホームズはワトソンの顔を見た。ワトソンはロンドンにいるときと変わらない面持ちだった。互いに苦笑しながら埠頭を歩きだす。周りでは出会いや歓迎にともなう喜びの声があがっている。

自分たちにも迎えが来ているはずだが。ホームズがそう思ったとき、流暢《りゅうちょう》な発音の英語が耳に届いた。「日本へようこそ、ホームズ先生、ワトソン先生」

ふいに呼びかけられた以上の驚きが、なぜかホームズの胸中に生じた。声がしたほうに目を向けながら、二十七年前のベーカー街の部屋が重なる気がした。〝まだらの紐《ひも》〟事件から帰った直後、室内でまっていた伊藤博文と顔を合わせた、あのときの視界だった。

蘇《よみがえ》ってくる記憶はそれだけに留《とど》まらなかった。近くにたたずむモーニングコート姿の青年を見るや、まだ十歳だったころの光景が脳裏をよぎった。ロンドン市内でも猥《わい》雑《ざつ》な印象の漂う一角、シャーロックとマイクロフトの窮地を救ってくれた、謎の日本人青年がいた。あれは二十二歳の伊藤博文。当時は春輔《しゅんすけ》と名乗っていた。

いま目の前でおじぎをする青年の容姿が、幼い日のホームズの思い出に一致する。農耕に生きるような純朴さと、武士然とした精悍《せいかん》な顔つきが混ざりあっている。初めて会ったときの伊藤博文にうりふたつだ。声までそっくりに思えた。モーニングの着こなしもさまになっている。

「伊藤文吉《ぶんきち》君」ホームズは歩み寄りながら手を差し伸べた。「わざわざ出迎えありがとう。会えて嬉《うれ》しい」

青年は面食らったようすながら握手に応じた。「私をご存じだったのですか」

「きみが五歳ぐらいの写真を、父君の屋敷で見たことがある」

「ああ」ワトソンが親しげに笑った。「ベーカー街での記憶はうっすらとしているが、『イラストレイテッド・ロンドン・ニュース』紙の図版で、その後の伊藤博文氏の顔は拝見したよ。きみにそっくりだ」

伊藤文吉はワトソンとも握手したものの、浮かない表情に転じていた。ワトソンは戸惑いをしめしている。

無理もないとホームズは思った。文吉が父親に似ていることを、ホームズはあえて口にしなかったのだが、ワトソンはそこまで気がまわらなかったらしい。

ホームズはささやきかけた。「ワトソン。彼は……」

文吉が微笑した。「いえ、ホームズ先生、お気遣いなさらないでください」

ワトソンが困惑のいろを深めた。「失礼。なにか配慮に欠けた物言いを……?」

「いえ」文吉はすっかり穏やかなまなざしに戻っていた。「ワトソン先生。たぶんホームズ先生は、私が父に似ているといわれるのを喜ばないのではとお思いなんです。博文の妻梅子は、私の母親ではありません。伊藤家に出入りしていた行儀見習いが産んだ子が私でして」

「それは」ワトソンが咳払いした。「どうも。申しわけない」

「ですから気になさらないでください。父は尊敬できる人でしたから。よく父がいっておりました。この歳からでもホームズ先生に学んだことを実践していくと」

「……ほう」ホームズは控えめにささやいた。「それはありがたい。僕が一方的に学ばせてもらっただけかと」

文吉が背後のクルマをしめした。「お乗りください。お荷物はもう一台に積ませます」

年配の運転手がうやうやしく頭をさげる。大きな四輪を有するクルマは、馬のいない馬車といった印象で、屋根を掲げるものの、左右両側面に覆いはない。だが豪華仕様だと一見してわかる。前方に縦長のブラス製のラジエーター、丸みを帯びたフェンダー、黒く光沢のあるボディ。白馬に引かせれば国王エドワードがお乗りになるキャビンとしても違和感がない。それぐらいの優雅さと気品を漂わせる。

ホームズは文吉にいった。「もう十五日だ。〝惜別の会〟は十三日から始まっているね？　急ぎ出席すべきだろうか」

「いえ。お国のアスキス首相のご到着が遅れ、最終日近くにご出席になるそうです。ほとんどの国の要人がその日程に合わせるとのことで、ホームズ先生とワトソン先生も、十九日になさるのがよいのではと」

「ほう？　するといま〝惜別の会〟の会場は連日、寂しい状況なのかな」

文吉が笑った。「そうですね。父が生前親しかった政財界のかたがたやご家族が、ちらほら訪ねてこられるだけです。〝惜別の会〟なので、賑やかな顔ぶれというと語弊がありますが、要人が揃われるのは十九日です」

ワトソンがうなずいた。「なら急ぐこともないね」

「そうです」文吉が乗車をうながした。「さあどうぞ。内閣総理大臣のもとへご案内します」

運転手が後部ドアを開ける。ホームズとワトソンは後部座席に並んだ。革製の座面と背は柔らかかった。文吉は助手席に乗った。車外前方でクランクハンドルを回し、エンジンを始動させた運転手が、最後に乗りこんできてハンドルを握った。

ゆっくりとクルマが動きだす。文吉の心の奥底はいざ知らず、博文の子息だった恩恵にあずかるのを拒否してはいないとわかる。ホームズはいった。「爵位を受けるほどでなければ、きみがこの歳で運転手付きのアメリカ製新型車に乗るのは無理だろう。日本の華族令ではたしか、爵位は個人でなく家族に授けられたはずだが」

文吉は気を悪くしたようすもなく振りかえった。「昨年の十一月に男爵に叙されたばかりです。おっしゃるとおり父の勲功あってのことです」

伊藤博文が恋多き男として有名だったのは、遺族として幸いといえたかもしれない。婚外子であることがいまさらマイナスには作用しなかったらしい。英語の流暢さから考えても、高等教育を受けたのがわかる。ホームズは文吉にきいた。「きみは伊藤姓を継いだわけか」

「ええ。当初は梅子の兄の子とされましたが、のちに戸籍上、伊藤家の養子として迎えられるかたちで」

ワトソンがいった。「すると伊藤博文公の正式な後継者だね」

「それはちがいます。兄の博邦《ひろくに》が家を継ぎますので」

「ほう。兄君がいらっしゃったのか。きっと兄弟仲睦まじく……」

ホームズは犬を追い払うときのように、歯の隙間からシッと音を立ててみせた。ワトソンがまた失言を自覚したように口をつぐむ。

文吉が笑った。「どうかお気遣いなく。博邦は父とも梅子とも血縁関係にない養子ですが、伊藤家の正式な後継者としてふさわしい男です。いまドイツに出張中ですが」

「梅子さんはどうしてるのかな。実の娘さんの生子さんや、朝子さんは……」

すると文吉の表情はやや硬くなった。「朝子は外交官の夫とともにオーストリア＝ハンガリーにいます。生子も枢密顧問官の末松謙澄《すえまつけんちょう》という子爵と結婚しました。母の梅子は末松邸に同居中とききます。私はあまり交流がありません」

朝子は文吉と同様、梅子を母親としていない。伊藤家の女中の子だ。庶子であっても上流階級の優遇を受けたのが、長男にかぎらなかったのは幸いに思える。

総理大臣夫人だった梅子だが、男児には恵まれなかったため、伊藤家に居場所を失ってしまったのだろうか。実娘の生子のもとにしか身を寄せられなかったのかもしれない。イギリスの貴族の家系でもよくきく話だ。西洋化した日本では家族の事情まで似てきたのか。

ワトソンが問いかけた。「伊藤文吉卿《きょう》はふだんどんな職務を？」

唖然《あぜん》とした文吉が苦笑に転じた。「申しわけありません。男爵《バロン》といいましたが、イギリスのように国王から封土を受ける臣下だったわけではなく、ただの称号にすぎないので……。卿《ロード》と呼ばれる立場にはないんです」

「謙虚だね」

「いえ。本当にただわが国の五爵制に基づく区分というだけでして」

「きみみたいに優秀な若者は引く手あまただろう」

「忙しいのも父のおかげです。山林事務官と農商務書記官を兼ねていましたが、つい先日、休職願をだしました。今年のうちにイギリスへ渡るつもりです。父もそうして見聞を広めたそうなので」

ホームズはワトソンと笑いあった。伊藤博文こそこちらの見識を深めてくれたとホームズは思った。蛇については彼のほうが正しかった。

「なによりも」ホームズは感慨を口にした。「父君の柔道のわざが目に焼きついている。いまの文吉君と変わらない年齢だった父君の」

ワトソンが目を泳がせた。「柔……。ああ、そうか。柔道か!」

文吉が訝《いぶか》しそうにきいた。「どうされたんですか」

「いや、あの」ワトソンはなんらかのしくじりをしきりに悔やみだした。「ホームズ……。ここから出版社に訂正の電報を打って、無事に届くかな」

「またなにか原稿の記載に問題が見つかったのかね」

「柔道をバリッと書いてしまった」

ホームズは笑ってみせた。「バリッ？　どこからそんな奇抜で珍妙な名が？　記憶力たしかな伝記作家たるワトソン君が、それはいったいどういうことだ」

「きみから話をきいたときは、頭がぼうっとしてたんだよ」

「書いたばかりかね？」

「いや。七年も前に発表してそのままだ。……きみは読んでくれていないのか？」

「僕と同居していれば執筆時に指摘できたんだがねぇ。七年も経ったのなら読者にもすっかり定着しているだろう」

「誤りを広めてしまったわけだ」ワトソンが身を乗りだした。「文吉君。バリッという言葉は、日本語でなにか低俗もしくは、滑稽《こっけい》な意味を持っていないだろうか」

文吉が首を横に振った。「なんの意味もないと思いますが」

「よかった」ワトソンはほっとしたようすで、また座席の背にもたれかかった。「そういう技があるかもしれないと、好意的に解釈してくれる読者が多いのを祈るのみだ」

ホームズは苦言を呈した。「よくはないよ、ワトソン。僕がいいかげんな妄想話を口走ったか、もしくは法螺《ほら》吹きと思われるじゃないか」

ワトソンが笑いだすと、ホームズはつられて笑った。かつての懐かしい時間が戻ってきている、そんな実感があった。

緊張が解けてきたのか、文吉もいくらかくつろいだ態度をのぞかせるようになった。「ホームズ先生。元老の井上馨《いのうえかおる》とはお知り合いですよね？」

「ああ。きみの父君の盟友だったからね」

「総理大臣の桂太郎は、井上と義理の親子の関係ですよ。日英同盟を締結し、日露戦争を勝利したのも桂総理です。父の〝惜別の会〟の主催として、最もふさわしい人物でしょう」

なるほど。そのような経歴の主催者であれば、単なる政治的駆け引きばかりを目的とせず、真心をこめ故人を偲《しの》ぶ催しになりうる。文吉はそのことを強調したかったのだろう。ホームズの危惧《きぐ》を正しく予見していたらしい。父譲りの政治家としての素質といえるかもしれない。

ホームズはたずねた。「井上馨は元気かな？」

文吉がまた微妙な面持ちになった。「去年、福岡に出張中に腎不全にかかったようで……。ひところは重態だったようです」

「そうなのか」また歳月の流れの速さを痛感させられる。ホームズは重い気分になった。以前の彼は博文とともに車夫に化けたりして、おおいに活動的だったのだが。

「ただし」文吉が穏やかに告げてきた。「もう退院なさっています。仕事には意欲的なのですが、安静を義務づけられることも多くなったと、博邦からききました」

「……きみの義兄の博邦が、井上馨の容体に詳しいのかね？」

「甥ですから。井上馨の兄の四男が博邦です」

ホームズとワトソンは顔を見合わせた。いまの政府関係者にとって、信用できる家系は限られているのだろう。親しい者どうしがどんどん身内になっていくようだ。

港をでると横浜の街並みがひろがった。木造家屋と市井の人々の暮らしぶりは、さほど変化はないようだった。洋館と純和風の木造建築の比率は半々。子供たちが駆けまわるが、店先にある商品を盗んだりはしない。依然として治安のよいことに驚かされる。庶民は和装が圧倒的に多く、日本の雅《みやび》といえる趣が感じられる。

ただし警察官は前とちがっていた。制服が軍隊調になり、交番に立つ姿もずいぶん威圧的になった。十九年前は腰が低く、笑顔で道案内する人のよさだったが、いまは仁王立ちだ。なにやら要らぬところまでドイツ式に染まりつつある。

ホームズはつぶやいた。「英日同盟が未来永劫《えいごう》、確固たるものであると信じたいね。どうもわが国の敵対せしドイツ帝国に似てきている気がする」

「気のせいですよ、ホームズ先生」文吉は平然と応じた。「各国のよいところを学びとっているだけです。日本の本質は大和魂《やまと》ですよ。けっして変わったりはしません」

大英博物館図書館で紐解いた日本語辞典を、ホームズは想起した。平安時代から江戸時代まで、大和魂という言葉の意味は観念的で、日本人特有の常識力や才能、感受性という意味が強かった。戦争とはけっして結びつかない、自由主義的で平和主義的なニュアンスだと書いてあった。明治四十三年のいまも同じ意味だろうか。

7

大井町字谷垂《おおいまちあざたにだれ》なる地域の一角に、伊藤博文の墓所があった。横浜港と東京市中心部のちょうど中間あたりになる。クルマはそこへ立ち寄り、ホームズらは墓参りを済ませた。小さな鳥居の向こうに、高さ六フィートほどの円墳。ここに偉大な日本人が眠っている。彼はもういないのだという実感が湧いてきた。

昨年の国葬の折なら、東京市の全体が喪に服していたかもしれない。だが〝惜別の会〟が始まっているといっても、もう半年が経過したいま、大都会の賑わいにはなんら制限がない。銀座《ぎんざ》や日比谷地区には、石造りの洋館が数を増やし、レストランやカフェの軒先が並んでいた。あらゆるところに人だかりができている。

目抜き通りに馬車が行き交う一方、自動車の割合はロンドンより多めのようだ。この国でも自動車の製造はおこなわれているときくが、いまのところアメリカ製の屋根のない大衆車がめだつ。馬車のキャビンのみが走るような奇妙さも、数を増やせばごく当たり前の光景に感じられてくる。ただし馬車に猛然と追い越されるたび、肩身狭く路傍に押しやられるさまは、文明の利器としてはまだ頼りない。

ホームズらの乗るクルマは、公園のように緑豊かな敷地へつづく、洋風のアーチ門をくぐった。私道の先に現れたのは煉瓦造り二階建ての洋館と、隣接する平屋建ての和館からなる、見るからに巨大な施設だった。左右の幅は視野におさまりきらないほどで、奥行きも果てしない。

文吉がいった。「建物だけで八〇〇坪ほどあります。つまり約〇・六五エーカーです。かつては太政《だじょう》大臣官舎だったのですが、現在は総理大臣官邸として用いています」

クルマが徐行しながら正面玄関前へと近づく。ワトソンが身を乗りだしぎみに、建物の外観を眺め渡した。「そのせいかな。官邸というより官舎っぽい造りだね」

「ええ」文吉がうなずいた。「枢密院事務所だったこともありましたからね。なにしろ内閣の発足からまだ四半世紀に満たないので、さまざまな建物がいまなお急場しのぎの段階です」

正面玄関前に停車すると、衛兵のような制服の男たちが歩み寄り、後部ドアを開けた。ホームズはワトソンとともに降り立った。

ここは洋館の正面入口だったが、両開きのドアの左右には、日本の古城にありそうな篝火《かがりび》が燃えている。三本脚が短く、薪《まき》の入った籠《かご》の位置が低いせいか、六歳ぐらいの子供が悪戯《いたずら》をしていた。掻《か》き集めてきたらしい木の葉を火にくべている。

文吉が声をかけた。「こら。留蔵《とめぞう》」

留蔵と呼ばれた子供が、つぶらな目を気まずそうにし、あわてたように走り去った。

ワトソンが笑った。「ほっとしたよ。この国にもいたずらっ子はいるみたいだ」

ホームズも鼻を鳴らしてみせた。「それも総理大臣官邸にね」

けれども文吉は真剣に頭をさげた。「どうもお恥ずかしいところを……」

「いや」ホームズは首を横に振った。「そんなに堅苦しく考えることもない。元気な子だよ」

「住みこみで働いている使用人の子なんです。親が忙しくてかまってもらえないので、お客様に甘えることが多くて」文吉がドアのなかへといざなった。「さあ、こちらへどうぞ」

二階まで吹き抜けになったホールは、等間隔に並ぶ円柱の二本ごとに、半円状の天井を備えている。ドイツに顕著なロマネスク調の模倣だった。もともとロマネスクとは、古代ローマ建築の真似ごとという、皮肉な意味を持つ言葉でもある。しかしここはそのロマネスク調をさらに複製していた。ステンドグラスから陽光が射しこんでいる。設計にあたり聖堂を意識したのかもしれない。

いくつかドアがあるが、うちひとつはやけに小さく、屈《かが》まないと入れないサイズだった。装飾のない粗末な板のみが嵌《は》めてある。ホームズは文吉にきいた。「あれは？」

「潜《くぐ》り戸といいます。なかは三畳ほどです。玄関先の掃除夫が待機する部屋と、清掃具の保管所を兼ねています」

ワトソンがいった。「起きたら目と鼻の先が仕事場というわけか」

「ええ」文吉がうなずいた。「掃除夫はたいてい年寄りですからね。ごく近くにいたほうが効率的でしょう」

まだ封建社会がいろ濃く残っている、ホームズはそう思った。イギリスもけっして褒められたものではないが、この潜り戸なる出入口はまるで犬小屋のようだ。文吉は賢い青年にちがいない。しかしその彼ですら、プロレタリアートへのこういうあつかいに疑問を持っていなかった。

階段を下りてくる一行があった。中心となっているのはフロックコート姿、薄くなった白髪に白髭、七十を過ぎているとおぼしき日本人男性だった。ステッキを突くものの、足どりになんら問題は見受けられない。周りを若い側近たちが囲み、絶えず気遣いをしめしている。

文吉がホームズにささやいた。「山縣有朋《やまがたありとも》元帥陸軍大将です。元内閣総理大臣でもあります。日清戦争で第一軍司令官、日露戦争では参謀総長」

ホームズは頭のなかで、かつて読んだ新聞のページを繰った。「伊藤博文の政敵だろう。十年ほど前、きみの父君が立憲政友会《りっけんせいゆうかい》を組織したことで、山縣は内閣総辞職したはずだ」

「たしかにそうですが……。政敵でもあり友人でもあったんです。私の父に代わり、いまでは山縣元帥が元老の最有力者ですが、〝惜別の会〟にも強く賛同なさり、発起人のひとりに名を連ねておられます」

「伊藤博文は政党政治をめざしたが、山縣はあくまで君主政治にこだわったのだろう?」

「はい……。どちらも低い身分から総理大臣に上り詰めたという共通項はありますが、私の父は政府官僚ひとすじ、山縣元帥は軍人としての道を歩まれて」

「きみの父君の目標は、立憲制による近代国家の樹立。山縣は軍の強化。相容《あいい》れなくて当然だ」

文吉は口ごもりつつも、山縣のもとへ足ばやに向かいだした。「おまちを。ホームズ先生とワトソン先生を、山縣元帥にご紹介します」

遠ざかる文吉の背を見守るワトソンがささやいた。「そんなに文吉君を追い詰めちゃ気の毒だよ」

「どうも腑に落ちないものがあってね。〝惜別の会〟に政治的利用のきな臭さが漂うとすれば、純粋に哀悼の意を表さない者が、発起人のなかにいると考えられる」

「それが山縣元帥だっていうのかい?」

「まだわからない。伊藤博文の政敵というわかりやすい対立構造が、イギリスにまできこえていたというだけだ」

いきなり怒声が響き渡った。ワトソンが目を丸くし、階段のほうを見やった。ホームズもそちらに向き直った。

山縣が額に青筋を浮きあがらせ、なにごとかまくしたてている。日本語だった。なにを喋《しゃべ》っているかはさだかではない。だが山縣はまっすぐこちらを睨みつけていた。激しい憤りはホームズに向けられている。

コミュニケーションの機会を得られたのはむしろありがたい。ホームズは悠然と歩きだし、山縣のもとへ近づいていった。ワトソンが戸惑いがちに追いかけてくる。文吉はあきらかにうろたえていたが、山縣の側近らはみな無表情のまま静観しつづける。

ホームズは堂々と英語で声を張った。「おはようございます、山縣有朋元帥。けさも早くから桂総理に軍の戦略をご提案になったものの、無理がある作戦ゆえ難儀なさったようですな。ステッキを握る右手の小指側を真っ黒に染めておられる。卓上の地図に繰りかえし鉛筆で書き殴った結果でしょう」

山縣が目を剝《む》き絶句した。文吉がホームズの言葉を通訳するべきかどうか、困惑をしめしている。ふたたび山縣は憤怒《ふんぬ》をあらわにし、日本語で怒鳴り散らした。ステッキの先端をホームズに向け、敵意をあらわにしてくる。

ワトソンがむっとした。「山縣元帥。私たちは〝惜別の会〟への招待を受け、こうして遠路はるばる出向いてきたのです。なにがご不満かわかりかねますが、客人に対しそのような振る舞いは……」

いきなり山縣が英語で叫んだ。「あなたがたを招いてはおらん！」

ホームズは思わず言葉を失った。ワトソンも凍りついている。英語がききとれるらしい。イギリスとの同盟締結の立役者のひとりゆえ、当然といえば当然か。

山縣はもういちどホームズを睨んだのち、さっさと玄関のほうへ歩き去った。側近らが歩調を合わせ、一緒に遠ざかっていく。

茫然《ぼうぜん》とたたずむ文吉がホームズを振りかえった。「あのう。失礼ですが、招待状をお持ちですよね？」

ワトソンが渋い顔で応じた。「持ってはいるが荷物のなかだよ。すぐには必要ないと思って」

文吉が頭をさげた。「すみません……。私は〝惜別の会〟を取り仕切る立場になく、詳細を存じませんので……。疑っているわけではありません。きっと山縣元帥の思いちがいでしょう」

ホームズは鼻を鳴らした。「文吉君が招待してくれたわけではなかったのだね。とすると誰が僕とワトソンを招いたのかな」

「準備委員会の決定としか知らされておらず……。早急に調べます」

「その準備委員会というのは少なくとも一枚岩ではないようだ」

ワトソンがなおも不満げにうったえた。「だからといって、あんなふうに露骨な嫌悪をしめされるのは合点がいかないね」

「申しわけありません」文吉がそそくさと階段を上りだした。「失礼があった理由を解明し、きちんとご説明申しあげます。桂総理にお引き合わせしますので、どうぞこちらへ」

難しい顔のワトソンに対し、ホームズはぽんと肩を叩《たた》きうながすと、文吉を追いかけ階段を駆け上った。

伊藤博文のライバルだった人物が、招待していないと怒りをぶつけてきた。なぜだろう。ホームズが生前の伊藤と親しかったからか。そこまで子供じみた話は考えにくい。山縣有朋は日英同盟を声高に唱えた人物ときいている。伊藤博文はむしろ日露協商論を主張していた。そんな山縣なら大英帝国からの客人を歓迎するのが筋ではないか。ところが一方的にホームズを毛嫌いしているようだ。

これは面白いことになってきた。ホームズの心は躍った。入院患者ブレシントン、プライオリスクールに息子を通わせるホールダネス公爵、ぶな屋敷のルーカッスル。会っていきなり怒鳴り散らす男の理不尽さには、きっとなんらかの秘密が潜んでいる。

8

二階廊下に着くと、五十代半ばの男性が立っていた。仕立てのよさそうな洋装に身を包んでいる。山縣のように無骨な軍人タイプではなく、痩《や》せた体型で黒髪がまだふさふさ、ずいぶん大きな口髭をたくわえていた。

文吉が日本語で挨拶したのち、英語でホームズらに紹介してきた。「こちらは外務大臣の小村寿太郎《こむらじゅたろう》伯爵です」

ホームズは手を差し伸べた。「お名前を存じあげております。英日同盟締結に大きく貢献なさったかただと」

握手に応じた小村の顔に笑いはなかった。流暢ながら冷やかな英語の響きとともに、小村がきいた。「そちらは?」

「申し遅れました。シャーロック・ホームズです。こちらは友人のワトソン博士……」

「ああ。いま階下から山縣元帥の怒鳴り声がきこえたが、あなたがたに対してですか」

小さな針でちくりと神経を刺された気になる。ホームズは静かに問いかけた。「わが国との友好を強く望まれながら、私たちのことはお嫌いですかな」

「どういったご用件で日本に?」

ワトソンが答えた。「伊藤公の〝惜別の会〟に招待されたのですよ」

「〝惜別の会〟に? あなたがたが?」小村は探るような目を向けてきた。けれどもそれ以上は特になんの反応もしめさず、文吉に視線を移した。「あらためて父君にご冥福《めいふく》を申しあげる」

文吉が神妙に頭をさげた。「私よりあとに父にお会いになったそうで」

「会ったとも。韓国併合のため尽力してくれとおっしゃってね」

「……父は韓国併合に反対を唱えていたと思いますが」

「翻意なさったよ。きみは長いこと父君と会っていなかったし、国際情勢にも詳しくなかろう。だが父君は最終的に現実的な判断を下された」

「現実的な判断……ですか」

「父君は統監として穏健路線をとり、韓国内での産業の育成や、教育の発展を図ろうとなさった。しかし緩めの支配により、義兵闘争による抵抗はむしろ強まった。収まる気配がまるでなかったからこそ、父君は統監を辞任なさった」

腑に落ちないようすで文吉がたずねた。「ほかにどなたか父の言葉をききましたか」

「いや。私ひとりだ」小村はそれ以上の質問を拒むように、さっさと階段を下りていった。

ホームズはつぶやいた。「どの国でも権力をめぐり静かな争いはある」

文吉は発言をためらう素振りをしめした。だがホームズが目でうながすと、文吉が小声でいった。「父は韓国統監の役職に就きながら、じつは併合に消極的でした。小村伯爵はそんな父の姿勢を弱腰外交と批判していました」

「きみの父君は天皇陛下の信頼が厚く、国民の人気も高かった。小村伯爵は面白くないと思っていただろうね」

「でも小村伯爵も山縣元帥とはあまり反《そ》りがあわず……」文吉はお喋りが過ぎたと思ったらしい。「いえ。総理のもとへご案内します」

ホームズはワトソンとともに文吉につづいた。大臣たちは総理の座をめぐり、争いを繰りひろげているようだ。小村も山縣も野望はわかりやすい。韓国併合を達成することで出世につなげようとしている。そのためには伊藤博文が非業の死を遂げたいまこそが好機にちがいないが、博文自身は韓国併合に反対だったという。それが本当なら、博文の心変わりを唯一きいたという小村の証言が、どうにも疑わしく感じられてくる。

建物に入ってから目にしたドアのうち、最も豪華な一枚を開けつつ、文吉がなかへ案内した。

内閣総理大臣執務室は興味深い空間だった。洋風の装飾と和風の趣をみごとに調和させている。窓を障子が覆っていた。和紙を屋外の明るさが透過し、緑地をうっすらと浮かびあがらせる。幻想的な水彩画のようでもあった。机は重厚なオーク材で、静かな風格を放つ一方、立派な和風の床の間があり、掛け軸や陶芸品に彩られていた。

そんな室内で、ホームズが真っ先に出会ったのは、この国の頂点に立つ人物ではなかった。可憐《かれん》なドレス姿の少女が手もとの本を閉じつつ、椅子から立ちあがる。まだあどけなさに満ちた十代前半だが、令嬢としての教育はしっかり受けているらしく、清楚《せいそ》なしぐさでおじぎをした。長い黒髪にリボンが映えている。色白な小顔にはつぶらな瞳《ひとみ》と、すっきり通った鼻筋、薄い唇が適切に配置されていた。陶器でできた西洋人形のように肌が艶やかだった。

文吉とは親しい間柄らしい。少女は微笑とともに日本語で文吉に話しかけた。しかし来客が一緒だと気づいたらしく、すぐに恐縮したように頭《こうべ》を垂れ、部屋の隅へと退いた。

目を合わせようともしない少女に、ワトソンが「やあ」と声をかけた。少女は顔をあげようとせず、うつむいたままかしこまっている。面食らったようすのワトソンに、ホームズは首を横に振ってみせた。日本の女性は客人に対し、勝手に意思の疎通を試みようとはしない。

文吉がいった。「桂総理のご令嬢、寿満子《すまこ》さんです。まだ十三歳ですが、英語の勉強は得意で、日に日に実力を伸ばしています」

ワトソンが帽子をとった。「初めまして。ご機嫌いかがですかな」

寿満子はよりいっそう深くおじぎをした。その姿勢をもって沈黙の盾を掲げているかのようでもある。ワトソンが戸惑いをしめすと、ホームズは思わず苦笑した。この勝手のわからなさは、ホームズも初めて日本に来たとき、嫌というほど経験させられた。

奥のドアが開いた。側近らしき男性がやはり頭を低くし、わきにさがりドアを開いた状態に保つ。

高齢男性のフロックコートが現れた。ただし山縣ほど老けてはいない。おそらく六十二、三歳だろう。白髪頭はふさふさで、同色の口髭をやはりたくわえている。入室した直後は、肖像画のような厳《いか》めしさを伴っていたが、ホームズを見たとたん目を細めた。微笑が互いの距離を急速に縮める。とはいえ友好的ながら油断ならないまなざしに、これまで積み重ねてきた経験や、歳月とともに磨かれた感情が滲《にじ》みでる。政治家の特徴は洋の東西を問わないらしい。

ホームズはすばやくシルクハットをとった。桂太郎内閣総理大臣の態度は対照的だった。笑顔のまま近づいてくると握手を求めた。

「ようこそ」桂の英語は、日本語の母音が際立ったどたどしさだったが、声の響きは親近感に満ちていた。「シャーロック・ホームズ先生。ジョン・ワトソン先生。お噂はかねがね。伊藤博文公からも生前、ありとあらゆる思い出話をきいておりました」

「初めまして」ホームズは桂の手を握った。「お会いできて光栄です、桂総理」

ワトソンも嬉しそうに握手を交わした。「日本の頂点に君臨されるお方に、早々にお目にかかれるとは」

桂は耳にした英語を逐一、頭のなかで文章に置き換えているようだった。それでも充分に理解できなかったのか、文吉にたずねる目を向ける。日本語で文吉がぼそぼそといった。

「ああ」と桂は納得したような顔になった。「とんでもない。我らには天皇陛下がおられます。私は民の代表にすぎません」

寿満子が軽く咳《せ》きこんだ。口もとに手をやり、控えめに咳をしただけだが、寿満子は恐縮したようすで深々と頭をさげた。桂が眉間《みけん》に皺《しわ》を寄せ、日本語でなにやら苦言を呈した。無礼だといったのだろう。寿満子も詫《わ》びらしき声を弱々しく響かせた。

真っ先にワトソンが抗議した。「桂総理。咳は仕方ありませんよ。娘さんにはもっとやさしくなさらねば」

桂の鋭い眼光がワトソンに向いた。ワトソンは困惑のいろを浮かべたものの、怖《お》じ気づくまでには至らず、黙って桂を見かえした。

だが桂はまた愛想のいい笑顔に戻った。「これはとんだ失礼を。いかにもイギリス流ですな。我々も学んでいかねばなりませんが、こと家族についてはわが国独特のしきたりや慣《なら》わしがありましてね」

ふたたび桂が日本語で寿満子になにか喋った。多少は語気が和らいだものの、まだ命令口調だった。寿満子はいちども顔をあげることなく、さらに深くおじぎをし、ホームズとワトソンにも頷衝《ぬかず》いた。最後に文吉に対しても頭をさげ、逃げるように足ばやに立ち去った。

文吉が心配そうに寿満子を見送る。まるで身内のような目線だとホームズは思った。

もともとふたりは親密だったようでもある。ホームズは文吉に問いかけた。「寿満子さんを気にしてるようだが」

「はい？　あ、いえ」文吉は姿勢を正した。「病弱なところがあるときいておりますので」

桂がうなずいた。「あれは私の五女だが、きょう主治医の診察のため、学校を休んでおるのです。喘息《ぜんそく》とはまたちがう症状のようで、寝たきりの必要はないのですが、咳が始まるとおさまらん。治さんとまともに嫁にも行けんから、私どもも憂慮しとるんですよ」

ワトソンが眉《まゆ》をひそめた。「そんな仰《おっしゃ》り方では娘さんがお気の毒でしょう」

文吉の表情が同感だと告げている。ホームズは見逃さなかった。ふたりの仲をたしかめるには、無粋な言葉を遠慮なく投げかけ、すなおな反応をみるにかぎる。ホームズはあえて声高にいった。「文吉君も寿満子さんが気になって仕方ないようですが」

当惑を深めた文吉に対し、桂は特に怪訝《けげん》そうな顔を向けずにいる。世間話のような口調で桂が告げてきた。「長州《ちょうしゅう》藩士はみな一丸となって助けあう。私たちは家族のようなものですから」

本音だろう。長州藩は幕府軍を倒した新政府軍で中心的役割を担った。その主たる面々が内閣に名を連ねている。桂も山縣も、伊藤博文も長州藩の出身だった。桂総理が娘のひとりを、伊藤家の文吉と結ばせたがっていても、なんらふしぎはない。

十三歳で運命をきめられてしまう少女と考えれば不幸だが、寿満子の文吉を見るまなざしを考慮すれば、本人の意思としてもまんざらでもなさそうだ。とはいえ清教徒革命前のイングランドのように、親の主導で子の結婚がきまる慣わしは、概して好ましいものとはいえない。

それにしても正式に伊藤姓となった文吉は、こうして恵まれた立場にある。未亡人の梅子はどうだろう。梅子を母親としない文吉が、桂総理の五女と結婚し、家系はつづいていく。伊藤博文の後継者も博邦だ。梅子はひとり爪弾《つまはじ》きにされたままか。

ホームズは文吉にきいた。「あなたも桂総理を父親のように感じているのかね？」

「もちろんです。亡き父は偉大でしたが、日露戦争を勝利に導いた桂総理も、天皇陛下のご信頼を賜っておいでで」

「ふうん」ホームズは視線を桂に移した。「参謀総長だった山縣さんと連携し、みごとロシアを打ち破ったわけですな」

桂の表情が険しくなった。「いえ。日露戦争では私が天皇陛下から直々に諮詢《しじゅん》を賜りました。本来なら参謀総長の役割ですが、陛下が私にと」

おやとホームズは思った。ロンドンで下調べしてきたかぎりでは、桂は山縣を師と仰ぐ立場と考えていたが、事実はちがったのだろうか。ドイツへ留学した桂は帰国後、山縣の下で軍制を修学したはずだ。おかげで陸軍次官、第三師団長、台湾総督と順調に出世していった。伊藤内閣でも山縣内閣でも、桂は陸軍大臣を務めた。だがいま桂は日露戦争の功績について、参謀総長だった山縣でなく、自分こそが天皇の信頼を得ていたと強調している。師弟関係に亀裂《きれつ》が入りつつあるのか。だとすればさっきの山縣の不機嫌さも、あるていど納得がいく。

ホームズはそれとなく室内を見渡した。大きなテーブルの上は片付けられているが、絨毯に落ちた消しゴムの粉が見てとれる。山縣が戦略地図越しに熱弁を振るったものの、桂が首を縦に振らず紛糾した、そんな経緯が想像できる。

桂総理は激論の余熱をまったく感じさせない、穏やかな面持ちでいった。「それにしてもこんな折に来日なさるとは。ちょうどアスキス首相らもおいでになるのですよ。故伊藤博文公の〝惜別の会〟が間近でして」

ワトソンが妙な顔になった。ホームズも同じ心境だった。会話が噛《か》み合わない。

文吉も戸惑いをしめした。「総理。あの……ホームズ先生とワトソン先生も、〝惜別の会〟にご出席になるため、はるばるお越しになったのですが」

「なに？」桂は奇異なものを見る目を向けてきた。「おふたりがご出席？　まるできいとらんが」

なんとここへきて山縣と同じ主張を、桂総理が口にした。桂は日本語で側近になにかを命じた。側近が「はっ」と一礼し、きびきびと動きだす。棚の引き出しから書類の束をとりだした。それを手に桂のもとへ急ぐ。頭を垂れつつ書類を高々と掲げた。

桂が老眼鏡をかけ、書類に目を通しだす。日本語のつぶやきが漏れる。のぞきこんだ文吉の顔も途方に暮れだした。

「変ですね」文吉が唸った。「これは〝惜別の会〟招待者の名簿なのですが……。先生おふたりの名が載っていません」

ホームズはワトソンとともに名簿を見た。日本人以外には各国語の併記がある。ロシア語であっても〝Владимир Никола́евич Коковцо́в〟がウラジーミル・ニコラエヴィッチ・ココツェフ蔵相であることは、おおよそ読みとれる。ココツェフは伊藤博文が暗殺されたハルビン駅に居合わせた人物だ。到着予定の日付は明日になっている。

英語名はアスキス首相のほか、ウィンストン・レナード・チャーチルの名が目についた。三十五歳になる若き内務大臣、チャーチルはこの一月の選挙前、商務大臣を務めていた。四十七歳の大蔵大臣、デビッド・ロイド・ジョージも来る。

彼らはアスキス首相のもと〝人民予算〟を議会に提出したことで知られる。所得税の累進課税導入、相続税増額、土地課税。いずれも富裕層から税金を取り立てる内容で、庶民の側に立った政策だった。保守派や地主貴族は当然のごとく反発、昨年十一月に貴族院で否決されたものの、選挙後の今年四月に成立。有能な政治家たちだった。

ホームズはつぶやいた。「興味深いな。法務次官のジョン・オールスブルック・サイモンの名がない。『タイムズ』紙によれば、彼は誰よりも伊藤博文の国葬に出席したがっていた。ほかにも自由党内閣のなかで呼ばれるべき人間が呼ばれていない」

ワトソンが不満げにうったえた。「ホームズ、問題は僕らの名がないことだよ」

「まあまってくれ。政治家しか招待しないかといえばそうでもない。芸術家までいる。ラドヤード・キプリングの名が記されてるじゃないか。彼は小説家だろう」

「三年前にノーベル文学賞を受賞してるからね」

「同じぐらい人気のある本の著者、ワトソン君を差し置くとはどういう料簡《りようけん》かな」

「僕はともかく、きみを無視するとは失礼にもほどがあるよ。伊藤博文とは互いに命を張った仲じゃないか」

ホームズは名簿の最後まで目を通した。英語の併記がある氏名のなかに、シャーロック・ホームズとジョン・H・ワトソンは見あたらなかった。

ふだん温和なワトソンがいまは憤慨していた。「まったく。招待状が来ていたというのに」

やれやれ。ホームズは苦笑しながら書類の束を机に置いた。「〝惜別の会〟の主催は桂総理とのことですが」

桂が当惑をのぞかせた。「申しわけない……。私にとっても狐につままれたような話です。おふたりに招待状が届いておったのですかな。どなたを招待するかは準備委員会に一任しておりました。しかしホームズ先生とワトソン先生がおいでになるとは寝耳に水です」

「招待状を確認せねば」ホームズはため息をついてみせた。「ホテルへ行って荷をほどくとしよう」

文吉がまごついたようすでいった。「私のクルマでお連れします。でもなぜこんなことになったのか、私にもさっぱり……」

すると桂総理がなにかを思いだしたような顔になった。「そうだ、ホームズ先生。……いえ、お引き留めしてはまずい。またの機会に」

ホームズは桂に向き直った。「なんなりとどうぞ。私は引退した身ですし、特に異国の地では、時間に追われることもないので」

「そうですか」桂が机の引き出しを開けた。「悪戯にすぎないと思い、警察にも捜査依頼はしていないのですが……。じつはこのような物が」

机の上に取りだされた物体を目にし、ホームズは思わず息を呑《の》んだ。

木彫りの仏像。厳密には如来立像。大きさはホームズがロンドンで押しつけられた仏像とほぼ同じだ。ただし彫刻の繊細さは、こちらのほうがずっと上に思える。

ワトソンが驚きの目を向けてきた。「これはいったい……」

ホームズは片手をあげワトソンを制した。仏像をそっと手にとる。背面を見た。やはり文字が彫ってある。ただし今度は英語ではなかった。日本語にちがいない。それを文吉にしめし、ホームズはたずねた。「なんと書いてある?」

文吉もこの不可解な仏像の存在は初めて知ったらしい。彫りこまれた文字を凝視しつつ文吉が英訳した。「〝伊藤博文ヲ暗殺セシハ安重根ニアラズ〟……」

それっきり文吉は沈黙した。言葉を失ったらしい。衝撃を受けるのは当然だ。彼の父親の死に関することなのだから。

桂が歩み寄ってきた。「海軍大臣である斎藤実《さいとうまこと》の邸宅前に置いてあるのを、女中が発見したのです。ほんの一週間ほど前のことだそうで」

ホームズは仏像を丹念に観察した。「ほかに手がかりは？」

「さあ。警視庁の警視総監に、私個人として意見をきいてみたのですが、これは民芸品としてあちこちで売られている物だとか」

「この彫りようは器用な職人の手によるものと思われますか？」

文吉が口をはさんだ。「ホームズ先生。わが国にはそのような職人は大勢……。特に卓越した唯一無二の技術だとか、そんなふうには見受けられません」

どこにでもある仏像に、ありふれた彫刻技術、またしても特定困難か。なんのためのメッセージだろう。安重根は逮捕され、裁判で有罪が確定、今年三月すでに死刑に処せられた。にもかかわらず伊藤博文を殺した犯人がほかにいるというのか。事実ならばいったい誰になる。

9

帝国ホテルはネオ・ルネサンス様式の壮麗な木骨煉瓦《れんが》造の三階建てだった。午後三時過ぎ、最上階の客室に、ホームズはワトソンとともにいた。

それぞれのトランクから〝惜別の会〟の招待状をとりだした。室内には文吉と、彼の連れてきた初老の日本人も立っている。白髪交じりで瓶底眼鏡をかけた岩倉友成《いわくらともなり》は、二枚の招待状を受けとると丁寧におじぎをした。招待状をテーブルの上に並べ、拡大鏡でつぶさに観察する。

岩倉は大蔵省職員だが、〝惜別の会〟準備委員のひとりでもある、文吉がそのように紹介してくれた。招待状に偽造防止の工夫を施す部署の責任者でもある。真贋《しんがん》鑑定を依頼するには適任ではあった。しかし……。

ワトソンが嘆いた。「非効率的だね。誰を招待するかきめた連中がいるんだろう。そこのリーダーにきけばわかるはずじゃないか」

文吉が申しわけなさそうに弁明した。「お恥ずかしい話、準備委員会は烏《う》合《ごう》の衆でして、各々の属する省の意向を反映し、候補者を挙げるのに忙しかったしだいで……。みな諸事情にとらわれ、全容が見えている者がおりません」

「それでも作成した名簿に基づき招待状をだしたはずだ」

ホームズはなだめた。「ワトソン。その名簿に僕らは載っていなかった。検証すべきは名簿作成より前の段階だが、本来は名簿をもとに送られるはずの招待状が届いている。だからややこしい」

困惑顔の文吉が頭《こうべ》を垂れている。「招待状の発送は、準備委員が在籍する各省の責任においてなされました。しかし招待後の対応は外務省の担当なのです。私にはそちらから連絡がきまして、ホームズ先生らがお越しになると……。連携もとれておらず、ご迷惑をおかけしております」

内閣発足から二十四年と半年。行政の役割分担も一朝一夕にはいかないのだろう。イギリスでも近代社会が構築されたのは、産業化が進み市民の財産が形成され、選挙権をあたえられてからだ。現段階の日本はまだ試行錯誤の途上にある。

岩倉が日本語で喋《しゃべ》った。文吉も日本語でたずねる。うなずいた岩倉が招待状を指さした。なにやらこと細かに説明しているようだ。

文吉の英語は戸惑いの響きを帯びていた。「上質の和紙、日本語表記の筆と墨汁、英語表記のペン先とインク、書式。すべて本物の招待状と同じです。ただし……」

ホームズは醒《さ》めた気分で問いただした。「偽造だと？」

「はい……。英語表記はホームズ先生とワトソン先生の名になっていますが、日本語表記では別人の名が記してあるんです。ここをご覧ください。漢字とは異なる、簡易で角張った文字列があるでしょう」

「カタカナだな」ホームズはいった。

「そうです。もとは僧侶《そうりょ》らが漢文を和読するための仮の文字でした。外国語を日本語の文字で記す場合、私たちは漢字を当てはめるか、近い音をカタカナで表現するかのいずれかです。江戸の世からポルトガル語は、コップとかギヤマンとか、カタカナで書きました。それを踏まえ西洋の名詞は、カタカナ表記がふつうになっていきました」

「ときと場合によりけりのはずだが。glass は明治になってから硝子《ガラス》という漢字を当てはめただろう」

「詳しいですね。ただし、そのう……。ガラスはむかしから、ポルトガル語由来でビードロと呼ばれておりました。最近はおっしゃるように硝子と表記されますが、これは英語ではなく、オランダ語の glas の音写でして」

ワトソンが助け船をだしてきた。「似たようなものだよ」

プレスベリー教授の件以来のもやもやしたものをホームズは感じた。「ワトソン君、弁護ありがとう。だが僕のためを思うのなら甘やかしちゃいけない」

落ちこみがちな心境を察したからだろう、文吉はあわてぎみに告げてきた。「人物名に glas の綴りを含む場合でも、その名を部分的に硝子と漢字表記はいたしません。姓名を通じ、一貫してカタカナで書きます」

「この招待状のカタカナ表記は、シャーロック・ホームズではないのか」

「おっしゃるとおりちがいます。ジョージ・バーナード・ショー様と書いてあります」

「はん！」ホームズは笑うしかなかった。「彼の本など一冊も読んだことがない。ワトソン君のほうは？　カタカナで誰の名が書いてある？」

「ジェーン・アダムズ様とあります」

ワトソンが噴きだした。「ジェーン・アダムズ！　彼女は尊敬すべき社会運動家だが、あいにく私は面識もなく、似ても似つかない。どうしてそんなことになってる？」

文吉が情けない顔になった。「岩倉さんの話では、バーナード・ショーもジェーン・アダムズも著名な文化人ですし、いちどは招待の候補に挙げられたそうです。しかしその後、招待しないときまったらしくて」

「ああ」ホームズは思いのままをつぶやいた。「招待状に日本語だけ書いた時点で没になった。そこに何者かが英語で僕たちの名を書き加えた。英語のわからない職員のいる省にまわされ、日本政府の印鑑いり封筒で郵送された」

「おそらくは……」文吉が自分の失態のように詫《わ》びた。「申しわけありません」

「いや、いい。きみのせいじゃない。それよりこの招待状の英語表記部分だが、本物の招待状と同一人物の筆跡かね？」

文吉が岩倉に日本語で話しかけた。岩倉は事務カバンから別の招待状をとりだした。偽の招待状と比較したうえで首を横に振る。

通訳を求めるまでもなかった。本物の招待状とは筆記体があきらかに異なる。ホームズは偽の招待状を手にとった。「文吉君。日本では英語教育にドイツ人教師を雇っているのかね」

「いえ……。まさか。ドイツ語の教師はドイツ人ですが、英語を教えるのはイギリス人やアメリカ人がほとんどです」

「最初にこれを目にしたときから気になってはいたんだがね。ユマニスト草書体に顕著な筆記体の癖が抜けきっていない。年配のドイツ人は、自国語をクレント体で書くが、外国語はユマニスト草書体と使い分ける」

ワトソンがいった。「英語教師のイギリス人やアメリカ人が大勢いるのなら、わざわざ招待状の英語表記を、ドイツ人にまかせたりはしないよな。それも年配の」

文吉がまた岩倉と日本語で会話した。岩倉が興奮ぎみに応じた。深刻な表情で文吉が英語に転じた。「ホームズ先生。準備委員会に属する年配のドイツ人といえば、ひとりだけだそうです。ベルノルト・クラルヴァイン。東京帝国大学医科大学で顧問を務める人物だとか」

「その男はいま忙しいだろうか?」

また岩倉と言葉を交わしたのち、文吉が英語で告げてきた。「招待した要人の対応に追われるのは外務省ですし、〝惜別の会〟が始まったいま、準備委員会は特段忙しくもありません。それぞれの本業しだいでしょう」

「結構。ベルノルト・クラルヴァイン氏に会いたい。事前に約束をせず、いきなり訪問したいんだが」

「わかりました。どこにいるか調べてもらいます。クラルヴァイン氏本人には知らせずに」

文吉が日本語で岩倉と話した。岩倉はかしこまってホームズとワトソンに一礼すると、事務カバンを携え退室していった。

ワトソンが文吉にきいた。「いまの彼は信用できるかね?」

「岩倉さんですか?　もちろん」文吉が真顔で応じた。「薩摩《さつま》藩の家系で口が堅い人ですよ。だから来てもらったんです」

クラルヴァインに会えればそんな疑惑は晴れる。その点はさほど案じる必要はないとホームズは思った。それより不可解な謎がある。

ホームズは身をかがめると、トランクのなかをあさった。「文吉君。これを見てくれないか」

木彫りの仏像を文吉に差しだす。文吉が愕然《がくぜん》とした面持ちで受けとった。背に彫られた文字を見るや、いっそう驚きに目を瞠《みは》った。

動揺とともに文吉がつぶやいた。「さっきの仏像と同じメッセージが彫られてる。今度は英語で……。これはいったいなんですか」

「どうか落ち着いてほしい。その仏像、正確には如来立像だが、どう思う?」

「……いかにも西欧人向けの土産物屋で売られている物という印象です。日本人の手によるものじゃないでしょう」

ワトソンがきいた。「断言できるかね?」

「ええ」文吉がきっぱりと応じた。「日本人からするとこの如来の顔には、朝鮮の影響がいろ濃く感じられます」

ホームズは入手の経緯を説明した。「ロンドンで日本人らしき女性に押しつけられたんだがね」

文吉が気色ばんだ。「悪ふざけとすれば父への冒瀆《ぼうとく》です」

ロンドンと東京でそれぞれ安く売られている仏像を調達し、メッセージを彫りこんだ。安易に用意した以上、仏像そのものにはこだわりがないと考えられる。だが遠く離れたふたつの都市で同じことが起きた。悪戯《いたずら》と解釈できる段階ではなくなった。なんらかの勢力が安重根を暗殺犯としたくないのか、あるいはただ不穏の種を蒔《ま》きたいだけなのか。

ワトソンが唸《うな》った。「安重根に問いただすべきことだろうけど、もう本人がこの世にいないのではどうしようもないね」

ホームズは慎重に言葉を選んだ。「文吉君。父君のことをたずねるのは申しわけないが……。ハルビンで父君が暗殺されて以降の経緯は？」

文吉の顔に翳がさした。「山縣有朋元帥がすべてを取り仕切られました。陸軍が厳重に警備するなか、遺体は日本へ運ばれたのです。国葬の日まで安置されるあいだも警備はつづきました。私たち身内すら寄せつけないほどで」

「きみは当然、葬儀にはでたのだろう？」

「もちろんですよ。通夜に出席し、国葬にも参列しました。義母や兄弟姉妹、家族で別れを告げられたのは幸いです。棺《ひつぎ》が開けられ、最後に父と対面できましたから」

報道によれば頭部を撃たれたわけではないため、死に顔はきれいで安らかだったとされる。遺体と対面できても、銃創は衣類に覆われ確認できない。葬儀に先立つ検死は、陸軍の管轄下でおこなわれたのだろうか。

ホームズは文吉の手から仏像を受けとった。「国葬と如来立像は関係がありそうかね？」

「ありません。父の葬儀は神式でした。焼香はなく、天皇皇后両陛下の勅使から順に、参列者は玉串《たまぐし》を捧《ささ》げたのです」

「なぜ山縣元帥は、亡くなった伊藤博文を、そうまで手厚く護衛したのだろうな。生前ではなく」

「あの……。どういうことでしょうか」

「いや。いまはまだなんともいえない。推理しようにも材料が少なすぎる」ホームズは仏像をテーブルに据えると、偽の招待状をすくいあげた。「まずはこれにペンを走らせたとおぼしきドイツ人に会おうじゃないか。〝惜別の会〟準備委員ながら、なぜか僕らの名前を書いたベルノルト・クラルヴァイン氏に」

10

陽が傾きつつある。赤みを帯びだした市街地に目を向ければ、馬車や自動車が行き交う道沿いを、豊かな緑が覆っている。木々の奥に巨大な洋館が点在する。東京帝国大学の校舎群だった。文吉が車外を指さし、ひとつずつ説明してくれた。図書館、法科大学、文科大学、理科大学、工科大学。時計台のある建物が第一高等学校。

本郷《ほんごう》通りに面し、大学の敷地に出入りするための門が、あちこちで目についた。うちひとつは真っ赤で純和風、寺の楼門に似ていた。文吉によれば十九世紀、加賀《かが》藩前《まえ》田《だ》家上屋敷時代に造られ、ここに移築されたらしい。門の向こうに見える赤煉瓦《あかれんが》のゴチック様式の学舎と、奇妙な統一感を醸しだす。和装に学生帽をかぶった若者らが、下駄《げた》姿で風呂敷を携え、さかんに門をくぐる。彼らがこの国の大学生のようだ。

クルマはそれらの門のいずれにも乗りいれなかった。本郷通りをさらに走ったのち、石造り四階建ての洋館の前に停まった。

ヨーロッパ各国の都市部にみられる集合住宅の趣だった。外観はドイツらしい無骨さに、植物をデザインの基調にした、フランス式の優美な曲線が交ざっている。クルマを降りながらホームズはいった。「ユーゲントシュティールとはまたわかりやすい。アール・ヌーヴォーが十年ほど前からドイツで流行《はや》り、ベルリンでもこんな形状の建物が増えたとか」

ワトソンも車外にでてきた。「設計はドイツ人かな」

集合住宅はいずれも隣と境界の壁を共有しているが、玄関ドアはそれぞれにある。うちひとつを文吉が指さした。「岩倉さんから伝えられた住所はここです。東京帝国大学医科大学の外国人教職員棟D号。住居ではなく職務用に書斎や執務室が割り当てられているそうです」

ホームズは建物を見上げた。「外国人といってもこの造りからして、ほぼドイツ人限定なんだろう」

「東京帝国大学がドイツ医学の採用をきめた経緯があるのです。もともとわが国での医学は蘭学《らんがく》が規範でしたが、その多くがドイツ語の医学書からの翻訳だとわかりました」

ワトソンが不服そうにいった。「日本に住むわがイギリスの医学関係者が、すんなりとその立場を譲ったとは思えないが」

「ええ。かつて英国公使館の医師ウィリアム・ウィリスが、幕末の戦争で敵味方の区別なく治療をおこない、功績を高く評価されていましたからね。新政府成立後、彼は医学校の指導すべてを任されていました」

「ああ。彼はわが国でも英雄とみなされてるよ。帰国前の数年は、日本であまり良いあつかいを受けなかったそうだが」

「ウィリスは西郷隆盛《さいごうたかもり》と親しかったので、西南戦争以後は立場を弱くしたと考えられます。ともかく西郷の誘いでウィリスが鹿児島へ移住したころから、東京帝国大学はドイツ人医師を招き、学生をドイツへ医学研修に派遣するようになったんです」

ホームズは鼻で笑った。「名医ワトソン君としては面白くない話だろうね。日本は西洋の良いところをつまみとるが、医学に関してはドイツを選択したわけだ」

ワトソンの眉間《みけん》に縦皺《たてじわ》が寄った。「僕もドイツ医学書の翻訳本はおおいに参考にしてるさ。彼らの研究が進んでいるのは認めるよ」

「探偵業はイギリスとみなされたいものだ。では行こう」

玄関ドアへと歩きだしながら、もう引退したのではないか、そんな自嘲《じちょう》が脳裏をよぎる。ホームズはシルクハットのブリムをつまみ水平にしつつ、つまらない思考を遠くへ追いやった。

この国では活力が満ちてくる。いつしか年齢を嘆くことさえ忘れていたではないか。ロンドンのような最先端の都市ではないがゆえに、ホームズの古色蒼然《そうぜん》としてきた知識も、まだ役立つ余地があるのかもしれない。ある意味これが都落ちというものだろうか。複雑な思いを抱きながらも、自分が世に貢献できる、いまはそれだけで充分ではないかと強く感じる。盟友だった伊藤博文の死にまつわる謎が絡んでいる。どうあっても真相を突きとめたい。

二体の仏像が気になるものの、まずはホームズとワトソンが日本に来る羽目になった、偽の招待状のでどころを知りたい。歩道をぐいぐい進み、ベルノルト・クラルヴァインの玄関ドアへ近づいた。

するとそのとき、老人のせわしない息遣いと、あわただしい靴音を耳にした。ホームズは足をとめた。歩道の逆方向からひとりの男性が向かってくる。ステッキを突き、左足をひきずっていた。

一見して奇妙だとわかる。寒くもない五月だというのに、フロックコートにマントを羽織り、襟を立てている。長身だが猫背で、白髪頭はぼさぼさ、皺だらけの顔に生気がない。上質な服装のあらゆる点が乱れがちだった。

ホームズはみずから歩み寄った。距離を詰めたのは観察のためだ。フロックコートに装飾の刺繍《ししゅう》、生地には光沢があり、背面の裾《すそ》が長い。ボタンやカフスも派手だった。いずれもドイツ製の特徴がある。しかもかなり年季が入っていた。本国で仕立てたフロックコートにちがいない。それにステッキには……。

高齢のドイツ人がこちらを見た。マントの襟の隙間から、ぎょっとした表情がのぞき、たじろぐように足をとめた。

ホームズは声をかけた。「ベルノルト・クラルヴァインさんですな」

歩くのもしんどそうだった老人が、ふいに息を呑《の》む反応をしめし、慌てふためくようすをあらわにした。ふいにこちらへ突進してくる。クラルヴァインとおぼしき男は、ホームズの眼前をすり抜けるように、すばやく玄関ドアへ駆け寄った。施錠されていないドアを開け放つと、その向こうへ滑りこんだ。

閉じかかったドアの向こう、若い男性の声が戸惑いがちに、ドイツ語で「おかえり《ヴィルコメン》なさいませ《ツーハウゼ》」といった。だがクラルヴァインは鬱陶《うっとう》しげに唸り、後ろ手にドアを勢いよく叩《たた》きつけた。ホームズは片足を突っこもうとしたが、一瞬早くドアが閉じきり、施錠の音が響いた。

クラルヴァインの怒鳴り声がドア越しにきこえた。簡単なドイツ語ゆえホームズも理解できた。「誰もなかにいれるな《ビットラスニーマンデンハイン》」と若者にわめいた。荒々しい靴音が二階へ上っていき、室内ドアを乱暴に閉じる音がした。沈黙に若者の当惑が感じられる。

文吉が目をぱちくりさせた。「な、なにが起きたのですか」

ワトソンもホームズにきいてきた。「いまのがクラルヴァインか？　どうしてわかった？」

「ベルリンのフリードリヒ・ヴィルヘルム軍医学校から功労者に贈られたステッキだ。

B・Kと刻んである」ホームズは玄関ドアをけたたましくノックした。

しばし間があった。そっと解錠する音がきこえたのち、ドアが厳かに開いた。

金髪の三十代男性が当惑顔をのぞかせた。精悍《せいかん》な面立ちと肩幅の広さから、運動に長《た》けているうえ、ふだんから身体を鍛えているとわかる。スーツもきちんと着こなしていた。ただしそんな外見によらず小心者なのか、腰の退《ひ》けた態度をしめしている。

「あの」男性がドイツ訛《なま》りの英語で問いかけた。「なにか……？」

「きみは賢明だ。クラルヴァイン氏の言いつけを守るべきかどうか、しばらく迷ったあげく、僕たちを迎える判断を下したのだからね」

男性は困惑を深めたようすながらも、いちど玄関ホール内を振りかえり、またホームズに向き直った。「秘書のエメリヒ・ランプレヒトです。クラルヴァイン先生はいま二階の書斎に……」

「ああ。きこえていたよ。入ってもいいかな」

「……どちらさまでしょうか」

ワトソンがいった。「僭越《せんえつ》ながら私も医師でして、ジョン・ワトソンといいます。彼は友人のシャーロック・ホームズ、それに……」

文吉が神妙に頭をさげた。「伊藤文吉と申します。恐縮なのですがご協力いただけないでしょうか」

「ど……どうぞ」ランプレヒトがドアを大きく開け放ち、わきにどいた。「ホームズ様とおっしゃると、イギリスの有名な探偵の……」

無駄な会話に時間を費やしてはいられない。一階ホールは狭く、上り階段があるのみだった。完全な洋館の造りのため、和風の靴脱ぎ場はない。ホームズはランプレヒトを見つめた。「クラルヴァイン氏は尋常ならざる状態とお見受けしたが」

「はい。こんなことは初めてです。ふだん温厚なかたなのに」

「どこへでかけておられた？」

「銀座で歌舞伎をご覧になるとおっしゃって……」

ふいに断末魔にも似た叫びが響き渡った。あきらかにクラルヴァインの声。二階からきこえてくる。

ワトソンと文吉が同時にすくみあがった。ランプレヒトも慄然《りつぜん》としている。おぞましい絶叫はすぐに途絶え、静寂ばかりがひろがった。耳を澄ましたものの、もう物音ひとつ耳に届かない。

ホームズは階段を駆け上った。ワトソンが後方につづいた。文吉とランプレヒトも追いかけてくる。踊り場をまわると、そこにマントが脱ぎ捨ててあった。ステッキも放りだしてある。

二階廊下に着いたとき、ランプレヒトがドアのひとつを指さした。「先生の書斎はそこです」

ドアノブを握った。回ったものの開かない。鍵穴《かぎあな》は見あたらなかった。ホームズはきいた。「ここの鍵は？」

ランプレヒトは泡を食ったようすで答えた。「鍵はありません。なかから横滑りに閂《かんぬき》をかける仕組みで」

ワトソンが提言した。「閂一本なら蹴破《けやぶ》れるさ」

「やってみよう」ホームズはワトソンとともにドアを蹴りこんだ。何度か蹴るうちドアがしなりだした。さらに満身の力をこめると、閂が外れる音とともに、ドアは室内側へ開け放たれた。

広くない洋間は雑多な物であふれていた。大きな机の上と書棚、実験器具棚、どれも片付いているとはいいがたいばかりか、あきらかに荒らされている。だがそれらの詳細を注視してはいられなかった。ベルノルト・クラルヴァインが床に突っ伏していたからだ。

ランプレヒトが青ざめた。「ま……まさか。クラルヴァイン先生……」

「ワトソン」ホームズはただちに声をかけた。長年の親友が床に片膝《かたひざ》をつき、クラルヴァインの息をたしかめるあいだ、ホームズは文吉とランプレヒトにいった。「ふたりとも動かないように」

フロックコート姿のクラルヴァインが、俯《うつぶ》せの姿勢で横たわっている。微動だにせず呼吸音もきこえない。外でホームズと会ったときよりも、大きく目を剝《む》いていた。両手の爪が床の絨毯《じゅうたん》を掻《か》きむしっている。唐突に数秒間の苦悶《くもん》に襲われたとわかる。

近くに花瓶が転がっていた。花がぶちまけられている。アネモネのようだった。一輪をつまみとり、ホームズは花のにおいをかいだ。変種でもなく、特におかしなところはない。この花が命を奪ったとはまず考えられない。

「……ホームズ」ワトソンが視線をあげた。「死んでるよ。見たところ外傷はない」

ランプレヒトがうろたえ、部屋から駆けだそうとしたが、文吉が片手で阻んだ。

遺体の観察よりも前にたしかめるべきことがある。ホームズは足ばやに窓辺へと向かった。この部屋の窓はひとつだけ、表通りに向いている。上げ下げ窓の木枠は埃《ほこり》をかぶっていた。外側に鉄格子が嵌《は》まっている。窓が開かない。力ずくで開けようとしたがびくともしない。やけに厚いガラスのうえ、鉄格子も頑丈そうだった。ここから外へでるのは不可能だ。

ホームズはランプレヒトを振りかえった。「換気の必要を感じたことは?」

「ふだんから窓もドアも閉めっぱなしです。先生は化学実験をここでは実施なさらないので」

ワトソンがつぶやいた。「人並みの常識が備わってるね」

気が散るほどの皮肉ではない。ホームズは室内ドアのほうへと引きかえした。ドア枠にぶらさがった、壊れた錠をじっと見つめる。小ぶりな鉄製の閂は折れていなかったが、ネジ止めしてあった金具全体が、ほぼドアから外れた状態だった。やはり内側からの施錠だ。

ほかにもドアの上部と下部から、内蔵された閂が突きだしていたのがわかる。どういう構造かは、いずれ警察が詳しく調べるだろうが、より頑丈に閉じられていたというだけだ。ここも外から開けられなかったのはあきらかだ。

「密室だ」ホームズは静かにいった。「入室も退室も不可能な部屋での怪死」

文吉が声を震わせた。「ホームズ先生。警察を呼ばなければなりません」

「ほんの少しだけまってほしい」ホームズは遺体のわきにしゃがむと、腹這《はらば》いに寝そべった。フロックコートが汚れるのも厭《いと》わない、いつものことだった。こういう機会にはなにも見逃したくない。

クラルヴァインの顔に鼻を近づけ、猟犬のごとく匂いをかぐ。わずかな香りを記憶に残しておく。深く分析するのはあとだ。警察の捜査に委《ゆだ》ねられる点は委ねる。検死結果も報告をまつだけでいい。現段階では、この国の警察官らが現場を踏み荒らす前に、自分なりの観察を完了する必要がある。

机の下をのぞいたとき、全身の神経に電流が走る気がした。ホームズは床を這っていった。胸ポケットからハンカチをとりだすと、くだんの物体をそっと包みながら拾いあげる。身体を起こしホームズは立った。いましがた拾った仏像を机の上に置く。文吉が驚きの声とともに駆け寄ってきた。桂総理のもとにある民芸品にそっくりだが、手彫りのため出来映えは異なっている。問題は背面に刻まれた文字だった。

Es war nicht Ahn Jung-geun, der Hirobumi Ito tötete.

ホームズは呼びかけた。「ランプレヒト君、すまないがこっちへ来てくれ。このドイツ語の一文だが……。〝伊藤博文を殺したのは安重根ではない〟。その意味で合ってるかな」

顔面蒼白のランプレヒトが震えながら歩み寄ってきた。仏像の背を凝視し、ひきつった表情でうなずいた。「おっしゃるとおりです」

文吉が血相を変え詰め寄ってきた。「ホームズ先生、これはいったいどういうことなんですか。父の死について、なぜこうまで執拗《しつよう》に……。何者の所業なんですか」

ホームズは片手をあげた。文吉が面食らったようすで押し黙った。発言を制したのは思考を掻き乱されたくないからだ。いま重要なものを視界にとらえたと感じる。卓上にあふれる物のなかのひとつに、ほとんど無意識のうちに注意を喚起された。

ハンカチにくるんだ人差し指を机の上に伸ばす。書類の束に半分ほど下敷きになった、一枚の写真があった。なぜ気を引かれたか、じっくり見つめるうちにあきらかになってくる。被写体の顔が旧知の人物だったからだ。

指先で写真の端を押さえ、ゆっくりと横に引きだす。薄くなった頭髪に白髭《しろひげ》、鼻の右側にほくろ、まぎれもなく伊藤博文その人だ。ホームズが最後に会ったときより歳を重ねている。写真のなかの伊藤は、胸から上だけが写っていた。仰向《あおむ》けに横たわり、眠るように目を閉じている。とはいえただ寝ているわけではない。呼吸が感じられない。胸もとには男性用着物の襟がのぞいていた。彼の家を訪ねた夜を彷彿《ほうふつ》させる、くつろいだ和装だとわかる。

これは死に顔だろう。臨終の光景か、あるいは死後いくらか時間が過ぎているかもしれない。だが同時に疑問が湧いてくる。背景はどこかの粗末な倉庫か工場のなかに見えた。麻袋が積んであり、天井から鎖が垂れさがる。伊藤が寝かされているのも、ベッドではなく単なる木板の上のようだ。

文吉が激しい動揺をしめした。「なんということだ！　これは父です。国葬で見た父のままです……。遺体が日本に搬送される途中ですか？　でもなぜこんな粗末な場所に父が……。陸軍の厳重な警備のもと、最大限の尊厳と配慮をもって運ばれたはずなのに」

「きみが山縣元帥からそのようにきかされたのなら、事実を疑ってかかるしかない」

「まさか。父の遺体がぞんざいなあつかいを受けていたとおっしゃるんですか」

「この写真を見るかぎり可能性が否定できない」ホームズはハンカチを折りたたみ胸ポケットに戻した。「さて、あまり日本の警察をないがしろにしたのでは失礼にあたるだろう。彼らの職務熱心さと団結力にはスコットランドヤードの連中も遠くおよばないのだからね。ランプレヒト君、電話はあるかね」

「は、はい。一階の階段裏に」

文吉は茫然《ぼうぜん》と写真を眺めていたが、真実を究明するにはまず行動を起こさねば、そう自覚したのだろう。後ろ髪を引かれる態度をしめしつつも、文吉がドアへと向かいだした。「警察には日本語で事情を伝えねばなりません。僕がかけましょう」

ランプレヒトと文吉が廊下へでていく。室内に残るのはホームズとワトソン、それにクラルヴァインの死体。ドイツ語が刻まれた仏像。死者への冒瀆に等しい伊藤博文の遺体写真もある。

ほかにも怪しいものが目を引いた。卓上の灰皿のなかに燃えかすを見つけた。破れた紙は招待状の一部にちがいない。ホームズは軽く息を吹きかけ、灰になっていない破片をたしかめた。毛筆による日本語と、ペンで書いた英語、どちらも残っている。氏名とおぼしき部分は筆記体で"……hn Allsebrook Si……"とある。

これはJohn Allsebrook Simon、すなわち法務次官ジョン・サイモンにちがいない。筆記体はドイツ人によるものとは思えなかった。この招待状は本物の可能性が高い。本来なら招待される可能性が高かった彼は、名簿に載っていなかったものの、こうして招待状が作成されていた。けれどもそれはクラルヴァインの手で処分された。おそらく多くの招待状が闇に葬られる一方、出席候補でなかった者に偽の招待状が送られもしたのだろう。名簿もその都度いじりまわされた。クラルヴァインが準備委員の立場を利用し、かなり好き放題に手を加えていたとわかる。

ホームズはつぶやいた。「安重根の裁判も死刑執行も、大陸の旅順《りょじゅん》でおこなわれた。

日本国内には事件を深く分析した者はいないのだろうか。いや情報を統括する部署はあったはずだ」

ワトソンが死体から顔をあげた。「なんの話だい？」

「このメッセージに託された真の意味を知りたいんだよ」ホームズは姿勢を低くし、仏像と睨《にら》みあった。「〝伊藤博文を殺したのは安重根ではない〟。なにか根拠があるのか。あるいは根も葉もないでたらめか」

11

日本で過ごす最初の夜は、残念ながら和食にありつく機会に恵まれなかった。ふてくされぎみのワトソンとともに、帝国ホテルの客室でルームサービスをとった。ロンドンでお馴染《なじ》みの夕食メニューだが、ふしぎな味わい深さがある。日本人シェフの手による料理だときかされた。和食の工夫が生かされているのだろう、ピリ辛のワサビが気にいった。ワトソンの機嫌も直ってきたものの、彼はひどく眠そうにし、食べ終わるやテーブルを離れていった。

長旅の疲れが生じているようだ。ほどなくホームズもベッドに入った。ところがホームズのほうはほとんど寝つけなかった。少しでも新たな考えが浮かぶたび、たちまち頭が冴《さ》えてくる。

コカインに頼っているわけでもないのに、こんな興奮はひさしぶりだった。脳の細胞ひとつずつが活発に機能している。むかしにくらべれば、たしかに疲れやすくはなったが、少し休息をとるだけでまた復活する。じっとしてはいられないほどだ。早く手がかりを追いたい。

この旅を迎えるまでに五十六歳になった。それでもまだ若いとホームズは自覚した。積み重ねてきた経験も、ベーカー街の日々と同じ水準ではありえない。老いたのではない、これは成熟だ。

明朝のまだ暗いうちに、ホームズはベッドから起きだし、外出用のスーツに着替えた。ワトソンのいびきをあとに残し、ひとりホテルの部屋をでる。

夜明け前の静寂のなか、帝国ホテルの車寄せに、予約した馬車が停まっていた。言葉の通じない日本人の御者にメモを渡す。行き先はきのう伊藤文吉が日本語で書いてくれた。

渋谷《しぶや》停車場なる駅に着いたとき、空は藍《あい》いろに輝きだしていた。辺りにひとけはなく、まだ列車も走っていない。東京市内をわずか四マイル弱移動しただけだというのに、辺りは銀座とは比較にならない田舎だった。素朴な木造の駅舎と屋根つきプラットホーム、広大な砂利の一帯に横たわる複数の線路。ただし線路の上には電線が走っている。なんと山手線は去年、早くも汽車から電車に切り替わっていた。

駅員の姿すら見かけない構内に、ホームズはひとり立ちいった。砂利を踏みしめ、枕木の上のレールを、次から次へと渡っていく。

プラットホームの高さはわずか一フィートていどしかない。その上にひとりの男が立っていた。三十代後半から四十歳ぐらいの日本人だが、スーツの着こなしがさまになっている。男が英語で声を張った。「おはようございます、ホームズ先生ですか」

「いかにも。警視庁の井原晴顕《いはらはるあき》警部かね」

「そうです」井原がホームから砂利へと下りてきた。「本当にこの時間においでになるとは思いませんでした。去年の暮れから今年の初めにかけ、ここで検証を進めたときにも、関係者はみな遅刻しがちで」

オレンジいろがかった脆《もろ》い陽射しが、渋谷停車場をおぼろに照らしだす。井原の誠実そうな顔が浮かびあがった。文吉が太鼓判を捺《お》しただけあり、眠気などいっさい漂わせていない。ネクタイはまっすぐで、髪にもきちんと櫛《くし》を通してある。

ホームズは井原と握手を交わした。「英語に堪能《たんのう》な刑事がいて助かる」

「ユニバーシティ・カレッジに留学しておりました」

「伊藤博文暗殺事件について、警視庁における〝詳査班〟の長を務めていたとか」

「はい。ハルビンでのわが国の捜査は、陸軍が代行しておりましたから、こちらへは数日遅れで情報が届くばかりだったのです。それでも裁判を前に、警視庁による詳査と見解をまとめる必要があり……」

「早朝のこの時間、ここ渋谷停車場をハルビン駅に見立て、擬似的な現場検証をおこなったそうだな」

井原が苦笑した。「ハルビン駅のほうが規模は大きいのですが、構造が似通っていましてね。連日のように大勢の警察官を動員し、当日のできごとを再現しつつ、事実の解明と裏付けを進めました」

「矛盾はなかったのかな」

「ええ……。いちおうは」井原がホームを振りかえった。「伊藤博文公がお乗りになった列車は、昨年の十月二十六日午前九時、ハルビン駅に到着しました。ホームにはロシアと清の儀仗《ぎじょう》兵、軍楽隊が整列しておりました」

ホームズはプラットホームへ歩きだした。「ウラジーミル・ココツェフもいたのだな？」

「はい。到着した列車のなかへ入り、伊藤公と会っております」

五十七歳の政治家ウラジーミル・ココツェフは、皇帝ニコライ二世のもと、ロシアで大蔵大臣を務めている。首相がゴレムイキンからストルイピンに替わっても、ココツェフは蔵相として内閣に加わっていた。

プラットホームに上がり、ホームズは停車中の列車を思い描いた。「車内に入ったのはココツェフひとりだけではなかろう」

井原もホームズに倣いプラットホームへと上がってきた。「もちろんです。イヴァン・コロストヴェッツ駐清ロシア公使、ヴェンツェリ中東《ちゆうとう》鉄道副理事長、ホルヴァート中東鉄道管理局長が同行しました」

「出迎えのココツェフ一行と、伊藤博文が顔を合わせたのは、ホーム上ではなく列車のなかだったわけだな」

「おっしゃるとおりです。ココツェフは伊藤公に、せっかくだからホームにいる儀仗兵らを閲兵していただきたい、と依頼しました」

「伊藤にその予定はなかったのか」

「礼装でないからと伊藤公はお断りになったそうです。けれどもココツェフが是非にと勧めたので、最終的に伊藤公も承諾なさったとか」

伊藤博文が韓国統監に就任したのが五年近く前。彼はずっと大韓帝国に駐在し、併合のための根まわしに忙しかったという。三年前には日本が韓国内政の全権を掌握することを認めさせた。

統監を辞任した伊藤だったが、それまでの功績ゆえ、韓国人民族主義者に狙われることになってしまった。三十歳の活動家、安重根が暗殺を計画。新聞記事で伊藤がハルビン駅に来る時刻を知り、安は現地で待ち構えることにした。

ホームズは井原にきいた。「安重根はどこに潜伏していた？」

「あっちの方角です」井原が線路とは逆側を振りかえり、駅舎を指さした。「喫茶店がありまして、安重根はそこにいたといいます。汽車の到着後、安重根は急ぎ店をでました。するとプラットホーム上には、もう伊藤公が降車しておられ、ロシアの武官と挨拶《あいさつ》を交わしておいででした」

「安がそっちにいたのなら、儀仗兵や軍楽隊の背中がずらりと横並びになっていて、伊藤の姿は見えづらかったはずだな」

「そのとおりです。安は隊列の隙間から、伊藤公のお姿を目にしたとのことです。ロシア儀仗兵らの眼前を、伊藤公は身体の左側をお向けになり、ゆっくり横切っていかれました。そのあいだに安は隊列の背後まで迫りました」

ホームズは伊藤の足跡をたどるように歩いた。「ロシア儀仗兵がホームの端から端までいたわけではあるまい」

「もう少し先、プラットホームの真んなかぐらいまでです。その先は各国領事らが並んでおり、伊藤公はそこで挨拶を交わされたのち、引きかえしてこられました。安は伊藤公との距離が縮まるのをまち、隊列の隙間から拳銃《けんじゅう》で撃ったんです」

「この辺りか」ホームズは足をとめた。「伊藤は右側を撃たれたことになるな」

「ええ。心臓とは反対側ですね」

「伊藤と隊列との距離は？」

「お国の単位で約二十三フィートです」

ふつうの人間で十歩ほどか。安が拳銃を握った手を隊列から突きだし、伊藤を狙撃《そげき》したのなら、弾が飛んだ距離も二十三フィートぐらいだろう。ホームズはきいた。「何発撃った？」

「三発だそうです。しかし安はそれが伊藤公かどうか確信が持てなかったようで、後方にいた別のひとり、最も威厳のありそうな人物に対しても、さらに三発撃ったといいます」

「儀仗兵の隊列の隙間から、ずいぶん多く撃ったものだ。よほどの早撃ちだったのかな」

「陸軍の調べでは、安の拳銃は七連発で、事件後は弾倉内に一発を残すのみだったと……。ロシア側の捜査では発砲が五発だったり、安の供述では七発だったり、はっきりしないところもありますが」

「安は片手で撃ったのか？」

「右手に拳銃を握り、左手は右肘《みぎひじ》に添えることで、腕を安定させていたそうです。かなり冷静に狙撃したようすがうかがえます」

やけに肝が据わっている。ホームズは隊列のあいだに割りこんだ暗殺者を想像した。

「左右にいる兵隊が馬鹿でなければ、六発や七発を撃つにまかせたりはしまい」

「もちろんです。安がつづけざまに三発撃った直後、ロシア鉄道警察の署長代理であるニキホルホ騎兵大尉が飛びかかりました。しかし安は、つかみかかってきた大尉の腕を振りほどき、さらに銃撃しつづけました」

「執念深いが、さすがにロシアの軍人の妨害を受けたのなら、銃口は大きく逸《そ》れただろう」

「はい。安は人ちがいに備え、最も威厳のありそうな人物を撃ったといいますが、それらの銃撃はことごとく外れたと考えられます。ロシア兵たちが安を引き倒したとき、拳銃がホームに落ちました。ほんの三十秒から四十秒ほどのできごとです」

「だが最初の三発は、伊藤に命中していたのだな……」

井原の表情が曇った。「胸部と腹部に被弾なさいました。しばらくは意識がおありだったようですが、やがて昏睡《こんすい》状態に陥られ……。同行した主治医である小山善《こやまぜん》氏の治療も虚《むな》しく、三十分ほどで死亡が確認されました」

「伊藤はなにか言い遺《のこ》したのかな」

「撃たれて倒れた直後に『三発もらった、誰だ』とおっしゃったそうです。そのあと気を失う前に、同行者の誰かが犯人は朝鮮人だと報告すると、伊藤公は『そうか、馬鹿なやつだ』と……。記録にあるのはそれだけです」

「被弾した箇所を正確に知りたい」

「おまちを」井原が手帳をとりだし開いた。「えー。一発目は右上膊《じょうはく》中央外面から、その上膊を水平に貫通し、第七肋間《ろっかん》に至りました。胸内に出血が多いことから、弾は左肺の内部にあるとされました。二発目は右肘関節外側から第九肋間に入り、胸膜を貫通し、左季肋《きろく》の下に弾が残りました。これらが致命傷だったようです」

「三発目は？」

「上腹部中央の右側から入り、左腹直筋のなかに弾がありました」

ホームズは身体の右側を人差し指で押さえ、弾道を一発ずつ確認していった。約二十三フィートの近距離とはいえ、最初の三発すべてを命中させたことになる。かなり腕の立つ暗殺者に思える。ホームズはたずねた。「ほかにも被弾した者が？」

「はい。安のいう、最も威厳のありそうな人物というのが誰なのか、はっきりしないのですが……。随行した川上俊彦《かわかみとしつね》ハルビン総領事の腕と、田中清次郎満鉄《まんてつ》理事の脚を、弾がそれぞれ貫通しました。森《もり》泰二郎宮相秘書官も腕と肩に被弾しております」

「伊藤が亡くなってからは……？」

「午前十一時四十分、ご遺体を列車に乗せ、南へと出発しました。ホームにいた軍楽隊が賛美歌を演奏しながら見送ったとか」

ホームズは鼻を鳴らした。「ココツェフご自慢の儀仗兵らは、揃いも揃って暗殺者が銃撃するにまかせた。ちょうどホームにいた軍楽隊が、即興のごとく賛美歌を奏でた。そもそも伊藤に閲兵を無理強いしたのはココツェフだった」

「おっしゃることはわかります。しかしロシア側は礼を尽くし、捜査にも非常に協力的でした」

日露戦争の勝者が日本だからだ。もともと五年前、日露講和条約に基づき、ロシアは大韓帝国を日本にまかせざるをえなくなった。だが悲劇はすべてそこから始まったといえる。

　ロシアは本当に日本への敬意を抱いていただろうか。皇帝ニコライ二世と会った夜のことが、ホームズの脳裏をよぎった。彼は日本に寛容な姿勢をしめしていたが、じつは大津《おおつ》事件を逆恨みしていた。ニコライ二世の下にストルイピン内閣があり、ココツェフはその閣僚だ。

　とはいえ司法の判断はすでに下っている。ホームズはいった。「ロシアの官憲は安重根を逮捕したのみならず、安の仲間たちも一網打尽にした。よくロシア側が裁こうとしなかったものだ」

「満州領事館の管轄内における事件は、日本が裁判を主管するのです。そういう法的な取り決めが、ロシアや清とのあいだにありまして。それで安重根の引き渡しも支障なくおこなわれました」

「伊藤の遺体は陸軍が搬送したというが本当かね」

「はい。山縣有朋元帥の厳命により、警備が徹底され……」

「尊厳も守られたと。薄汚い倉庫のような場所に遺体を放置したことは、いちどもないわけだ」

「もちろんです……。ご遺体はわが国の軍艦で大連《だいれん》から横須賀《よこすか》へと運ばれました。終始にわたり手厚い配慮がなされたときいております」井原が訝《いぶか》しげに質問した。「薄汚い倉庫のような場所とは?」

きのうクラルヴァインの書斎で見つかった写真は、いまホームズの内ポケットのなかにある。まだ井原には見せていない。日本の警察を尊重しているものの、権力の背後にきな臭いものを感じる以上、この国の司法に証拠は委《ゆだ》ねられなかった。ジョン・サイモンへの招待状が灰になったのと同じく、重要な手がかりが闇に葬られてしまう恐れがある。

プラットホーム上でホームズは井原と並んでいた。「井原君。伊藤博文の暗殺犯は誰だね?」

「安重根の死刑は執行済みです。いま申しあげましたとおり……」

「きみの意見をきいている」

井原が口ごもった。ホームズは無言で返答をまった。現地ですべてを取り仕切ったのが、日本の陸軍とロシアの官憲なら、安重根を犯人と断定したのも彼らだろう。警視庁の〝詳査班〟が、裁判のための裏付けのみを強いられた、そんな事情もだいたい見通せる。

だが井原の本音はちがうはずだ。ホームズはプラットホームを歩いた。「僕は伊藤を知っている。彼は政治家である前に攘夷《じょうい》の武士だった。僕らイギリス人からすれば、若き日の彼はテロリストだ。視界の端に映る隊列のなかに、あきらかに儀仗兵でない者が紛れ、しかも拳銃を持った手を突きだしていた。まるっきり気づかないものだろうか」

むろん銃弾を躱《かわ》せるほどの余裕はない。しかし一瞬でも存在を目にとめたのなら、わずかでも身体が反応するはずではないか。

報告では安重根の一発目は、伊藤の〝右上膊中央外面から、その上膊を水平に貫通し、第七肋間に至った〟という。上膊とは肩と肘の中間だ。わざわざ〝水平に貫通〟と強調しているが、狙撃がみごとすぎる。横向きになった伊藤の右腕から心臓付近を、弾がまっすぐ貫いた。すなわち伊藤は漫然と、身体の真横を安に晒《さら》していたことになる。彼はハルビン駅の治安を心から信じ、完全に警戒を解いていたのだろうか。

つづく報告も気にいらない。〝胸内に出血が多いことから、弾は左肺の内部にあるとされ〟……。ほかの二発は伊藤の体内に弾が残っていたと明言されている。なぜこの最初の一発だけ〝左肺の内部にあるとされ〟るのか。どうして臆測《おくそく》なのか。本当は一発目の弾が見つかった位置が異なるのではないか。

井原が真剣な面持ちでいった。「安が発砲する寸前、伊藤公はとっさに右腕をわずかに上げ、身体を左側に傾けたとの目撃証言があります。これは撃たれる寸前の人間の反応としてはごく自然なものです」

同感だとホームズは思った。「伊藤は閲兵していた。背筋をしゃんと伸ばし、まっすぐ歩いていたかもしれないが、暗殺者に背を向けていたわけではない。目に入ってから一秒足らずであっても、発砲までのあいだ、まったく姿勢が変わらないことはありえない」

「ええ。二発目以降は伊藤公もお倒れになったので、弾の入射角が変わってくるのはわかります。しかし一発目のみは……」

「この渋谷停車場をハルビン駅に見立てて検証するというのは、きみの発案ではなかろう」

「私の発案ではありません」

「では誰の？」

「上からの命令ですので……」

「陸軍の指図だったんじゃないのかね。もっと明確にいえば山縣元帥の」ホームズは線路に飛び降りると、プラットホームを振りかえった。「井原君！　ハルビン駅にあって渋谷停車場にないものが、いま僕の想像上の視野にありありと浮かんでいる。なんなのかわかるだろう」

井原はまだプラットホーム上にたたずんでいた。当惑のいろは真顔のなかに消えていった。井原が語気を強めた。「駅舎二階のバルコニーです！　ハルビン駅の駅舎は、ここのように平屋建てではないんです」

伊藤の身体は左に傾き、右腕を上げていた。斜め上方から狙撃されたからこそ、弾が右上膊中央外面から第七肋間に至った。たぶん弾は左肺を微妙に外れていたが、水平方向から撃たれたとする結論と矛盾を生じるため、意図的に曖昧《あいまい》にされている。

警察官は薩摩藩出身が多いと文吉がいっていた。幕府を倒し、維新を果たしたのと同じ執念を、正義のため注力しうる。井原がそんな男だと信じられる気がした。ホームズは微笑してみせた。「きみのその言葉がききたかった。では線路に下りてきたまえ。もう少し話をしよう、始発の汽車、いや電車が来る前に」

12

午後の陽射しを浴びる洋館は、いかにもロンドンの官庁街にありそうな外観を誇っていた。とてもロシア大使館とは信じがたい。無理もないとホームズは思った。三十四年前、領事館だったこの建物を設計したのは、イギリス人建築士だときいている。

大使館の敷地を囲む並木の外に、ホームズとワトソンは立っていた。道幅の広い表通りには馬車と自動車が絶えず行き交う。歩道にも通行人が途絶えなかった。東京市の中心部だけに外国人の姿もよく見かける。おかげでふたりともさほど目を引くことはなさそうだった。

背の高い西洋人が風景に紛れられる理由はもうひとつある。ごく近くの大使館正門にフロックコートの群れが集まりつつあった。全員が大柄のロシア人だった。儀仗兵たちも繰りだしてきて、歩道から門に至る赤絨毯の左右に隊列を作る。

少し離れた場所からホームズはそのようすを見守った。「嘆かわしいね、ワトソン君。わがイギリスの建築士が設計した大使館に、今度は八年前のニューヨーク・セントラル鉄道に始まる儀式の模倣だ。豪華列車の二十世紀特急に乗客を迎える赤絨毯を、はるか極東の地でロシア人らが踏もうとしている」

ワトソンは苦い表情だった。「異国間の文化が影響を与えあうのは、おおいに結構なことじゃないか。それよりホームズ。ロンドンを発《た》つ前の誓いをいまいちど思い起こしてもらいたいね」

「なんのことだい」

「今度の旅ではいっさい無茶をしないと誓ったはずだろう」

「僕はなにもしていない。ただ観察しているだけだ」

「ロシア大使館に張りこむなんて、よからぬことを考えてるとしか思えんよ。〝惜別の会〟招待者の名簿によれば、ウラジーミル・ココツェフ蔵相の到着はきょうだったじゃないか」

「きみの注意力と記憶力は年齢とともに冴え渡ってきたようだね。僕もその日付を心に留めておき、ロシア軍艦パンテレイモンの横浜港への入港時刻を調べた。大使館がココツェフを迎えるおおよその時間帯は割りだせた」

ワトソンが焦燥のいろを浮かべた。「まさか大使館に入ってくるココツェフにちょっかいをだそうってんじゃ……」

「ほんの軽い実験と挨拶が目的だ。たいして波風も立たんよ」

「ホームズ。僕はもう妻子ある身だ。極東に赴いたままシベリアに幽閉されるわけにいかないんだよ」

「情けないなぁ、ワトソン。かつての冒険の数々を思いだせ。きみはそんな弱腰な男じゃなかったはずだ。僕が以前に日本へ来たときにも、当時のシェーヴィチ公使らが目くじらを立てたが、帰国寸前には感謝の嵐だったよ。なにしろ僕はニコライ二世に

「……」

ワトソンが硬い顔になった。「ホームズ。妻子ある身というのは、情けなくないし弱腰でもない」

沈黙が下りてきた。けさ早くから気分が昂揚《こうよう》していたせいで、親友の心情にまたも無頓着《むとんちゃく》になっていたようだ。ホームズは失言を自覚せざるをえなかった。「いや、すまない……。また少しばかり暴走してしまったようだ。こんなに刺激的な日々をまた生きられるとは、まったく想像もしていなかったので」

すなおに過ちを認めたからか、ワトソンの面持ちは和らいだ。「サセックスでくすぶっていたきみが、また活動的になったのは喜ばしいが……」

儀仗兵の号令を耳にした。ホームズははっとして振りかえった。こちらに背を向けた儀仗兵が横並びに待機する。赤絨毯のわきに隊列がきちんとできあがっていた。その向かいには大使らのフロックコートが列をなす。

エンジン音が大きくなってきた。接近してくる先頭は警備用で、軍服が定員いっぱいに乗りこんでいる。その後ろにつづくのは、まさしく最先端の自動車にちがいなかった。たぶんドイツのベンツ社製だろう。

やはり馬車のキャビンのように、幌《ほろ》の屋根だけを有し、側面に覆いがないのは変わらない。けれども外観は貴族仕様の馬車に近く、見たこともないほど優雅で洗練されていた。フェンダーがひときわ大きく張りだし、カウルも曲線で構成されている。

自動車は赤絨毯に横付けし停まった。運転手が車外にでて後部ドアを開ける。威厳たっぷりに降り立った人物は、灰いろの髪の生えぎわがかなり後退し、鼻から下がすべて髭で覆われていた。

こういう外見の政治家、とりわけロシア人とくれば、はるかに年上という印象があった。だが五十七歳のウラジーミル・ココツェフ蔵相は、ホームズより一年早く生まれたにすぎない。自分の年齢を意識するたび背筋が寒くなる。だがこの気力は到底五十六歳のそれではない。貫禄《かんろく》たっぷりに悠然と歩きだしたココツェフに、いまの白分なら引けをとらない、そんな自負がある。これもまた興味深い出会いではないかとホームズは思った。

儀仗兵らの背中をめざし歩きだす。ワトソンがあわてぎみに小声で呼びとめた。

「ホームズ、まずいよ」

かまわずホームズは足ばやに接近していった。隊列の間隔はさほど空いていない。ココツェフの姿を視認するのは容易ではなかった。ただし儀仗兵たちが背後に忍び寄る人影に、まるで気づくようすがないことも確信できた。彼らは要人を迎えるにあたり、直立不動の姿勢で敬礼する。まっすぐ前を向かねばならないのはもちろん、眼球さえも左右に動かせないのだろう。よって視野は極端に狭まっている。

ホームズは儀仗兵のすぐ後ろに立った。隙間からのぞきこむと、ちょうどココツェフが目の前を横切ろうとしていた。ホームズは右手の人差し指と親指をL字形に伸ばし、拳銃のような形状を作った。それを儀仗兵のあいだから突きださせ、ココツェフを狙い澄ます。

じつは拳銃に似せた右手を突きだす寸前、もうホームズは不測の事態に気づいていた。ココツェフはまっすぐ歩かない。大使らの列に笑顔を向けては、隊列のひとりずつにうなずいてみせる。

伊藤博文もきっとこのようにしたはずだ。大物軍人のように前だけを向き、行進のごとく歩いたわけではない。ホームズはそう信じるに至った。

なぜなら伊藤は、礼服を着ていないことを理由に、閲兵をいちど拒否しているからだ。礼服とは公爵大礼服、すなわち肩章のついた立襟型の軍服風燕尾《えんび》服だろう。上衣の襟章と袖章《そでしょう》に、雷紋の笹縁《ささべり》と桐唐草《きりからくさ》が金刺繡され、右肩から左腰に大綬《だいじゅ》を垂らした、煌《きら》びやかな装いだ。勲章や正剣も身につける。国葬でも棺のなかの伊藤はその服装だったと報じられている。

公爵大礼服を着てこそ閲兵、そう考える伊藤は、きっとこんなふうに親しみをこめ、儀仗兵をねぎらったはずだ。報告でも伊藤は降車直後にロシアの武官らと談笑し、隊列の前を横切った先でも、各国領事らに挨拶したとされている。

いまココツェフも、儀仗兵らを視界の端にとらえるどころか、ひとりずつ顔を確認してくる。よってホームズの眼前に到達するより早く、斜め前方に突きだす不審な人差し指に、ココツェフの顔はぎょっとなった。だがこの期に及んでも、なお儀仗兵はなんの反応もしめさない。閲兵中は微動だにしてはならない、その義務のほうが優先しているようだ。

向かいの大使らが妙な顔になり、ココツェフが後ずさるに至り、ようやく近くの儀仗兵がこちらを見た。ホームズは微笑みかえした。

次の瞬間、ロシア語の怒号が耳をつんざき、儀仗兵らがいっせいにつかみかかってきた。あっという間にホームズは路面に叩き伏せられた。両手が背後にまわった状態で押さえこまれ、いっこうに身動きができない。騒然とするなか、ホームズはひとりつぶやいた。「なるほど」

ワトソンがあたふたと駆けてきた。「親愛なるロシアの友人諸氏、どうか彼を許していただけないでしょうか。とんだご無礼を働いてしまい……」

ホームズは儀仗兵らにねじ伏せられたまま、苦々しい気分でいった。「ワトソン、弁解は無用だ。僕が大使館のなかへ連行され、尋問を受けるのなら、内情を知るこのうえない機会じゃないか」

近くで見下ろすワトソンの顔には憂いのいろがあった。「いや、ホームズ。しかしこんな……」

「まて《ポガディ》！」ココツェフの怒鳴り声が響き渡った。

つづくココツェフのロシア語は、まったく意味不明だったが、儀仗兵らが徐々に力を緩めだした。そのようにココツェフが命じたのだろう。押さえこんでいた儀仗兵がひとりまたひとりと身体を起こす。

最終的にホームズは解放された。腕や背中の痺《しび》れるような痛みを堪《こら》えながら、ホームズは平然とした表情を取り繕い、ゆっくりと立ちあがった。

ココツェフはホームズのもとに歩み寄ってきた。いったんワトソンを見つめてから、またホームズに目を戻す。ロシア訛りの強い英語でココツェフがきいた。「ホームズといったな。まさかと思うがシャーロック・ホームズか？」

「お目にかかれて光栄です、ウラジーミル・ニコラエヴィッチ・ココツェフ蔵相。横浜港に着くや英米の新聞をお買いになり、クルマがそこの角を曲がる寸前まで読みこまれていたからには、きっと英語もお分かりだろうと思っておりました」

眉《まゆ》をひそめたココツェフが自動車を振りかえる。新聞はしっかり座席に隠したはずなのに、そういいたげな顔がホームズを睨みつけた。「助手に私を尾行させたのか」

「とんでもない。鼻の上に眼鏡の痕《あと》がくっきり残っています。金本位制を維持するため、通貨の切り下げに反対なさっているあなたは、日本に来て入手できる英米の新聞で、ただちに経済関連記事を隈《くま》なく網羅せずにはいられない」

「……なるほど」ココツェフはまったく笑わなかった。「面白い男だな、きみは。故伊藤博文公が話していたとおりだ」

「儀仗兵の隊列をじかに見学できる機会を逃せませんでね。間隔がずいぶん狭い。あれではハルビン駅でも、喫茶店から駆けだした安重根の目に、伊藤の姿がとらえられたかどうかは疑問ですな」

ココツェフが険しいまなざしになった。しばしホームズを見つめたのち、大使らを振りかえり、ロシア語でなにか叫んだ。儀仗兵らがふたたび整列する。誰もがかしこまって立ち、こちらに一瞥《いちべつ》もくれない。

ひとり門へと歩きだしたココツェフが、振り向きもせずにいった。「ついてこい。なかで話そう」

「友人のワトソンも連れて行きたいのですが」

「よかろう」ココツェフは玄関への石段を上りだした。

ワトソンが嘆くような表情でホームズを見た。ホームズは苦笑とともに首を横に振ってみせた。

大使館職員が立派な玄関ドアを開け、ココツェフを迎えいれる。ホームズとワトソンがつづくと、後方から領事らや儀仗兵の群れがぞろぞろとついてきた。どの顔も不満げに睨みつけてくる。ワトソンがそそくさと階段を駆け上った。ホームズはなにも気にせず、散歩のような足どりで玄関を入った。

ホールのなかはビザンティン調の丸天井の下、壮麗な装飾に彩られていた。大使たちは螺旋《らせん》階段を上っていくが、ホームズとワトソンはホールわきのドアへいざなわれた。

おそらく数ある執務室のうちのひとつだろう。ココツェフが机の向こうに立っていた。苛立《いらだ》たしげにココツェフが咳《せき》ばらいをした。「私は伊藤公の〝惜別の会〟に招かれとる」

「奇遇ですな」ホームズも立ったまま応じた。「僕もそのつもりでした」

「そのつもり、とは？」

「招待状が偽物でしてね。日本に来てからわかったのです」

「なら帰国の途に就かれるのがよかろう」

「悪くありませんが僕も引退した身で、ロンドンで仕事がまっているわけでもありませんのでね。かつての恩人、伊藤博文の身になにが起きたか、もう少し調べてみてもいいのではと」

「なにか嗅《か》ぎまわるために大使館へ来たのなら、まったく当てが外れとる」

「そうでもありません。ココツェフ蔵相、世間に公になっている情報などほんの一部、しかもおおいに歪《ゆが》められておりますな。流れ弾で負傷したのは川上俊彦氏、田中清次郎氏、森泰二郎氏と事件記録にありますが……。一緒にいた室田義文《むろたよしあや》氏には五か所もの銃創が認められたとか」

「彼は伊藤公が撃たれたとき、ただちに助け起こした人物だ。そんなに撃たれているはずがない」

「たしかに室田氏でしたか」

「……いや。あれは中村是公《なかむらよしこと》氏だったかもしれんな。満鉄総裁の」

「中村氏は銃創ふたつです」ホームズは井原警部から得た情報を口にした。「よろしいですか、ココツェフ蔵相。銃創は合計十四もあったのです。一発の弾が複数箇所を貫通したとしても、それぞれの体内から摘出された弾を合計すると、八発もしくは九発です」

ココツェフが鼻で笑った。「物理的に発見済みの弾の数が、すでに揺らいでおるのか」

「伊藤の左肺に、一発目の弾が残っていたのかいなかったのか、報告が曖昧ですのでね。なんにせよ安重根の拳銃は七連発で、しかも弾倉に一発残っていたという。ああ、あなたがたの調べでは二発とか」

「裁判は終わった。部外者が蒸しかえすものではない」

「流れ弾を含め撃たれたのは日本人のみ。あなたがたロシア人も大勢いたはずなのに、全員が無傷。不可解だとは思いませんか」

「まわりくどい。いいたいことがあったらはっきりいったらどうだ」

「ハルビン駅舎の二階バルコニーにいたのは何者ですか?」

ふいにココツェフが黙りこんだ。冷やかな視線がホームズをとらえる。核心に触れた、そんな手応《てごた》えがあった。真実に一歩近づいたようだ。

ココツェフが不審げにきいた。「誰に雇われとるんだ?　探偵が動く以上は依頼主がおるんだろう」

ワトソンが口を挟んだ。「失礼ながら、さっきホームズが申しあげたとおり、彼はすでに探偵を廃業しているのです」

「ならなぜ動く。じきにアスキス内閣の面々が到着するだろうが、彼らの駒か？」

「いいえ」ワトソンの弁護はたどたどしくなった。「ホームズ特有の知的探究心ゆえといいましょうか。日本へ来たいきさつも説明したとおりでして」

「偽の招待状とやらか」ココツェフは苛立ちを隠そうともしなかった。「ホームズ君。われらが皇帝ニコライ二世はきみを心底嫌っておいでだ」

「これは残念」ホームズは不敵につぶやいてみせた。「兄弟仲に悩む者どうし、学びあえたかと思っておりましたのに」

「無礼にきこえるぞ、ホームズ。助言できることはひとつだけだ」

「あなたほどのおかたが、帰りの船便を予約しろとか、陳腐なことはおっしゃるまい」

「梅子未亡人を訪ねるがいい。ハルビン駅舎二階のバルコニーなどと、きみがそこに固執するのならな」

予想もしない名にホームズは思わず言葉が詰まった。会話が途切れたのはまずかったかもしれない。ココツェフの発言の真意が測りかねる。なぜいきなり梅子の名を口にしたのだろう。単なる攪乱《かくらん》か、あるいはホームズの理解度を試したのか。なんにせよ、いまココツェフに余裕が漂いだした。

主導権を握られたようだ。こうなるともう野暮な質問はできない。ホームズの自尊心もそれを許さなかった。引き際を心得ないのは賢者の振る舞いではない。ホームズはいった。「お時間を割いていただき恐縮です。ではまたお会いしましょう」

ホームズはワトソンをうながし、ふたりでドアへと向かった。ところが退室する前に、ココツェフが呼びかけた。「ちょっとまて」

ココツェフがロシア語でなにやら呼びかけた。ドアが開き、職員がトレーを水平に保ちながら運びこんだ。布で覆われた小さな物体が載っている。

トレーが机に置かれた。職員が引きさがる。布を取り払ったココツェフが、物体をホームズに投げつけた。ホームズは反射的に受けとった。

手触りをたしかめるまでもない。馴染みの仏像だった。木彫りの如来立像。ロンドンで謎の女から押しつけられたほうではなく、日本で入手した二体と同系統だとわかる。

ココツェフが肘掛け椅子におさまった。「知的探究心とやらが行動原理なら、それを託そう。探偵に依頼したわけではないのだから報酬はだせん。だがここの大使宛にそれを送りつけた、きわめて不愉快な悪戯の張本人を捕まえたのなら、きょうの非礼を帳消しにすることは考えなくもない」

仏像の見るべきところは一か所しかない。ホームズは背面をたしかめた。いつもどおり文章が彫ってあった。

Хиробуми Ито убил не Ан Чон Гын.

読めもしないロシア語を、ホームズはさも読めるかのようにつぶやいた。「〝伊藤博文を殺したのは安重根ではない〟……」

ココツェフが眉をひそめた。「ロシア語がわかるのか?」

ほかの三体の仏像について、ココツェフはまったく知らないといいたげだ。だがしらばっくれているだけかもしれない。ここでは心の奥底をたしかめられない。探りをいれても翻弄《ほんろう》されるのがおちだ。

ワトソンが丁重に別れの挨拶を口にする。ホームズはワトソンとともに玄関ホールを抜け、大使館から外にでた。

敷地外の歩道に戻ると、ワトソンが抗議してきた。「こんな言い方はしたくないが、僕たちもいい加減に年齢をわきまえるべきだ」

「悪かった。こういうことはもうしないよ。少なくともきみは巻きこまない」

「きみひとりのときにもやめてくれ」ワトソンがため息をつき、ホームズの手もとに目を落とした。「また仏像か。大使館に半ば無理やり押しかけて、なにか収穫は？」

「ココツェフ蔵相は暗に認めている。ハルビン駅二階のバルコニーに別の狙撃者がいた事実をね」

「ロシアの陰謀だったというのかい？」

「彼があくまで隠そうとしないのはふしぎだ」

「でどうする？　アスキス首相の一行が着いたら、きみのこんな行為は御法度だ。国際問題になるよ」

「わかってる。痛感したよ。みっともない話だが、ココツェフが謎めかした梅子未亡人を訪ねに行くしかなさそうだ。世間ではこれを迷走と呼ぶのだろうな。もしくは手玉にとられるとか」

「ココツェフが翻弄する気でその名を口にしただけだとしても、亡き伊藤公の奥方に会ってお悔やみを申しあげるのは、けっして悪いことじゃないよ」

「いずれ〝惜別の会〟でお会いできると思っていたんだがねぇ」まだ判然としないな

がらも、ふたしかなものがかたちをとりつつあった。確証を得るためには行動するしかないとホームズは思った。「だが僕の考えが正しければ、彼女に会うのを早めるのは誤りではない。むしろ真実への道を歩んでいるはずだ……」

13

近くに教会があるのだろう、午後三時の鐘の音は、クルマのエンジン音に掻《か》き消されることはなかった。ホームズとワトソンは後部座席に並んで座り、断続的な振動に揺られていた。

ワトソンはずっと押し黙っている。日本に同行する必要があったかどうか甚だ疑問だ、横顔にそう書いてある。ホームズは気づいていないように振る舞ったが、内心は申しわけなく思っていた。たしかにロシア大使館でのできごとから解釈するに、ただ面倒の尻拭《しりぬぐ》いのため親友を連れてきたのでは、そんな猜疑心《さいぎしん》を持たれても仕方がなかった。

だが仮にワトソンに謝ろうとも、それだけで車内に平穏が訪れることはない。助手席の文吉がワトソン以上に、頭から湯気を立ち上らせているからだ。

振りかえった文吉の顔には怒りしかなかった。「私にひとこともなく勝手な真似をなさらないでください。桂総理のもとに厳重な抗議があったのですよ。なぜ総理があなたの身柄の拘束をお命じにならないか、理由はお分かりですか」

「背面にロシア語が刻まれた仏像を、僕がココツェフ蔵相から託された。きみを通じそんな報告がなされたからだろう。桂総理は僕に仏像の謎を解くよう頼んだのだからね。調査の過程ととらえてくれた」

ワトソンが皮肉な口調でいった。「怪我の功名だね。偶然にもココツェフ蔵相のもとに仏像があった幸運に感謝すべきだ」

文吉は半ばあきれたような声を響かせた。「おっしゃるとおり桂総理は、ホームズ先生になんらかの予見があってなさったことだろうとおっしゃいました。けれども本心ではないと思います。まさかと思いますが、この国の要人を欺けるとお思いなら、考えをあらためていただきたい」

ホームズは弁明した。「そんなつもりはないよ。文吉君、いろいろ迷惑をかけて済まない。でも亡きお父上のために尽くそうとしているのは、きみも僕も同じだ。きっと仏像のメッセージについて、近いうち真実を解明できる」

「……井原警部との対話は役立ちましたか？」

たよ」

「ああ。渋谷停車場で〝詳査班〟の知るすべてをきいた。目から鱗《うろこ》が落ちる思いだっ

どうだか。そんな顔で文吉が前に向き直った。文吉とワトソンにしらけた態度をとられ、ホームズはさすがに肩身の狭さを感じずにはいられなかった。

若いころと同じという自覚は、きっと独りよがりと背中合わせなのだろう。そんな苦い思いが胸に染みる。自分では若いつもりでいても他人の見る目はちがう。きっと結果だけが己の価値を証明しうる。道のり半ばではひたすら謙虚であるべき、それが老練の人格者なのだろう。年配者の口数がなぜ少なく、ともすれば弱腰に見えたのか、その理由がようやく判然としつつある。臆病《おくびょう》だったのではない、虚勢を無意味と学ぶだけの歳月を経てきただけだ。

クルマは閑静な住宅街に乗りいれていた。路上に子供たちの遊ぶ姿がないところをみると、富裕層の居住区と思われる。瓦《かわら》屋根の日本家屋は、どれも屋敷と呼ぶにふさわしいたたずまいで、相応の規模を誇っていた。

そのうち運転手がクルマを道端に寄せた。停車すると文吉が真っ先に降車した。運転手が後部ドアを開けに来るのをまち、ホームズとワトソンも車外にでた。

文吉が渋々という態度をとった。「いまこそ同行を求められたくなかったのです

が」

ホームズは屋敷の門へと歩み寄った。「きみはここでまっていてもいい」

「おまちください」文吉が行く手を阻んだ。「枢密顧問官の末松謙澄子爵邸に、お客様を立ち会いなしに取り次ぐなどありえません」

「では頼むよ」

文吉は躊躇《ちゅうちょ》の素振りをしめしたものの、ため息とともに門のなかへ向かった。「こちらへどうぞ」

二本の門柱のあいだに門扉はなく、その奥には美しい日本庭園がひろがっていた。青々とした広葉樹や松の木が風にそよぎ、その影が池の水面《みなも》に揺れている。鯉の泳ぐ池には小さな石橋が架かり、草花のなかに石灯籠《いしどうろう》が映えていた。

歩きながらホームズは文吉にきいた。「末松子爵はご在宅ではないのだね？」

「平日ですし、突然のご訪問ですので、お迎えできないことを残念がっておいででした」

文吉が歩を緩めた。行く手に和服姿の女性が立っていた。かしこまった姿勢で頭《こうべ》を垂れる。年齢は四十過ぎだろうか。落ち着いた態度で気品に満ちていた。その色白の顔を目にするや、ホームズの脳裏に十九年前の光景がよみがえった。

ホームズは歩み寄った。「伊藤生子さん。いえ、いまは末松生子子爵夫人ですな。立派な貴婦人になられた」

生子の表情は和らいだが、わずかにうつむいたまま、けっして視線を合わせようとはしない。この国で人妻になった女性にとって、この振る舞いが客に対する礼儀なのだろう。生子はかつての梅子夫人にそっくりだった。お淑《しと》やかで落ち着いていて気品がある。実の娘だから当然かもしれない。母親の異なる文吉は妙に他人行儀に徹している。複雑な心情が垣間《かいま》見える気がした。

文吉が日本語で淡々と生子に話しかけた。梅子の居場所をきいたようだ。生子が母屋のほうを向きつつ、やはり日本語で応じた。

また文吉が歩きだした。「行きましょう。父の生前には、義母は滄浪閣《そうろうかく》にいたのですが、いまはここに厄介になっているようで」

生子はまた一礼をした。ホームズがワトソンとともに歩きだすまで、ずっとおじぎをしている。文吉につづきながらホームズは思った。この国では誰もが人生の役割に殉ずる。イギリスにもそういうところはあるが、日本の場合はより顕著だ。生子や異母妹の朝子にとって、本当の幸せとはなんだろう。そんな詮索《せんさく》そのものが西洋人の驕《おご》りでしかないのか。

14

ホームズは東洋への旅を通じ、正座という姿勢にすっかり馴染《なじ》んでいた。畳の上で膝《ひざ》を揃えたうえで、両脚をたたむ座り方に、なんら苦痛を感じない。

隣のワトソンはそうでもなかった。足を崩してかまわないといわれ、胡座《あぐら》をかいたものの、なんとかホームズと同じように座り直そうとする。そのたび後ろへ転がりかける。ホームズは笑いを堪《こら》えるのに必死だったが、畳の大広間には厳かな静寂があった。隅には文吉と生子がみごとな正座で控えている。よくふたりとも笑わずにいられるとホームズは思った。

いまホームズとワトソンの向かいには、六十代前半の梅子夫人がやはり正座し、粛々と茶を点《た》てている。和装の着こなしもさることながら、きびきびとした動作のすべてが、舞踊のように芸術的だった。さすが日本初の内閣総理大臣夫人だった女性、風格に満ちている。

茶碗《ちゃわん》にいれた粉末状の抹茶に、そっと湯を加え、竹の道具でかき混ぜる。阿吽《あうん》の呼吸で生子が腰を浮かせ、足ばやに母のもとに近づくと、できあがった茶を客の前に運ぶ。ホームズとワトソンの前に茶碗を据え、生子は深々と座礼したのち、またもとの場所に戻った。

梅子はただ背筋を伸ばし座っている。いかにも隙のないその態度が、茶道において客人への最大限の礼儀、そんな仕来りをホームズは理解していた。日本で茶を馳走《ちそう》になるのは、これが初めてではないからだ。

作法も伊藤博文から習った。ホームズは座礼したのち、右手で茶碗をとり、左手の上に載せた。また軽くおじぎをする。右手で二度、茶碗を回したのち、静かに味わいながらいただく。

ワトソンが凝視しながらささやいた。「回すのかい？」

「ああ。ゆっくりとね」

「ゆっくりと回したんじゃ中身が混ざらないだろう。揺すったほうがよくないか」

「かき混ぜるのが目的じゃないんだ。茶碗の正面を避けることで謙遜《けんそん》をしめすんだよ」

「……正面を避けるとなぜ謙遜になる？」

「茶碗は最も美しく見えるほうを正面にしてだされる。それが客へのもてなしなんだ。だからそこを避けるのが礼儀になる」

ワトソンは真剣な面持ちながら、ぎこちなく茶碗を回した。イギリスでもティーマナーに教養と品位が表れるとされる。真面目に臨むのは当然といえた。

茶をいただいたワトソンが、苦みを我慢しているのはあきらかだった。梅子の口もとが緩むのをホームズは見逃さなかった。

ホームズはまた茶碗を回し、正面を梅子に向けてから、畳の縁外《へりそと》に置いた。座礼とともにホームズは、伊藤から教わった日本語でいった。「ケッコウナオテマエデシタ」

隣でワトソンがおじぎをしながら、戸惑いがちに発言した。「ケ、ケッコ……」

「バリッ」

面食らった顔のワトソンが、ほどなく噴きだした。ホームズも笑ってみせた。非礼を咎《とが》めるような空気は、もう大広間のなかにはなかった。梅子が穏やかな表情で深々と座礼をした。

茶のもてなしは終わった。ホームズはあらためて頭をさげてみせた。「コノタビハ」

すると梅子が視線をあげた。控えめながら流暢《りゅうちょう》な英語で梅子がたずねた。「お悔やみについては文吉から教わったのですね」

実の息子でない文吉が表情を硬くするのを、ホームズは視界の端にとらえていた。

「いかにも」ホームズはいった。「神式や仏式など、私どもにとっては難しい慣《なら》わしばかりで」

「ホームズ先生はよくご理解なさっています。ワトソン先生にもお気遣いいただき、深く感謝申しあげます」

ワトソンは当惑ぎみにおじぎをした。胡座をかいている以上は自国流が許されると判断したらしい。微笑とともにワトソンが故人を偲《しの》びだした。「亡きご主人とはいちどお会いしたきりですが、この国でのできごとはホームズからきいております。出版できないのが残念です。情に厚く勇気がおありで、英知に富んだかたであられたと」

梅子がまたうつむいた。「夫婦ですので、さまざまな思いがございますけれども、ホームズ先生とワトソン先生がこうしてお揃いでおいでになり、主人も喜んでいるものと存じます」

伊藤博文をめぐり、遺族のあいだにさまざまな思いが交錯する。亡き夫の奔放《ほんぽう》な女性関係に、梅子が複雑な感情を抱くのは当然だった。なにしろ伊藤は複数の愛人を持ち、ひところは自宅にまで連れてくるようになっていたときく。梅子は動じることなく、滞在中の彼女たちを終始もてなしたという。

勝気な性格で、向学心に富み、克己心が強い。そんな梅子は常々、婦徳の鑑《かがみ》と称された。完璧《かんぺき》に近い英語力からも、それが噂の域に留《とど》まらないのはあきらかだ。だが梅子もとは置屋の養女で芸妓だった。生い立ちから上流階級の淑女とちがい、博文の自由に過ぎる生きざまにも、あるていど理解をしめしえたのだろうか。

知りたいのはいま梅子がどう感じているかだ。ホームズは梅子にきいた。「新聞によれば、ご主人が亡くなったときいてから国葬に至るまで、あなたは人前で涙ひとつ見せなかったとか」

沈黙があった。池で鯉が跳ねる音が耳に届く、それぐらいの静寂が漂った。ホームズは梅子から目を離さなかった。微妙な空気が蔓延《まんえん》している。梅子はかすかな動揺をしめしていた。文吉や生子はホームズの発言に驚いたようすだった。どういうつもりでたずねたのかと問いたげに、ふたり揃って居ずまいを正した。

梅子がささやいた。「泣くことがかならずしも悲哀や愛情の証明となりましょうか」

「おっしゃることはわかります。凶悪犯が陪審員を欺くべく、大粒の涙を滴らせるさまを、僕も何度となく見てきましたから」

「あのう……。どういう意味でしょうか」

その答はまだホームズのなかになかった。いくつかの可能性はどれも曖昧模糊《あいまいもこ》とし、しかも絞りこめてはいない。だが〝惜別の会〟の日は迫っている。こうして梅子未亡人と対面できた以上、真意を推し量る機会を逃すべきではない。

ホームズは内ポケットから一枚の写真をとりだした。伊藤博文の胸から上が写っている。目を閉じた伊藤は木板の上に横たわっているようだ。胸もとから和装とわかるが、外出時のような染めの着物ではなく、家でくつろぐときの織りの着物だった。背景は粗末な倉庫か工場然とした場所。周りには人影ひとつない。

「失礼」ホームズは立ちあがり、梅子のもとに近づいた。写真を梅子の前に置く。

梅子が写真を手にとった。ホームズはわきに立ったまま梅子を見下ろした。

伊藤博文の死後に撮られた写真と思われる。陸軍の手厚い警護のなか日本に運ばれたはずが、そうでない時間があったのだろうか。こんな薄暗く不衛生な場所に、偉大なる故人の遺体を放置するとは、まったくありえない所業だろう。しかもその事実を隠蔽《いんぺい》している。現場の判断でおこないうるとは思えない。山縣元帥による鶴のひと声でもなければ、陸軍が整然と命令に従うはずがない。

ふつうに考えればそうなる。だがまだ断じるには早すぎる。ほかの可能性があるからだ。あるいはもしや……。

梅子が肩を落とし、写真をそっと畳の上に戻した。ため息まじりに梅子がつぶやいた。「わたくし申しあげましたのよ。ワトソン先生のご著書を拝読していたんですもの」

ホームズはきいた。「とおっしゃると?」

「二十七歳からベーカー街にお住まいのホームズ先生は、三十歳になられるまでも、当然そこにおられましたのにと」

ワトソンが目を剝《む》いた。まるっきり意味不明な発言に思えたのだろう。文吉と生子も顔を見合わせている。

だがホームズにとっては衝撃的な発言だった。梅子が話すことを予期できていたわけではない。それでもなぜそんな話題が持ちだされたのか、理由はたちどころに思いあたった。と同時に複数の可能性が明瞭《めいりょう》となったうえ、一気にひとつに絞りこまれた。ホームズは梅子に問いただそうとした。

そのときワトソンが身を乗りだし、愛想よく声を弾ませた。「失礼。拙著をお読みいただけたとは光栄です。でもいまなぜそんなお話を? たしかに伊藤公が初めてベーカー街221Bをお訪ねになったのは、ホームズが三十のころだったかと……」

まずいとホームズは思った。著書に触れられたからだろう、ワトソンがさも嬉《うれ》しそうに問いただしてしまった。しかもまるで的を射ていない。ホームズが目配せすると、ワトソンは当惑とともに口をつぐんだ。

梅子の表情が硬くなった。さっきとは一転、警戒心をあらわにしている。梅子は敏感に気づいたようだ。真実はまだ明白になったわけではなく、ただホームズが鎌《かま》をかけたのみだと。

文吉が梅子ににじり寄った。写真を一瞥《いちべつ》するや、ホームズに抗議の目を向けてくる。クラルヴァインの部屋から、この写真を無断で持ちだしたことを、ホームズはまだ文吉に知らせていなかった。

だが文吉の怒りはホームズではなく梅子に向けられた。「なぜ父上のこの姿を見て、あなたは冷静でいられるのですか。涙ひとつ流さないどころではなく、哀しみの片鱗《へんりん》すら感じられない」

駄目だ。文吉の義母に対する抗議は、ワトソン以上に的外れだった。梅子は露骨に顔をそむけ、冷やかに黙りこんだ。ワトソンばかりか文吉も真相にまるで気づいていない、梅子はそう確信したのだろう。ホームズひとりの臆測にすぎない、そのように悟ればこそ、梅子はもう完全に心を閉ざしてしまっている。

文吉は写真を拾うと梅子に詰め寄った。「父上がこんなあつかいを受ける謂《いわ》れはない！あなたはなにをご存じなんだ。はっきり答えてくれ！」

だが梅子は頬筋《きょうきん》をわずかにひきつらせただけで、無言のまま座礼をした。立ちあがると襖《ふすま》へ歩き去っていく。生子があわてぎみに腰を浮かせ、梅子につづいた。

膝立ちの文吉が梅子を呼びとめようとした。「まつんだ。事情をまだきいていない」

ホームズは文吉を制した。「静かに。そんなに取り乱すべきではない。家族がいがみあったのでは父君が悲しまれる」

「家族じゃありません」文吉が憤然と立ちあがった。「ホームズ先生、いまのを見たでしょう。義母はなにかを隠している。この父のありさまを目にしても、嘆き悲しまないどころか、なにやら自白めいた発言を……」

「いいから冷静に」ホームズはため息をついてみせた。「やれやれ。ワトソン君、文吉君。僕が悪かった。この写真について事前に話しておくべきだったな。きみたちはただ静観してくれればよかったんだよ。もう少しで梅子未亡人から本音をききだせたのに」

「本音ですって？」文吉が顔をしかめた。「義母がなにかを隠しているのなら、いまからききだせばいいでしょう」

梅子が消えた襖へと文吉が向かいかける。ホームズはただちに押しとどめた。「いけない。文吉君。梅子さんは気丈に振る舞っているが、それは感情の荒波をかろうじて理性で抑制できているからにすぎない。そっとしておくべきだ」

「ホームズ先生、いったいなにをおっしゃってるんですか。父に対するこの酷《ひど》いあつかいについて、義母はなにかを隠しているんですよ。写真のなかの状況を事前に知ればこそ、義母には驚きも悲しみもなかった。いま自白させずして、どうやって真相を暴くのですか」

「いい質問だ。文吉君。桂総理にふたたびお会いしたい。調整をよろしく頼む」

「桂総理に？　なぜですか。調整といっても、私の権限ではたいしたことはできかねます。あなたのお国でも同じでしょう。首相の日程をそう自由には……」

「しかし僕は仏像の件で、桂総理から相談を受けている」

「それはそうですが……。仏像の謎がわかったのですか」

「いや、まだだ。だがそこにまつわる非常に重要な事実を、白日の下にさらしつつあるのでね」

ワトソンが不満げにうったえた。「きみの秘密主義に僕は振りまわされっぱなしだよ。本には書かなかったが、僕が心底腹を立てて絶交を申しでたことは、いちどや二度じゃなかった」

それをいわれると弱い。ホームズはワトソンをなだめた。「すまない。どうも僕は、きみの驚く顔を見たいばかりに、劇的にことを運ぼうとする癖があるようだ。しかし多くの場合、肝心なときまで事実を伏せるのは、きみに火の粉が飛ばないようにするためでもあるんだよ。むやみに危険な目に遭ってほしくない。そこはわかってほしい」

「きみへの尊敬の念が、途中経過の釈然としない思いを帳消しにしてきた。今度もぜひそうあってほしいね」

「そうなるとも。きっとだ。約束する」ホームズは文吉に向き直った。「桂総理の件、よろしく頼む」

文吉が写真を手に抗議してきた。「ホームズ先生、日本の事件現場にある証拠品は、すべて日本の警察に調べる権利があります。誰だろうと持ちだすことは許されません。今後はこのようなことはなさらぬように」

「それについては何度でも謝る。だが必要なことだった。日本の警察が職務に忠実なのは知っているが、それと同時に権力にも従順だろう。この写真を現場に置いたままにしておいては、揉《も》み消されるんじゃないかと思ってね」

「揉み消される？　誰にですか」

「むろん山縣有朋元帥にだ。彼の配下たる陸軍が総出で潰《つぶ》しにくるだろう」

文吉が啞然《あぜん》とした。「山縣元帥が……？」

ワトソンがきいた。「ホームズ、きみが怪しんでいるのはロシアじゃないのか？　この国の陸軍なのか？」

「もっと重大な存在が中核にいるんだよ」

事件の記録を綴《つづ》るときの大げさな前口上を、ホームズはどうしても避けられなかった。「故伊藤博文の霊前に捧《ささ》げる弔い合戦は、僕らと桂総理が面会するとき、まさしく怒濤《どとう》の展開を迎えると思うね」

15

翌日の正午過ぎ、総理大臣官邸の玄関ホールは、上を下への大騒ぎだった。

重要書類を持ちだそうとする職員らが、机の引き出しごと両手で抱え、泡を食って外へと駆けだしていく。玄関ホール内は黒煙が立ちこめ、異様なにおいが充満していた。物が燃える音がパチパチと響く一方、逃げだす人々の叫び声や怒鳴り声がこだまする。

騒動を引き起こしたのはホームズ自身だった。本来はドアの外にあった篝火《かがりび》ふたつを、玄関ホール内へ運びこみ、次々と薪《まき》をくべている。正確には単独犯行ではない。留蔵という悪戯《いたずら》好きの少年も、嬉々《きき》として薪や木の葉を炎のなかに投げこむ。

職員たちが避難する混乱のなか、ホームズは玄関ホールの真んなかで、なおも薪をどんどん追加した。「ほら、燃やせ燃やせ！　留蔵君、きょうばかりは遠慮するな。きっと一生の思い出になるぞ。総理大臣官邸に大恐慌を引き起こしたんだからな」

英語が通じずとも、こういう悪ふざけを理解する子供の感性は、どうやら世界共通らしい。共犯に加わった留蔵ははしゃぎながら、ホームズとともに火をさらに大きくしようと躍起になっている。熱風をもろに受け、ふたりとも汗だくだったが、薪の投入は滞らせられない。まるで汽車の速度を維持すべく、焚口《たきぐち》にどんどん石炭を放りこむかのようだ。

ワトソンが焦燥のいろとともに制止を呼びかけた。「やめてくれ、ホームズ。なんでこんなことを……」

「きみも薪をくべてくれ。篝火は実用的だ。ジョナス・オールデイカーを炙《あぶ》りだしたときよりもね」

「オールデイカー？」ワトソンが目を丸くした。「じゃあ……」

「ああ。まさか僕の正気を疑ったりはしないだろうね。これはきわめて理性的な行動だ。ここまでいえばわかるだろう」

「すべてを理解できたわけじゃないが……。僕はきみの知性を信じるよ」

「なら手伝ってくれ！　これじゃまだ火が小さい。そっちに置いてある薪を頼む」

「よしきた」ワトソンがドアわきに積んである薪の山へと走った。

警笛が鳴り響いた。混乱のなかを陸軍兵の群れが駆けつける。集団のなかに唯一のフロックコート姿がいた。山縣有朋だった。血相を変えた山縣が英語で怒鳴った。

「い、いったいなんの真似だ!?　ここをどこだと心得とる。おぬしら日英同盟を引き裂かんとするテロリストだったのか！」

ホームズは手を休めなかった。「やあ山縣元帥！　長州藩が攘夷《じょうい》に熱をあげていたころ、在日英国公使館をみごと焼き払ってくれましたな。その意趣がえしと思えばこそ、亡き伊藤博文も僕の凶行を容認しましょう」

山縣の額に青筋が浮かびあがった。「なにをいっとるんだ！　この西洋の蛮族どもめ。牢屋《ろうや》にぶちこんでやるからそう思え！」

陸軍兵らが挑みかかってくる。ホームズは火のついた薪を右手に握り、すばやく兵士たちの眼前に突きだした。ぎょっとした兵士らが動きをとめた。

「邪魔立て無用です」ホームズは冷静にいった。「山縣元帥、まだ元老としての権限がおありなら、この兵士たちをおとなしくさせてください。僕を邪魔するほうがかえって大英帝国の信頼を失いますぞ」

山縣が目を剝いた。「大英帝国の信頼だ？」

職員らが逃げ惑うなか、階段を駆け下りてくるのは、伊藤文吉と桂太郎総理だった。文吉は信じられないという顔でうったえた。「ホームズ先生、やめてください！　どういうおつもりなんですか。ここは主権国家の中枢ですよ！」

文吉が桂総理に面会を申しいれているあいだに、ホームズはこの騒動を引き起こした。当然ながら桂も驚愕《きょうがく》の面持ちだった。「ホームズ先生！　なにが目的なのかご説明いただきたい！」

「お静かに」ホームズはワトソンを振りかえった。「残念だねぇ。七年も前に発表したきみの記録は、この国ではまだ翻訳がでていないか、売れていないかのいずれかだ。おかげで同じ手がまだ通用するんだが」

ワトソンが鼻で笑った。「まさに焼き直しだね。篝火だけに」

激昂《げっこう》したようすの文吉が詰め寄ってきた。「ホームズ先生！」

「文吉君、教えてくれ。日本語で〝火事《ファイア》だ！〟はなんという？」

「……〝カジダ〟ですが？」

「じゃあみんなで叫ぼう。逃げ遅れる人がいないともかぎらないからね。そら、声をあわせて、カジダ！」

ワトソンと留蔵は揃ってカジダと叫んだ。だが文吉や桂、山縣は眉《まゆ》をひそめている。

「駄目だな」ホームズは首を横に振ってみせた。「ここは洋館だが木造部分が多いようだ。火はたちまち燃えひろがる。いまのうちに避難を呼びかけるべきだとなぜわからない。さあ声を張ってくれ、カジダ！」

ホームズは篝火の脚をつかみ、力いっぱい揺さぶった。燃え盛る籠《かご》が落下しそうになると、一同がどよめいた。動揺したようすの桂や山縣が周りに怒鳴った。カジダ、ヒナンシロ、イソゲ。

と同時に兵士らがホームズに飛びかかってきた。長身のホームズは一気に押し倒されたりはしなかったが、兵士たちを振りほどこうとして小競り合いになった。

そのとき玄関ホール内に、バタンと大きな音が鳴り響いた。

全員が動きをとめた。開け放たれたのは小さなドア、潜《くぐ》り戸だった。粗末な和服を着た掃除夫が飛びだしてきた。白髪頭が禿《は》げかかる一方、白鬚《しろひげ》はずいぶん伸び、顎《あご》から垂れさがっている。皺だらけの顔がホール内を見まわし、目をしょぼしょぼとさせた。燃えひろがる火の海などなく、二本の篝火だけをまのあたりにし、あきらかに面食らっている。高齢の掃除夫は茫然《ぼうぜん》と立ち尽くした。

玄関ホールはふいに静かになった。兵士たちが愕然とし動きをとめている。桂と山縣も凍りついたように押し黙った。だがふたりの顔には驚きのいろではなく、ただ気まずさだけが浮かびあがっている。

文吉は目を瞠《みは》っていた。おぼつかない足どりで掃除夫に歩み寄る。震える声で文吉はささやいた。「な……まさか。そんな馬鹿な。ち、父上？」

桂や山縣よりも体裁悪そうにしているのは、ほかならぬ掃除夫、いや掃除夫に扮《ふん》した伊藤博文だった。以前よりも年老いたうえ、鬚を伸ばし放題にし、みすぼらしい身なりに徹した結果、初代内閣総理大臣だった人物にはまったく見えない。ときおり潜り戸を出入りする彼を目にとめても、職員は誰ひとり素性を疑わなかっただろう。

伊藤博文は桂に視線を向けた。次いで山縣とも向きあった。桂と山縣が苦々しげにうつむくのを見て、博文は事情を察したらしい。ホームズと目が合った。啞然とした表情で篝火を眺める。

博文が目を細めた。くぐもった笑い声を響かせたかと思うと、たちまち愉快そうに大声で笑った。片手を頭に這《は》わせ、博文は喉《のど》に絡む声ながら英語でいった。「いや、まいった。会話はきこえておったが、ホームズ先生。意趣がえしの焼き討ちなど、まさかなさるまいと思ったものの、桂君や山縣さんまでが火事だと叫ぶもんだから」

ホームズは澄まし顔で微笑してみせた。「これでおあいこですな。若き日のあなたが英国公使館を焼失させた件と」

文吉はまだ信じられないようすで、ふらふらと博文の前に歩み寄った。父親の顔をじっと見つめる。博文は穏やかな表情で文吉を見かえした。

「父上」文吉がささやきを漏らした。「本当に父上ですか？　国葬で棺《ひつぎ》におさまっておられたのに……。何百人何千人が列をなして別れを告げるあいだ、父上はぴくりともなさらなかったではないですか。僕らはみんな、大井町字谷垂の墓所までお付き合いし、埋葬されるのを見届けましたのに」

「いや……。文吉。現に私はこうして生きとる。それがすべてだ」

しばし沈黙があった。文吉は喜びをしめさなかった。たちまち顔面が紅潮していき、憤《ふん》怒《ぬ》の一色に満たされた。「父上！　なんの真似ですかこれは！　戯れも大概にしていただきたい」

博文は狼狽《ろうばい》しだした。「ぶ、文吉。そんなに怒るな。人目があるじゃないか」

「怒るなですって？　いまの僕は激憤を抑えることなどできかねます。なんのための国葬だったのですか。どれだけ大勢の人々を欺いたのですか。父上は全世界に欺瞞《ぎまん》を働いたのですよ！」

文吉はなぜ自分が英語で喋《しゃべ》っているのかと気づいたらしい。そこから先は日本語に切り替え、いっそう激しく父親を責め立てた。博文のほうも日本語で弱々しく弁明するものの、もう笑っている場合ではなくなり、ただしょんぼりとし始めた。

ぼそぼそと詫《わ》びを口にする父を見るうち、文吉の目は徐々に潤みだした。涙ぐみながら文吉は、オカエリナサイとささやいた。博文は息子の顔をじっと見かえし、ようやくまた微笑んだ。

親子は人目をはばからず抱きあった。文吉はむせび泣いていた。いままでどれだけの悲哀を押し殺してきたか、すべての感情が解き放たれたいま明白になった。博文も涙を滲《にじ》ませている。

ホームズは篝火に向き直った。涙腺《るいせん》を刺激されることがあったとしても、それはこの煙のせいだろう。親子の情を見守るのは苦手だ。

16

総理執務室にいる七人はみな着席していた。桂総理は机についているものの、この場の中心は誰かといえば、粗末な身なりの伊藤博文だった。彼を囲むようにホームズたちは椅子に座っていた。ワトソンや文吉、渋い顔の山縣、それにココツェフ蔵相が飛んできていた。ココツェフには側近らが同行したものの、いまは閉めだしている。秘密が守られるべき室内は最少人数でなければならない。

玄関ホールで再会した伊藤博文は、ずいぶん老けた印象があった。だがこうして落ち着くや、かつての威厳を取り戻しつつある。伊藤が厳かな声を響かせた。「私は敵が多かった。内にも外にも。問題はそれが誰なのかわかりかねたことだ」

ホームズはいった。「あなたは波瀾《はらん》万丈の人生を送ってきた。天皇陛下の信頼厚く、国民からも支持されているが、じつは血で血を洗う幕末の抗争から明治維新、内閣創立、日清戦争に日露戦争を経験している。韓国統監を経て、最後の役割は枢密院議長。なにかを実現するたび、味方を得ると同時に、反発する者たちが増えていく」

伊藤はため息とともにうつむいた。「さまざまな妨害があってな。私の失脚もしくは死を願う者が身近にもいると感じていた。妨害は頻繁に起き、政策がうまく立ちゆかないほどだった。あのままでは八方塞《ふさ》がりどころか、議会政治の崩壊につながりかねない状況でな」

ワトソンが腕組みをした。「それで一計を案じられたわけですか。桂総理や山縣元帥は当然ご存じだったのでしょう？」

桂が弱りきった顔で弁解した。「伊藤公はご自身で責任をとるとおっしゃったが、周りが協力しあわねば無理な話だった。たしかに伊藤公は風当たりが強く、閣内でも何者かが執拗《しつよう》に邪魔立てしている気配があった。それで山縣元帥にも相談し……」

難しい顔の山縣があとを引きとった。「容易ではあるまいと私はいったがな。伊藤公が突然病に倒れ、帰らぬ人になったと発表したところで、閣僚まで欺けるだろうかと。幸いにも御上《おかみ》のご理解を賜り、陸軍をあげてひと芝居打つことになり、ハルビンでの暗殺を偽装した」

伊藤博文の訃報《ふほう》をきき、これ幸いとばかりに態度を覆す閣僚がいれば、それが裏切り者だとわかる。内部の抵抗勢力を根こそぎ排除するのを目的に、世を欺く大胆な計画が進行した。死の瞬間を国民に目撃させるのではなく、報道を通じ知らせることで、疑いを持たれる余地をなくした。そのため外国における暗殺となった。ロシア側の協力が必要となり、ココツェフ蔵相が申し出に応じた。

ホームズはココツェフにきいた。「ロシアで事実を知る人は？　皇帝や首相はご存じですかな」

「とんでもない」ココツェフは険しい面持ちになった。「初めは断った。祖国を欺くのは嫌だといった。だがこれはあくまで日本の内政問題であり、抵抗勢力を除去しなければ今後の露日関係にも影響がでるといわれ……」

「承諾する代わりに、ひそかに交換条件を持ちかけたか、持ちかけられたかしたでしょう。日本政府からなんらかの見返りがあって、あなたは協力を決めたのですね」

桂や山縣までが苦い顔になった。ココツェフは肯定も否定もしなかった。「ロシアの国益になる謝礼を提示されたとはいっておこう。計画としては簡単だった。ハルビン駅舎二階バルコニーに偽の狙撃者《そげき》を配置。彼が銃声を響かせ、伊藤公が倒れる。主治医の小山善に重傷を報告させ、やがて死亡したことにする」

「ところが」ホームズは伊藤を見つめた。「本当の暗殺者が飛びいりしてしまった」

伊藤が唸《うな》った。「青天の霹靂《へきれき》だったよ。儀仗《ぎじょう》兵の隊列のなかに、拳銃《けんじゅう》を握った男がいるのを目にとめたときには、もう遅かった。彼は三発をつづけざまに発射した」

ホームズは天井を仰いだ。「僕もロシア大使館前で実験してみました。儀仗兵らは暗殺者が割りこんできても、ただちに反応はしない。とはいえ暗殺者が余裕で狙いを定められるほどの長い時間、放置してくれるわけでもない。乱射はできようが、二十三フィート先の動く標的に、三発目まですべて命中させられたとは思えない」

ココツェフがため息をついた。「そのとおりだ。じつはバルコニーにいた偽の狙撃者が、儀仗兵のなかに暗殺者の姿を見てとった。本来なら偽の狙撃者の役割は、ただ銃を空に向けて撃ち、銃声を轟《とどろ》かせることだけだった。だがこのとき彼は暗殺を阻止しようと、あわてて狙撃した」

「ところが」ホームズは両手の五本指どうしを突きあわせた。「不幸にも伊藤博文に当たってしまった。偽の狙撃者も、安重根も、つづけざまに銃を撃ちまくったため、ハルビン駅は阿鼻叫喚の地獄絵図になった」

伊藤が胸もとに手をやった。「私に三発当たったのは本当だよ。だが最初は二階バルコニーからの流れ弾で、その後に一発だけ安重根の弾を食らった。なんにせよ安は私との確証を持てず、ほかの日本人にも発砲した」

駅舎二階のバルコニーからは、安の背中を斜めに見下ろすことになる。安を狙撃しようとすれば、その向こうにいる安の標的、すなわち日本人たちに流れ弾が当たりやすくなる。結果として日本人ばかりが被弾したのは、けっして偶然ではなく、物理的因果ゆえだった。矢継ぎ早の銃声は、数発ずつ重なりあったが、合計十四もの銃創につながった。

目を閉じた伊藤が、深く長いため息を漏らした。「大韓帝国には安重根を英雄として称《たた》える向きもあるようだな……。皮肉だが、彼が私の暗殺を意図し、一発を命中させたのは事実だ。私は信じられない思いで倒れた」

『三発もらった、誰だ』ということは、本当に撃たれるとは予想していなかったがゆえ、思わず口走ったのだろう。犯人が朝鮮人ときいたあとの『そうか、馬鹿なやつだ』も、安重根に対してというより、偶然の不運に悪態をついたとわかる。

ココツェフは煙草に火をつけた。「ハルビン駅は大騒ぎだった。もともと現場で事情を知るのは、伊藤公のほか主治医の小山と私ぐらいでな。本来は伊藤公が撃たれたふりをし、小山が人を遠ざけることで、事実がばれないようにする段取りだった。ところが本物の暗殺事件が起きたのだから、もはや誰も芝居に興じてなどおらん」

ホームズはココツェフに指摘した。「結果としては幸いだったでしょう。日本人医師二名とロシア人医師一名が現場に居合わせたため、手当ても主治医ひとりだけが引き受けるわけにいかなかったはずです」

「ああ、そのとおりだな。私が軍楽隊に練習させておいた賛美歌は、そのまま演奏することになったが」

文吉が感慨深げに父親を見つめた。「よくご無事で」

伊藤は穏やかに微笑した。「駅舎二階からの一発目が安を外し、私に当たったが、幸いにも左肺よりわずかに下に逸《そ》れていた。芝居を打つ前提だったとはいえ、車内には不測の事態に備え、緊急手術も可能な用意があってな。私は弾を摘出され、縫合を受けた。三十分後に列車が動きだし、病院へと運ばれた」

偽の狙撃者が予定どおり、銃を空に向けて撃とうが、伊藤が被弾したふりをして倒れれば混乱は必至だ。居合わせた兵士らが興奮し、やみくもに発砲しないともかぎらない。よって負傷者がでた場合も、緊急手術が可能なようにしてあった。几帳面《きちようめん》な日本人らしい発想だった。その用意周到さが幸運にも伊藤の命を救ったわけだが。

文吉はまだ信じられないようすだった。「でもあの写真は……。病院とも思えぬ場所に父上は横たわっておいででした。国葬の棺のなかにおられたお顔とまったく同じで」

ホームズは立ちあがると、内ポケットから写真をとりだし、伊藤に渡した。写真を眺めると伊藤は苦笑を浮かべた。

事情はもうあきらかだった。ホームズはきいた。「梅子さんには伝えてあったのですね」

「ああ。あれは賢いからな。真相に気づいて閣僚に抗議しないともかぎらん。だから事前に知らせておいたんだよ」

文吉が茫然とつぶやいた。「義母は知っていた……？　国葬以前から涙ひとつ見せなかったのは、それが理由ですか」

ホームズはうなずいた。「梅子さんは計画を伝えられたものの反対した。伊藤公の友人である僕を知っていたからね。二十七歳からベーカー街に住み、三十歳まで近所にあった施設も、当然ながら認識していた」

「ああ！」ワトソンの眼球は飛びださんばかりだった。「マダム・タッソー蠟《ろう》人形館か！」

「そうとも。当時の名は〝ベーカー街バザール〟で、僕らが221Bに住む前からあっただろう。三十歳のころマダム・タッソー館はメリルボン通りに移転し、いまに至る。この写真にある伊藤公の蠟人形は、マダム・タッソーの職人でなければ作れない。これは工場だな？」

伊藤が笑顔になった。「ロンドンは馴染み深く、内密な取引話も通じやすかった。彼らは私の全身をあちこち測ったよ。すぐ脱げるよう着物一枚を羽織っただけで、長い時間つきあった。できあがった人形も同じ着物を羽織らされていたな」

「父上」文吉が真顔になった。「以前から父上はおっしゃっていましたよね。この歳からでもホームズ先生に学んだことを実践していくと。まさかあれは……」

「ああ、そうだ。ホームズ先生は冥界《めいかい》から戻られた先達者だったのでな。死を偽ることと自体、ホームズ先生に倣ったといっても過言ではない」

「なんと……。あきれた人だ」

ホームズは微笑した。「伊藤公、すまないが僕のせいにはしないでいただきたい。僕なら本当に暗殺者が介入するような失態はありえない」

ワトソンが顔をしかめた。「もっと要領よく友人を欺くのがきみだよな。悪質な偽の遺言書ひとつで」

ココツェフが鼻で笑った。「いかにもイギリス人だ」

山縣がつられるように笑った。桂も口もとを歪《ゆが》めた。おそらくふたりとも、ココツェフがただ冗談を口にしたにすぎないと解釈したのだろう。ホームズとワトソンは笑わなかった。ココツェフのひとことには、ロシア人がイギリス人に抱きがちな偏見と、悪意に満ちた皮肉が潜んでいる。伊藤の死を偽る計画に参加した面々は、けっして一枚岩ではないようだ。

あわただしい靴音が階段を駆け上ってくる。せわしなくノックの音が響いた。桂総理が返事をするより早く、ドアは勢いよく開け放たれた。

飛びこんできたのは外務大臣の小村寿太郎伯爵だった。鼻の下を覆う黒々とした髭《ひげ》が、驚きの声を発したがる口を塞いでいるかのようだ。代わりに目が尋常でないほど見開かれていた。

伊藤が立ちあがった。ホームズにきかせるためだろう、伊藤は英語でいった。「小村。ひさしぶりだ」

小村は衝撃のいろとともにたたずんでいた。流暢な英語がいまはたどたどしかった。「伊藤公……。まさか。なぜ……」

「私の突然の訃報で、いろいろ心配と迷惑をかけた。ひところ肋膜《ろくまく》肺炎を患っていたが、その後身体のぐあいはどうだ？」

「おかげさまですっかり……。私のことより伊藤公はどうなのです。撃たれたときいておりますというより国葬でも棺のなかに……」

「なあ小村。アメリカとの交渉のほか、外務大臣としての働きぶりには常々感心しておる。しかし桂総理からは妙なことをきいてな。なんでも生前の私が、韓国併合反対から翻意し、賛成にまわったと。小村とのふたりきりの対話のなかで、私がそう明言したと」

小村は取り乱した。日本語で喋りだしたため、伊藤が「英語《イングリッシュ》で」と注意した。

「め」小村はうろたえながら英語に切り替えた。「滅相もない。韓国併合に賛成と、はっきりおっしゃったわけではありませんが、大韓帝国の発展のためにも、わが国が重要な役割を果たすべきであるという点では、伊藤公もそうお考えだと……。韓国併合こそ理想を実現しうる最善の道であると解釈しまして」

「それは身勝手な解釈だ。ほぼ小村の一存だろう」

「はあ……。失礼ながら、伊藤公は亡くなったと信じておりましたので、生ある自分たちが不明な点を補い、ご遺志を継がねばならないと」

「遺志だと？」伊藤は怒りを漂わせた。「私がいつ韓国併合に賛成と明言した？」

「それは……ですね、その……」

「私からきいた言葉として、御上に具申がなされるまでの、おおごとに発展させたではないか。己の意向を押し通そうとしたな。韓国併合を」

小村は怯《おび》えた顔で震えていたが、やがて深々と頭をさげた。「申しわけございません」

「おまえが閣僚としてふさわしい人格者かどうか、死んだからこそ見えてくるものがあった。今後については桂総理にも意見を申しあげる。さがるがいい」

おじぎをした小村だったが、恐怖のせいか全身を硬直させている。身体を折ったまま後退していき、ちらと顔をあげると、不安のまなざしで伊藤を眺めた。ドアを開けたのち、小村は最後にまた一礼するや、逃げるように退室した。

文吉が表情を和ませた。「ひそかに妨害を働いていた反対勢力があきらかになりましたね」

「……いや」伊藤は難しい顔で椅子に腰掛けた。「小村はたしかに事実を曲げた。だがいまの態度から察するに、嘘をついたというより、私が韓国併合に賛成だったと、彼は早合点したにすぎないようだ」

「早合点とおっしゃると……」

「私は小村の前で、あらゆる可能性を考慮する必要がある、そういうに留めた。しかしそれが彼には、韓国併合反対の撤回に思えたんだろう。小村にも多少は、故意に解釈の幅を広めている自覚があったかもしれん。しかし彼は私の遺志を代弁したつもりでいた。ところが事実を知らされ、いまになってあわてた、それだけに思える」

「小村伯爵がくだんの反対勢力ではなかったというんですか」

「彼は癖のある男だが、数々の功績を成し遂げておる。アメリカの提示した満州鉄道中立化案を蹴《け》ったのも、彼なりに日本の国益を思えばこそだろう。小村は平和主義者で慎重な知恵者だ。武力行使をちらつかせ敵国を脅すやり方はけっしてとらない。理想主義すぎるところもあるが、本質的にはいい人間だ」

「では」文吉が身を乗りだした。「せっかく死を偽ったのに、父上を妨害してきた人間は炙りだせなかったのですか」

「残念ながら難しかったようだ」伊藤が苦笑いを浮かべた。「反対勢力を全員浮かびあがらせるのが目的だったが、小村ひとりを叱責《しっせき》するに終わった。やむをえんな。危険や困難がともなうだろうが、私の生存を発表し、政治に復帰しよう。小村の反省を得られただけでも、以前にくらべれば大きな進展だよ」

沈黙が生じた。ホームズは不穏な空気を肌身に感じた。桂と山縣が表情を険しくし、ひそかに目配せしあっている。

桂総理が咳《せき》ばらいをした。「伊藤公。申しわけないが、あなたが生きていることは、まだ世間に公表できない」

「……はて」伊藤は妙な顔になった。「なぜかな?」

「今月末、韓国統監に寺内正毅《てらうちまさたけ》が就任する予定なのです。その後すぐ〝併合後の韓国に対する施政方針〟が閣議決定されます」

伊藤が絶句した。文吉も息を呑《の》んでいる。

「寺内?」伊藤は桂を見つめた。「韓国統監は曾禰荒助《そねあらすけ》だろう」

「ええ。しかし……。曾禰は文官であるし、あなたと同じく韓国併合には反対の立場です」

　山縣がじれったそうに口をはさんだ。「伊藤公。文官ではなく武官こそ統監にふさわしいのだよ。これからは陸軍が大きな役割を果たす」

「なっ」伊藤が身を乗りだした。「それでは約束とちがう。併合するにしても、韓国をむやみに武力で弾圧するのは好ましくない」

「好ましくない？　伊藤公は韓国の政治運動家に撃たれた身だろう！　暗殺の被害者だ」

「だがこうして生きている。やはり私が存命でいることを早急に公表しよう。恨みや憎しみに駆られての併合でないことを理解させねば」

「馬鹿をいうでない、伊藤」山縣が語気を荒らげた。「要人であるきみを撃った連中を赦《ゆる》すつもりか。あいつらは手段を選ばんというなによりの証明だ。明確に報復とわかるかたちでねじ伏せるべきだ」

「いや」伊藤が頑《かたく》なにいった。「私は復帰する。生存を公にし、平和的解決を模索する」

　桂総理がきっぱりと否定した。「それは不可能です」

　ココツェフが嘲笑《あざわら》った。「伊藤公、当然だろう。もうあなたの〝惜別の会〟が始まっとるのだぞ。私以外にも全世界の要人が集まりつつある。できるだけ多くの国に出席を求めんがための、半年後の開催だったのだからな」

文吉があわてぎみに反論した。「事情を説明し理解を求めるだけでしょう」

「ありえん」ココツェフが声を張った。「閣内の反対勢力を炙りだすため死を偽った？　お家騒動のために全世界に嘘をつき、要人を呼び寄せたのか？　日本の信頼は地に墜《お》ちるぞ。欺瞞国家として世界から孤立する」

「はん！」ホームズは鼻を鳴らしてみせた。「それで国葬から半年も経ったいまごろ〝惜別の会〟か」

山縣がむっとした。「なんだね？」

「あなたと桂総理は韓国併合を着々と進めていたでしょう。察するにその準備に半年かかる算段だったのですな。武官を統監の座に就け、併合のための閣議決定がなされる今月まで、伊藤公がどうあっても生存を発表できないようにした」

伊藤が驚きのまなざしを桂に向けた。「桂君……。本当か」

ばつが悪そうに黙りこむ桂に代わり、ホームズは伊藤に説明した。「山縣元帥と桂総理は、最近いがみあってもいるが、本来は師弟関係です。おふたりは伊藤公が目の上のたんこぶだったが、乱暴な手段にうったえるほど嫌ってはいない。だから自然に伊藤公が政治の中心から排除されるよう仕向けた」

閣内反対勢力による妨害のせいで政策が立ちゆかない、そこから伊藤が死を偽る計画が始まった。発案者は伊藤だったにせよ、山縣や桂の頭にあったのは、これを機に日韓併合を進められる、それだけだった。

伊藤が身を潜めているあいだ、併合のための根まわしは着々と進んだ。もし伊藤が反対勢力を発見し、計画の目的を果たそうとも、早々に復帰されては困る。だから〝惜別の会〟を半年後とし、世界じゅうの要人を招待することで、この五月いっぱいまでは伊藤の生存が明かせないようにした。

ワトソンが異議を唱えた。「無理やりにでも伊藤公が要人の前に現れ、生きていると伝えりゃいいじゃないか」

ホームズは否定した。「そうはいかないんだよ。この規模でおこなわれる〝惜別の会〟は、まさしく世界の要人から日本への信頼の証《あかし》だ。こんな時機にすべてが嘘だった、それも国内事情のせいだとするのは、本当に都合が悪い。大勢の要人に長旅を強いているわけだからね」

信頼失墜どころか猛烈な反感がひろがるだろう。いまアメリカは日本からの移民排斥を強行に推し進め、米日関係にヒビをいれつつある。〝惜別の会〟にはジェームズ・シャーマン副大統領やフィランダー・ノックス国務長官が出席する。彼らはみな半年前から多忙な日程を調整し、国をあげて日本行きを決めていた。もし伊藤の死が茶番だったとあきらかになれば、アメリカはここぞとばかりに対日制裁を強める。新興国の方針に世界各国も同調する。

伊藤が生きていると公表するにしても、ほとぼりが冷める数年後でなければ、世界はとても受けいれないだろう。いわば国葬と〝惜別の会〟という、前代未聞の巨大な催しが、伊藤の復帰を困難にした。抗議しようにも死人に口なし。発言になんの権限もない。これは山縣と桂による、巧みな政治的策略だった。

文吉が立ちあがった。「父をだましたんですか!」

山縣は厳《いか》めしい表情で口ごもった。桂のほうはおずおずと告げた。「ホームズ先生は〝惜別の会〟を半年後に催すのをきめたのが、私たちだとみておられる。しかしそれはちがう。もとはドイツ大使のご提案だった。ホルヴェーク宰相が国葬に参加できなかったが、半年後なら調整可能だという。各国に打診したところ賛成を得られた」

ホームズはとりあわなかった。「同じことです。最初にいいだしたのがドイツ大使であっても、世界各国の要人が招待に応じる目処《めど》がついた以上、伊藤公の復帰を遅らせる有効な手段だとあなたたちは気づいた。事実そのように利用した」

ココツェフが席を立ち、煙草を灰皿に押しつけた。「ホームズ！　例の仏像についてはは私たちもなにも知らん。あれがなんなのか、何者のしわざか見当はついたのか？　安重根が暗殺犯でないなどと、へたに世論を煽《あお》られたら私たちの計画が露見しかねん。探偵なら仏像の送り主を探せ。国家間の問題はきみの手に余る。いっさい関与するな」

それだけいうとココツェフはドアへと向かっていった。いちども振りかえることなくドアを開け放ち、退室するや乱暴に閉じた。

桂総理も腰を浮かせた。「伊藤公。政治は私たちにまかせて、あなたはどこかで静養なさるといい。もちろん人目につかないところでお願いします。そのう、女性との戯れについては、どうかご遠慮を」

山縣元帥はなにもいわず退席した。桂とふたりでドアへ歩き去っていく。話しかけることを拒む沈黙の盾を掲げているかのようだった。

室内には伊藤親子のほか、ホームズとワトソンだけが残された。伊藤博文が半ば放心状態のように虚空を見つめる。父を見守る文吉の顔には悲痛のいろがあった。

いちど死んだことがあるホームズには、伊藤の感じる悔しさが身に沁《し》みてわかった。伊藤は山縣や桂を信頼し、一致協力し反対勢力を炙りだそうとした。だがまんまと政治的な権限のいっさいを奪われてしまった。

小村寿太郎は山縣や桂の仲間だったわけではなさそうだ。そのため韓国併合推進派だったにもかかわらず、あっさり切られた。山縣と桂の師弟関係において、主導権を握るのはやはり山縣だろう。軍事力を背景にした韓国併合。日本は大きくドイツ帝国と同じ針路に舵《かじ》を切る。憲法はドイツを下敷きにした伊藤だが、陸軍主体の完全軍国主義化は本意でないはずだ。

ワトソンが唖然とした顔を向けてくる。ホームズは肩をすくめるしかなかった。ずっと生ある立場だったワトソンには、理解しがたい点があるのかもしれない。ホームズには伊藤の心境が手にとるようにわかった。死人にはあがくことさえできない。

17

日暮れ後の末松謙澄邸で、ホームズは縁側にでた。真っ暗な日本庭園を前に、ひとり胡座をかく伊藤博文がいた。蠟人形の写真と同じように、くつろいだ着物姿だった。ふだんなら背筋をしゃんと伸ばして座る伊藤が、いまは項垂《うなだ》れている。

月明かりが淡く照らすなか、ホームズは伊藤に歩み寄った。

伊藤は歩調でホームズだと気づいたらしい。顔もあげずにささやいた。「私はもう死人だ。ホームズ先生のように復活することはできないらしい」

「僕が復活できたのは、あなたの多大な助力があってこそだよ」ホームズは縁側に立ちどまり、伊藤とともに庭園を眺めた。「今度は僕があなたを支える番だ」

「嬉しいが私にはもうなにもできん」伊藤はいつになく落ちこんでいた。憂愁に満ちた声の響きで伊藤がいった。「一世一代の大芝居を打つつもりが、嵌《は》められたよ。逆に利用されていた。私は国政から除《の》け者にされてしまった」

「天皇陛下はあなたの存命をご承知だろう。相談してみては？」

「御上を巻きこむわけにはいかん。残念ながらココツェフ蔵相の主張が正しい。〝惜別の会〟を前に、私の生存を明かすのは混乱につながり、国家の威信を著しく下げてしまう。むろん〝惜別の会〟の直後でも同じこと、少なくとも数年間は隠居だ。無理なく復帰できるとすれば、私という存在が取るに足らない、ただの思い出と化したころだろう」

「あなたの存命の公表について、桂総理らが段取りをつけてくれていると信じていたのだね。だがそんなものはなく……」

「ああ。たぶんこのまま永遠に隠居の身を強制される」

「それならまだいい」ホームズは考えを口にした。「本当に命を奪われないよう気をつけねばならない」

「……たしかに」伊藤の表情が曇った。「死んだことになっている私の命を奪う者がいたとしても、殺人罪には問われんからな」

「生きつづけるためには警戒を怠らないことです」

伊藤はため息をついた。「吉田松陰《よしだしょういん》先生がよくいっていたよ。〝一月《ひとつき》にして能《よ》くせずんば、則《すなわ》ち両月にして之《こ》れを為《な》さん。両月にして能くせずんば、則ち百日にして之れを為さん。之れを為して成らずんば、輟《や》めざるなり〟」

「意味は?」

「ひと月で成しえなければふた月かける。ふた月でも成しえなければ百日かける。途中で投げださないことだ」

「いい格言だ」

「長いこと肝に銘じてきた言葉でな。いつも励みにしてきた。だが人生も終盤に差しかかったいま、果たして意味があることだったのかと思う」

「まだ若い。この国の政界には七十代も多くいる。あなたは六十八歳じゃないか」

「享年六十八だ」

「すると永遠に六十八でありつづけるのだな。これから何年、何十年生きようが」

伊藤が啞然としたようにホームズを見上げてきた。ホームズが見かえすと、伊藤は控えめに苦笑した。

縁側を厳かな摺《す》り足が近づいてくる。そちらに目を向けると、和装の貴婦人と呼ぶにふさわしい姿が歩み寄ってきた。伊藤の妻、梅子が静かにうながした。「末松子爵が一緒にお食事をと。ホームズ先生もどうぞ」

伊藤が小さく唸った。「飯は神棚に供えてくれればいい。死人ならそういうべきだろうが、情けないことに腹も減る」

ホームズは進言した。「遠慮なくご馳走になることだよ。わが国でも〝An army marches on its stomach〟というが、たしか日本にも同じ諺《ことわざ》がある」

「ああ。〝腹が減っては戦はできぬ〟か」伊藤は梅子に告げた。「末松君に礼をいってくれ」

久しぶりの再会だろうに、まるで日常のような夫婦のやりとりがある。これが阿吽の呼吸というものか。梅子はおじぎをし、静かに引き下がろうとした。

ホームズは呼びとめた。「梅子さん」

梅子は背を向けていたが、その場に静止した。

もうなにを告げられるか予見できているようだ。ホームズはいった。「初の内閣総理大臣夫人だったあなたなら、イギリスの旧知の政治家に連絡し、ディオゲネス・クラブの場所をきくことは困難ではないだろう。住所不明の僕に対し、兄マイクロフトの出入りするクラブに預けようとした。例の仏像を」

半身で振りかえった梅子が、落ち着いたまなざしを向けてきた。目ですべてを語るとは聡明《そうめい》な人だ、ホームズはそう思った。

伊藤が座ったまま眉をひそめた。「仏像……? ココツェフ蔵相のいっていたあれかね」

ホームズは推理を言葉にした。「素性を隠したい一方、英語がろくに喋れない女性なら、ひとことたりとも発言しまい。背丈や体型からアジア人であることは隠せないが、流暢に話せる人間だからこそ、あえて片言の英語を口にした。以前にお会いした記憶と結びつけられないために」

梅子はホームズに向き直った。動作はしなやかだった。「クラブからホームズ先生がでてこられたのは驚きでした」

「あれを僕に預け、海軍大臣の斎藤実邸の前に置き、ロシア大使に送りつけた。手紙やメモ用紙は開かれないことが多く紛失しやすい。メッセージを刻むにあたり仏像を選び、思想を匂わせると同時に、神道を信仰する伊藤家に疑いの目を向けさせまいとした。すなわち、本当は生きている伊藤公と、梅子さん自身に」

伊藤が立ちあがった。「まて。梅子。そんな仏像をあちこちにばら撒《ま》いたのか。わざわざロンドンまで行ったのか？」

梅子が目を伏せた。ためらいがちにささやきを漏らす。「あのままではお困りになるだろうと思いまして」

なんとも頭が切れる女性だ。梅子は夫が死を偽る計画について、山縣や桂の企《たくら》みに気づいていた。生存の公表が難しくなると予見し、各方面に暗殺犯の再捜査をうながすことで、伊藤の死に不自然な点があると気づかせようとした。誰かが真実にたどり着けば、伊藤が生きていると発覚する。梅子の夫に復帰への道が開ける。ホームズが蠟人形の写真を見せたとき、梅子があのようにつぶやいたのも、ようやく真相を悟ってくれたと安堵《あんど》したからだろう。

ホームズは梅子を見つめた。「桂総理や山縣元帥に直接、意見なさらなかったのは……」

梅子はうつむいたまま応じた。「そのような振る舞いは失礼にあたります」

夫が彼らを信頼し、計画をきめた以上は、それにしたがうのが妻の務め。梅子の言葉にはそんな強い意志が感じられた。むろん夫に考え直すよう迫ったりもしなかった。周囲に働きかけるにしても、むやみに秘密を暴いたりはしない。あくまで第三者が自発的に謎を追うよう仕向けた。

彼女に導かれゴールしたのはホームズだった。ホームズはつぶやいた。「梅子さんは夫を救いたかったのだね。〝惜別の会〟の日が迫る前に」

開催のひと月前には、もう遠路を旅立つ要人が複数いる。せめてそれより早ければ、夫の生存が世に受けいれられる余地はある、梅子はそう考えた。

ホームズはひとりごちた。「僕がもっと早く動けばよかった。だが半年前だったとしても、やはり日本の信頼は大きく揺らいだだろう。いまほどではなかっただろうが……」

伊藤が表情を険しくした。「いや。発覚しなくてよかった。桂にしろ山縣さんにしろ、あるいは小村にしろ、断じて逆賊ではない。それどころか日本の将来を考える志の高い同胞たちだ。私と意見が対立し、彼らが政治的闘争に勝利したからといって、小細工を働こうとは不届き千万」

梅子が打ちのめされたような顔になった。ふいに両膝を床につき、梅子は深々と土下座した。「申しわけありません」

ホームズは伊藤に抗議した。「あなたは奥方の心痛や気遣いを無視するのか」

「黙っとってください、ホームズ先生。すべては私のせいだ」

「そう思うのなら梅子さんに迷惑をかけたと謝るべきだろう」

「仏像の件は梅子が勝手にやったことだ。迷惑をこうむったのは私のほうだ」

「そんな言い方では梅子さんを傷つけるだけだ。梅子さんのためを想うのなら、なぜすなおにそう告げない」

伊藤は意固地になった。「夫婦のことに口だしは無用。国の慣わしもちがう」

すると梅子がわずかに頭をあげ、ぼそぼそと告げてきた。「ホームズ先生。わたくしはなんら辛《つら》く思ってはおりません」

当惑が生じた。ホームズが日本へ来て、伊藤は家族のもとへ戻った。梅子の切望したとおりになった。彼女が夫のためによかれと思ってしたことだ。であるのに当の伊藤は逆上としかいえない態度で梅子を咎めている。

ホームズは皮肉を口にした。「妻への叱責が家長の義務と錯覚する向きはイギリスにもあるが、まるで切腹を迫るような勢いで妻をひれ伏させる夫となると、日本でしか考えられない。理不尽で不条理だ」

伊藤はかっとなった。「妻を持たないあなたにはわかるまい、ホームズ先生」

縁側に沈黙が降りてきた。静寂のなか虫の鳴き声が厳かに響いた。微風に枝葉がざわめく。物音はそれだけだった。徐々に伊藤の頭も冷えてきたらしい。表情に戸惑いのいろが交ざりだした。

「……申しわけない」伊藤がいいにくそうに詫びた。「言葉が過ぎた。その……梅子にも」

梅子はまだ土下座をしている。けれども足音がきこえたからだろう、頭を低く保ちつつ、梅子は遠慮がちに立ちあがった。

縁側に現れたのは文吉と、和装に身を包んだ十三歳の少女だった。桂総理の令嬢、寿満子だ。ホームズはふしぎに思った。こんな時間に訪ねてきたのだろうか。

文吉が伊藤にいった。「食事にまだおいでにならないのかと末松子爵が」

「ああ」伊藤はため息をついた。「失礼をした。いま向かう」

梅子が夫に一礼し、先に縁側を歩きだしたのも、なんらかの仕来りだろう。あるいは娘夫婦の末松邸に同居している身として、なにか手伝わねばならないのか。それをいいだせば伊藤もホームズもこの家で厄介になっている立場だ。梅子ほどの地位の女性でも、夫婦間では妻として従属的な立場にならざるをえない、そう考えるべきか。

もっと複雑な事情ゆえかもしれない。伊藤姓を継いだ文吉はいま、梅子を意識する素振りをしめしたものの、目を合わせようとはしなかった。文吉が言葉を交わしたのは父親のみだ。

一同が歩きだした。ホームズは伊藤にささやいた。「寿満子さんも食事に同席するようだ。なぜかな」

伊藤が答えにくそうに小声で応じた。「文吉の許嫁《いいなずけ》だ」

ホームズは思わず歩を緩めた。それぞれの後ろ姿が遠ざかるのを、ひとり立ち尽くしながら眺める。

寿満子は桂総理の五女だ。十三歳にして文吉と結ばれる、運命がそう定めているわけか。

伊藤姓を継ぐ文吉が、桂家の娘と結婚する。父親の博文は、政敵である山縣と師弟関係にある桂の令嬢と、息子が結ばれるのを望まないかもしれない。実際に韓国併合をめぐり、伊藤博文と桂太郎の方針は相容《あいい》れなかった。だが伊藤博文は死んだ。父親がもうこの世にいないと信じればこそ、文吉は寿満子と結ばれることになった。

ところが現実には、伊藤博文は生きている。死人であるため、結婚に反対する権限もなく、ただ婚約したふたりのあとを、とぼとぼとついていくのみ。まさしく幽霊のようだった。

そんな彼だが、それでも幽霊は幽霊なりに、文吉とは父子の関係でありつづける。一方の梅子は文吉と血のつながりがない。夫が死んでからは伊藤家の除け者だ。とはいえ本当は未亡人ではない。夫婦揃って娘夫婦の家に居候だ。考えるほどにややこしい。

複雑な関係が織りなす家族が縁側を歩いていく。ホームズはゆっくりと追いかけた。この光景を脳裏に刻んでおきたい。独り身でいることのなによりの励みになる。

18

行灯《あんどん》のなかには電球が入っているらしい。室内がずいぶん明るいと感じる。畳敷きの部屋は広く、天井も高かった。

座布団の前に膳《ぜん》が据えてある。食事一式がコンパクトに並べられた、ひとり用の小型テーブルだ。席順は家主がきめる。恰幅《かっぷく》のよさを誇る末松謙澄子爵は、五十代半ばでホームズと同世代だった。彼も判で捺《お》したような口髭《くちひげ》をたくわえている。それでも高齢の政治家たちよりずっと社交的な性格のようだ。英語で気さくに話しかけてくる。「ホームズ先生はそちらへ」末松が座布団を指ししめした。「隣がワトソン先生です」

ワトソンが胡座《あぐら》をかいた。目の前の膳を眺めると、ワトソンはホームズに耳打ちしてきた。「ママゴトのテーブルみたいだ」

「食事にケチをつけるのはよくない」ホームズはつぶやいた。「忍者に背中から斬られるよ」

表情をこわばらせたワトソンが、あわてぎみに背後を振りかえる。しかしホームズが口もとを歪《ゆが》めているのに気づいたらしく、ワトソンは憤然と前に向き直った。「バリツで投げ飛ばしてやるさ」

「その意気だワトソン君。魑魅魍魎《ちみもうりょう》どもが跋扈《ばっこ》する極東でも、きみさえいれば安心だな」

末松は妻の生子と並んで座っている。生子は伊藤博文と梅子の実娘だ。だが梅子の席は端へ追いやられている。伊藤博文はホームズと並び、主賓のあつかいを受けていた。近くに文吉と、許嫁《いいなずけ》の寿満子が並ぶ。桂総理の五女に対し、博文は特に話しかけるようすもない。幽霊が己を殺し、縁談を壊すまいと気を遣っている、ホームズの目にはそう映った。

女中ら数人がさかんに出入りし、男たちの膳に酒を用意する。ただしすべてを彼女たちにまかせきってはいない。生子が夫に、寿満子は婚約者に、それぞれ酌をする。梅子も夫の博文に酒を注《つ》いだ。博文が日本語でなにかを告げた。どうやらホームズとワトソンにも酌をするよう指示したらしい。梅子はいったん立ちあがり、ホームズのわきに座ると、徳利《とっくり》を傾けた。

ホームズは杯を掲げながら小声で話しかけた。「梅子さん。メッセージを彫った仏像を託すにあたり、僕をイギリス代表と認めてくれたのはありがたい。しかしほかにロシアとドイツを選んだ理由を知りたい」

梅子は視線をあげなかった。「わたくしの分際で政治の話は」

「夫がいる前ならそうでしょうが、お亡くなりになったいまは少しぐらいかまわないでしょう」

杯の酒をすすっていた博文が軽くむせた。だがこちらに向き直ったりはしなかった。許可が下りたも同然だろう。ホームズは梅子を目でうながした。

なおも梅子は夫に遠慮をしめしつつ、ささやくように告げてきた。「ロシアは最も近い大国ですし、講和条約を結んでおりますゆえ、頼りになります」

「あいにくロシア大使は鈍感なまま、もともと事情を知るココツェフ蔵相に仏像を託してしまったがね。ドイツのほうは？」

「やはり通商条約を結んでおり、憲法や軍隊の手本となった国ですから、日本との結びつきが強いのです」

事実はかならずしも友好関係にはあるまい。マイクロフトがいっていた。ドイツのヴィルヘルム二世が、ロシアにアジアでの覇権をめざすようそそのかしたのも、イギリスへの嫌がらせだったと。ドイツに後押しされたロシアだったが、戦争で日本に負けた。ロシアも内心は忸怩《じくじ》たるものがあるだろう。英日同盟に対し、ドイツが脅威であることに変わりはない。ロシアも潜在的な敵国でありつづけている。

現実の国際問題がどうあれ、梅子がなぜ独露を頼ったか、いちおう理屈はわかった。ただ不明なのは、ロシアに対しては仏像を大使館に送ったのに、ドイツのほうはなぜベルノルト・クラルヴァインに託したのかという点だ。ホームズはきいた。「ドイツ大使へ送ろうとはしなかったのですか」

梅子は意外そうな顔になった。「送りました」

「送った？　ドイツ大使館宛に？」

「はい」

「クラルヴァインという男をご存じですか」

「どういったおかたですか」

「東京帝国大学医科大学で顧問を務める一方、〝惜別の会〟の準備委員でもありました。もう故人ですが」

「さあ。存じあげません」

奇妙だ。クラルヴァインはドイツ人だが、大使館と結びつく情報はない。なぜ仏像がクラルヴァインに渡ったのだろう。

伊藤博文がじれったそうな日本語で梅子に話しかけた。酌が済んだのなら自分の席へさがりなさいとか、そんなところだろう。

梅子が丁寧に座礼し腰を浮かせた。端にある彼女の膳へと戻っていく。

ワトソンが警戒心をあらわにしていった。「ホームズ。生魚だ」

ホームズはワトソンの膳を見た。「刺身だよ」

「どう食べれば……」

「箸《はし》でつまんで醬油《しょうゆ》に浸し、ほんの少しワサビをつけるだけだ。この小皿が醬油。緑いろがワサビ」

「こうか？」ワトソンは恐る恐る刺身を口に運んだ。何度か嚙《か》んだのち、目を輝かせながらうなずいた。「これはうまい。食べたことのない美味だ」

「僕たちは感謝しなければなるまいよ。末松子爵はマグロのなかでも、ごく少量しかとれない貴重な部位を提供してくださったんだから」

　末松が驚きのいろを浮かべた。「なんとホームズ先生。どうしてご存じなのですかな」

「刺身の切り口が三角形です。もう十年以上も前に、ロンドンの日本料理店の店主にききました。マグロの背中と腹を分けて下ろすと、最も旨《うま》みが凝縮されているのは、骨に近い頂点の三角形だと」

「これは面白い。博学なうえ鋭い観察眼をお持ちですな」

　ワトソンが笑った。「人よりも魚の知識にまつわる推理はめずらしいかと」

「ああ、そうだ」末松が膝《ひざ》を叩《たた》いた。「特別なお酒を差しあげましょう。生子、あれを」

　伊藤博文は黙って箸を進めているが、こめかみに微妙な緊張が見られた。梅子の表情も硬くなった。もう伊藤生子ではない、末松生子だ。こういうとき両親ふたりは、嫁いでいった娘を前に、どんなことを思うのだろう。

「生子」末松の声が苛立《いらだ》たしげな響きを帯びだした。「おい生子」

　なぜか生子は腰を浮かそうとしない。ホームズはそちらに目を向けた。とたんに息を呑《の》んだ。生子は箸を宙にとどめたまま、苦しげに肩で息をしている。うつむいた顔は青ざめていた。

ホームズは跳ね起きるように立ちあがった。「生子さん」

白目を剝《む》いた生子が、ふいに身を投げだすように脱力し、腹這《はらば》いに畳に叩きつけられた。なおも痙攣《けいれん》を繰りかえしつつ、口から泡を吹きつづける。

末松が愕然《がくぜん》とした。伊藤夫妻も腰を浮かせた。ホームズは駆け寄ると片膝をつき、生子の上半身を抱き起こした。「ワトソン！」

ワトソンがあわてながらにじり寄った。「仰向《あおむ》けに寝かせないと駄目だ。枕を高く」

伊藤夫妻と文吉が、すばやく座布団を重ね合わせ、畳の上に積んだ。ワトソンがそこに生子の頭を据え、着物の帯を力ずくで緩めさせる。生子は白目のまま、苦悶《くもん》の表情で手足をひきつらせていた。

脈をとりつつワトソンがいった。「呼吸困難だ。猛毒によるショック症状だよ」

ホームズは生子の膳に向き直った。小鉢や皿を次々に手にとり、においをかぐ。強烈な悪臭を放つ腐敗した豆類が、小鉢のひとつに入っていた。「これだ。蜘蛛《くも》の糸のような尾を引く、おぞましい東洋の悪魔のような食べ物。僕やワトソンの膳には並んでいなかった」

博文が半ばあきれたようにいった。「ホームズ先生、それは納豆だ。においがきつすぎて苦手だろうから、おふたりにはださなかったんだよ」

拍子抜けが顔にでないよう努める。ほかの器のにおいをかいだ。温めたプリンに似た食物に、かすかな異臭がした。「これを用意したのは？」

末松が近くに立ち、焦燥のいろとともに凝視した。「茶碗《ちゃわん》蒸しだ。さっきの女中が……」

一同が振りかえったほうをホームズも見つめた。障子の近くに和装の女中がひとり立っていた。年齢はまだ十代だろうか。鋭い眼光で睨《にら》みつけるや、手にしていた盆を力いっぱい投げてきた。円盤投げのごとく飛んできた盆が、伊藤博文を直撃しそうになった。ホームズは博文の着物の胸倉をつかみ、強引に伏せさせた。盆は博文の頭頂部をかすめ飛び、床の間の掛け軸に激しく衝突した。

女中は身を翻すと廊下へ逃走していった。ホームズは追跡に転じながら怒鳴った。「ワトソン、生子さんを頼む！」

だが廊下にでるや、ホームズは踏みとどまらざるをえなかった。とっさに姿勢を低くする。西洋人の巨漢が立ち塞《ふさ》がり、太い角材を水平に振ってきた。ほんの一インチの差で、ホームズは痛烈な打撃から逃れた。

男ははちきれんばかりのスーツに身を包んでいた。頭髪は薄く、両目は顔の厚い肉に埋没しがちで、首はほとんどない。年齢は三十代だろうか。「シャイセ！」と怒鳴った。ドイツ語の悪態だ。

振りかぶった角材を男が叩きつけんとしてくる。ホームズはわきに転がり躱《かわ》した。角材が折れると、男はその武器を放棄し、ホームズにつかみかかってきた。反射的にホームズは腰を落とし深く沈みこんだ。右手のこぶしを固め、膝のバネを最大限に用い、伸びあがりながら男の顎《あご》を突きあげた。

ボクシングには自信があった。だが実力を発揮できたのは二十年前までかもしれない。こぶしに激痛が走ったものの、男のほうは痛そうに表情を歪めただけで、のけぞることさえなかった。唖然《あぜん》とするホームズの胴体を、男は両腕で抱えあげると振りまわし、障子に叩きつけた。木骨が粉々に砕け散り、障子紙が破れるなか、ホームズはさっきの部屋に押し倒され、畳の上に仰向けになった。一緒に倒れてきた巨漢が上になり、全身で圧迫してくる。

文吉が巨漢を羽交い締めにし身体を浮かせた。だが動きを封じるには至らず、男は文吉の頭髪を鷲《わし》づかみにした。なおも文吉は男の背後をとっているものの、立ちあがろうとする巨体を阻止できない。文吉は歯を食いしばりながらも、徐々に腕力で圧倒されつつある。

そこへ博文が飛びこんできた。木刀で巨漢の腹をしたたかに打った。苦痛に男が前のめりになると、脳天にも一撃を浴びせた。正確ですばやい剣術の動きだった。

男が体勢を崩すや、文吉はその下へ潜りこみ、柔道の投げ技を放った。巨体が宙に浮き、弧を描きながら障子にぶつかった。障子を突き破った男が廊下に転がった。

ワトソンが駆け寄ってきてホームズを助け起こした。「怪我はないか⁉」

ホームズは怒鳴った。「ワトソン！　生子さんは？」

「安定してきた。もうだいじょうぶだ」

そのとき悲鳴が耳をつんざいた。なんと西洋人の巨漢がもうひとりいた。今度は髪がふさふさで、髭も伸び放題にしている。男の太い腕が寿満子を抱えあげた。寿満子は身をよじり抵抗するが、男の肩の上から逃れられない。

「放せ！」文吉が怒声とともに駆け寄った。

ところが男は別方向の襖《ふすま》を蹴破《けやぶ》った。寿満子を抱えたまま隣の部屋へ飛びこむと、奥へと走り去り、新たな襖を体当たりで破る。男はみるみるうちに逃走していった。

ホームズは文吉とともに追おうとした。だが髭がないほうの巨漢が行く手に割りこんできた。男は隣の部屋にあった壺《つぼ》を次々と投げてきた。全員が身を伏せざるをえなくなった。

畳に俯《うつぶ》せたワトソンが、両手で頭を抱えながらいった。「畜生。いつもの六連発があれば」

するとワトソンの眼前にリボルバー拳銃《けんじゅう》が突きだされた。ワトソンがはっとして頭上を仰ぐ。ホームズもそちらを見上げた。

末松が近くに立ち、両手に握った二丁の拳銃のうち、一丁をワトソンに勧めていた。

「先生、これをお使いなさい」

ワトソンが拳銃をひったくり、巨漢を威嚇すべく、狙いを大きく外しながら発砲した。末松もさかんに銃撃する。目もくらむ銃火が明滅するなか、壺が破裂し、壁が吹き飛び、あらゆる破片が撒《ま》き散らされる。

男は勝ち目がないと悟ったのか、背を向けるや逃走を図った。硝煙のにおいが立ちこめるなか、どたばたと足音が遠ざかっていく。しだいに静かになってきた。

漂う煙にむせそうになる。室内は酷《ひど》いありさまだった。膳がひっくりかえり、料理はぶちまけられている。割れた皿や小鉢の破片が畳じゅうに散乱する。

誰もが荒い呼吸とともにたたずんでいた。ワトソンや末松、伊藤夫妻、文吉。みな肩で息をしている。

梅子が部屋の隅に走った。「生子」

博文も娘のもとへ急ぎ、傍らに両膝をついた。生子はぐったりとしていたが、もう白目は剝いておらず、両方の瞼《まぶた》が閉じきっている。痙攣もおさまっていた。嘔吐物《おうと》が畳の上にひろがっている。ワトソンが毒を吐きださせたらしい。

末松が拳銃をぶら下げながら額の汗をぬぐった。「たぶんテトロドトキシンだ」

ホームズは末松を見つめた。「テトロドトキシン？　きいたことがないが」

「前にもこういう中毒症状を見たことがあります。青酸カリの八百五十倍の毒性だとか……。フグの毒ですよ」

「フグ……？」

「つい去年に命名されたばかりです。東京衛生試験所長の田原良純《たわらよしずみ》が、フグ毒を卵巣から部分精製し、テトロドトキシンと名付けたとか」

なるほど、フグ《テトラオドンテイデイ》科に毒素《トキシン》を組み合わせたのか。女中が生子の食事のなかに、死なないていどに毒を混入させた。殺人が目的ではなく、あくまで騒ぎを起こすためだったのだろう。最初から寿満子をさらう狙いだったのか。

ホームズは末松にきいた。「あの女中は長く勤めていたのですか」

末松が廊下を振りかえった。居残っている別の女中らに、日本語で厳しくたずねる。

女中たちはいっせいにひれ伏し、なにかを返答した。

眉間《みけん》に縦皺《たてじわ》を刻んだ末松がホームズに向き直った。「風邪で休んだ女中の代理だといって現れたそうです。私も見覚えがありません」

「きょうの料理にはなかったが、ここの厨房《ちゅうぼう》にフグが？」

「いいえ。フグを捌《さば》いただけではテトロドトキシンは取りだせないといいます。むろん肝臓を食べればフグ毒に当たりますが、液体として抽出しないかぎり、ほかの食べ物には混ぜられないでしょう。肝臓を搾るだけではにおいもきついですし」

「さっきの毒は微妙な異臭を放つのみだった」

ワトソンが軽口を叩いた。「そもそもフグを食用にしようって発想自体が、とても考えられないね」

伊藤博文が神妙に詫《わ》びた。「ワトソン先生、申しわけない」

文吉が真顔で説明した。「フグ料理を解禁したのは父なんです」

「そ」ワトソンがうろたえた。「それはどうも……。いや、かなりの美味だったんでしょうな」

末松が腕組みをした。「テトロドトキシンの研究は始まったばかりですし、サンプルを保管するのは医療研究機関ぐらいでしょう」

「ホームズ」ワトソンが真剣な表情でいった。「東京帝国大学医科大学なら、あるいは……」

ホームズはうなずいた。「あの大男のうち、少なくともひとりはドイツ人だった。ベルノルト・クラルヴァインは、招待状をあれこれ操作し、例の蠟《ろう》人形写真も持っていた。梅子さんがドイツ大使館に送った仏像までもだ。クラルヴァインはドイツ帝国の間者《スパイ》の可能性が高い」

「だが彼はもう死んでる」

「手がかりを求めるのなら彼の書斎へ行くしかない。寿満子さんの命が心配だ。夜明けをまっている余裕はない」

「警察に通報するか？」

「冗談はやめてくれ、ワトソン。総理や元帥陸軍大将が伊藤公を嵌《は》め、死んだことにさせている国だぞ。少なくともいまは司法に心を許せるはずがない。僕らが動くしかない」

「しかし……」ワトソンは生子を振りかえった。「医師として付き添ってあげないと」

そのとおりだ。ホームズはワトソンに手を差し伸べた。ワトソンが拳銃を預けてきた。医師の彼は本来、医療器具を持つべきだ。人の命を奪いうる武器は似合わない。この歳になって強くそう思う。

伊藤博文が立ちあがった。「ホームズ先生。私が一緒に行こう」

「だが」ホームズは困惑をおぼえた。「あなたは……」

「幽霊のほうが好都合なこともあるだろう。以前のきみと同じだよ。とめても無駄だ。生子をこんなふうにした連中を野放しにはできん」

すかさず文吉がいった。「僕もです。寿満子さんを連れ去られたままにはしておけない」

ふたりの決意の固さは、まさしく同じ武士の血を感じさせる。ホームズは生子を見下ろした。傍らに末松がひざまずく。梅子も心配そうに、生子の額に手ぬぐいを這わせ、そっと汗を拭《ふ》いていた。

生子の夫と母親。医師ワトソンもここを離れられない。もう迷うことはなかった。

ホームズは博文に告げた。「肝に銘じてくれ。警官ひとりにも捕まるわけにいかない。たったそれだけでも全世界が大騒ぎになってしまう。あなたはもう死人なのだからね」

19

深夜二時をまわっていた。本郷通りに面した洋館の集合住宅、東京帝国大学医科大学の外国人教職員棟、D号。その二階にある書斎はドアが壊れていた。あのときベルノルト・クラルヴァインの叫びをきいたホームズとワトソンが、急ぎ二階へと駆け上り、ドアを蹴破ったからだ。

警察の現場検証はすっかり済んだらしい。電球に照らされた室内はあらかた片付いていた。秘書のエメリヒ・ランプレヒトがこの時間も居残り、少しずつ整理整頓《せいとん》を進めている。

まだ机の上には物があふれている。ランプレヒトはそれらに手をつけた。ほどなくその顔に焦りのいろが浮かびだした。両手がせわしなく動き、書類や本を乱暴に払いのけ、床にはたき落とす。

なにかを探しているのは明白だった。ランプレヒトがじれったそうに唸《うな》った。引き出しを次々開けたのち、屈《かが》みこむと机の下をたしかめた。

一部始終を見ていたホームズは、油断なく拳銃をかまえ、部屋の隅から踏みだした。

「そのままだ、ランプレヒト。国の言葉で動くなといおうか《ニヒトビーグン》」

伊藤博文と文吉も、動きやすい洋装に着替え、ホームズと一緒に隠れていた。ふたりとも油断なく姿を現わす。

机の陰に身を潜めたランプレヒトは、両手をあげるとゆっくり立ちあがった。前に会ったときのような不安げな表情はまったくない。降参をしめしながらも鋭い目つきをホームズに向け、次いで伊藤博文をとらえた。

「驚きだ」ランプレヒトは平然と英語でつぶやいた。「アイルランドのハロウィンよろしく、この国でも盆という時季に死者の霊が蘇《よみがえ》る。しかし旧暦の七月十五日ではなかったかな。いささか早い」

博文が険しい顔でいった。「盆踊りは農村の風俗を乱す。政府により禁止している」

「ああ」ランプレヒトが口もとを歪めた。「桂内閣の小松原《こまつばら》文部大臣や平田《ひらた》内務大臣が、盆踊り禁止令を布告したな。愚かしいよ。江戸の文化はなにごとも悪、西洋に染まりきるのが善か。日本は己を見失っているよ、伊藤。初代内閣総理大臣のおまえのせいだ」

盆とか死者の霊とか口にしているが、伊藤博文の生存に驚いた素振りはない。すでに知っていたのだろう。政治に詳しいのもランプレヒトの正体を考えれば納得がいく。ホームズは動じずにいった。「ランプレヒト。本名はテオフィル・フォン・ボルクだな」

ランプレヒトを名乗っていたボルクの瞳孔《どうこう》が開いた。「ほう」

「フォン・ウント・ツ・グラーフェンシュタインという男に、僕は貸しがあってね。虚無主義者のクロップマンに殺されかけたのを救ってやったことがある。グラーフェンシュタインは教えてくれたよ。甥《おい》が幼いころから祖国のスパイとして教育を受けている。いずれ極東に派遣されると」

「それが俺だというのか」

「ドイツ帝国のスパイがすべての鍵《かぎ》だと知ったいま、グラーフェンシュタインの妹の顔を思いだしたのでね。きみにうりふたつだ」

「なぜスパイだと？」

「この部屋は情報の宝庫だったからな。処分した招待状、伊藤公の蠟人形の写真、ドイツ大使館に届いたはずの仏像」

文吉がボルクを睨みつけた。「さっき写真がないと知り、おまえは焦っていただろう」

「なら」ボルクは不敵な態度をとった。「この書斎の主がスパイだろう。もう死んだが」

「いや」ホームズは首を横に振った。「ベルノルト・クラルヴァインは無実だ。きみは彼の秘書になることで、〝惜別の会〟準備委員会や東京帝国大学から情報を盗んだり、小細工を働いたりした」

ボルクは両手をあげたまま机の端に腰掛けた。「おまえは彼が死ぬ寸前に会っただろう。この建物の外で」

「きみにだ、ボルク。主人であるクラルヴァインへの変装と声色は、本業をスパイとするきみが訓練により、完璧《かんぺき》に身につけたわざだった。わざわざ歌舞伎を観にでかけアリバイを作っただろう」

「アリバイだ？　なんのために」

「とぼけるな。ここはクラルヴァインの書斎ではない。きみの書斎だ。きみを疑ったクラルヴァインが室内を物色した。きみはそれに気づき、彼をここへ閉じこめた」

クラルヴァインはドアを内側から施錠したが、それが彼にとっての運の尽きだった。スパイのテオフィル・フォン・ボルクは秘密を守るため、ドアに頑丈な細工を施しておいた。いったん閂《かんぬき》をずらし施錠すると、なんらかの操作方法を用いなければ解錠できないようになっていた。詳しくは日本の警察がいずれ報告をあげてくるだろうが、ドアの上下から突きだした特殊な閂も仕掛けのひとつだった。

頑丈な施錠にもかかわらず、ホームズとワトソンが蹴破ることができたのは、室内側へ開くドアだったからだ。部屋のなかからは、ドア枠内側の戸当りがあるため、蹴ったところで開けられない。閉じこめられたクラルヴァインは脱出不可能になった。当初は助けを求め、声が嗄《か》れるまで叫んだかもしれない。しかし本郷通りの昼間は馬車や自動車の往来で騒々しく、夜間は人通りさえ途絶えてしまい、ききつける者は誰もいない。

ボルクが小馬鹿にしたように笑った。「監禁して餓死するのをまつのか？　気長なことだ」

今度はホームズが鼻を鳴らす番だった。「そこまでまつ必要はなかった。人間は空腹に何日も耐えるが、喉《のど》の渇きだけはどうしようもない。脱水症状に陥りかけたクラルヴァインは水を求め、部屋のなかを荒らしまわった。怪しげな薬品には手をつけられない。花瓶のなかの水なら、いくらかましに思えたのだろう」

クラルヴァインの死体を発見したとき、ホームズは花のにおいをかいだ。無毒のアネモネと知り、それ以上追究しなかった。だが問題は水にあった。

もう絨毯《じゅうたん》の上はきれいに片付いている。ホームズは花瓶が落ちていたあたりを見下ろした。「化学分析を慎重におこなえば、染みこんでいるテトロドトキシンを検出可能かもしれない。この国で去年命名されたばかりの、フグの毒だ」

ボルクはホームズとワトソンがここを訪ねてくるのを予測していた。それまでのホームズの動きも、ボルク一派が監視していただろう。クラルヴァインに変装したボルクが歌舞伎の鑑賞後、タイミングを合わせ帰ってきて、歩道上でホームズにでくわした。むろん書斎に閉じこめたクラルヴァインと同じ服装を、ボルクは身につけていた。建物内へ駆けこもうと背を向けたボルクは、ドアを後ろ手に叩きつける寸前、巧みにクラルヴァインとランプレヒトの会話を発した。

ホームズはつづけた。「施錠された玄関ドアがふたたび開くまで時間がかかった。きみが変装を解いていたからだ。書斎に監禁されたクラルヴァインは、それまで少しずつ花瓶の水を飲んでいたが、僕らの声や物音をきき、助かる見込みがあると悟ったのだろう。もう長く耐える必要もないと思い、残りの水を一気に飲んでしまった」

大声で呼びかけるため充分に喉を潤そうとしたとも考えられる。だがクラルヴァインはテトロドトキシンによる中毒を起こしてしまい、耐えがたい苦しみのなか、断末魔の叫びを発した。ボルクもそこまでは計算していなかったのかもしれない。

絶叫がなくとも、いや死んでいなくとも、クラルヴァインはスパイの容疑で逮捕される。ボルクの狙いはむしろそちらだったのだろう。書斎に監禁されていた、そうクラルヴァインが主張しようとも、寸前に外でホームズらが会っているため、警視庁は虚言とみなす。

ボルクが忌々《いまいま》しげに歯軋《はぎし》りした。「なるほど、シャーロック・ホームズ。弟がブルース＝パーティントン設計書を獲得する寸前に、みごとぶち壊しただけのことはある」

身内の罪を自白した理由が反省とは思えない。頼れる仲間がいるとうそぶきたいのだろう。ホームズはつぶやいた。「ほう。弟もきみと同じ道を歩んだのかね」

「うぬぼれるなよ、老いぼれホームズ。おまえはしょせん素人探偵だ。俺たちには国家の後ろ盾がある。英日同盟などひねり潰《つぶ》してやる」

文吉が我慢の限界とばかりに、猛然とボルクの胸倉をつかんだ。「この恥知らずめ！」

博文が呼びかけた。「文吉！　冷静になれ」

「僕は冷静ですよ」文吉は父に吐き捨てると、ボルクに詰問した。「寿満子さんをどこへやった」

ボルクは醒《さ》めた顔で文吉を見かえした。「許嫁が心配かね？」

ほうっておけば文吉がなにをするかわかったものではない。ホームズは側面にまわりこみ、ボルクのこめかみに銃口を突きつけた。博文も距離を詰めた。だがなおもボルクは飄々《ひょうひょう》とした態度を崩さない。

「焦んなよ」ボルクがせせら笑った。「俺の身になにかあったら、寿満子という小娘がどうなるか……」

文吉が憤りをあらわにした。「なんだと……」

ホームズはボルクに問いただした。「人質を盾に、この窮地を逃れられると思うか」

「ああ、思うね」ボルクがホームズを見かえした。「寿満子は桂総理の娘だ。文吉の許嫁でもあるため、死んだ伊藤博文公が化けてでるのも抑えられる。最も有効な駒を選択したろ？」

たしかに抜け目ない。この男を野放しにするのは危険だ。ホームズは語気を強めた。「寿満子さんはどこだ」

そのとき視界の端に大きな動きをとらえた。巨体ふたつがドアから踏みこんできた。例のドイツ人の大男たちだった。髭のないほうがFNブローニングとおぼしき自動拳銃を握り、銃口をホームズに向けている。髭を生やした巨漢がドイツ訛《なま》りの英語で怒鳴った。「彼から離れろ」

　ボルクが見つめてきた。「おまえたちは不法侵入だよ、ホームズ」

怒りは好ましくない。常に機転を鈍らせる悪《あ》しき感情だ。ホームズは自己を抑制しつつ拳銃をさげた。

　文吉はまだ手を放さなかった。「犯罪を重ねておいて、法の裁きから逃れられると思うか」

「法の裁きだ？」ボルクはやれやれという態度をしめした。「ここでのできごとを法廷で詳細に語るつもりか。おまえの父親が生きていたと公表するのか？　諸外国から軽蔑《けいべつ》されるだけだ。近代法もなにも機能していない、江戸幕府の時世に逆戻りだな」

　憤然と文吉が抗弁した。「おまえの重罪を告発するほうが優先する」

「よせ。開催中の〝惜別の会〟を妨害するな。伊藤博文が姿を消していれば、すべて丸くおさまるだろうが。おまえらが波風を立てずにいてくれるのなら、俺たちも寿満子になにもしないよ」

　ホームズはいった。「ずいぶん〝惜別の会〟にこだわるのだな。招待客名簿をいじり、僕やワトソンをこの国に呼びつけたのも、要するにきみだ。招待主にたずねたい。

僕らになんの用だ」

博文もボルクを睨みつけた。「スパイなら情報集めが仕事だろう。〝惜別の会〟の出席者に、きみが情報を盗みたい対象を揃えたのだな。いったいなにを知りたがっておる?」

ボルクは博文を一瞥《いちべつ》したものの、すぐに文吉に向き直った。両手を下ろすと、文吉につかまれている胸倉を指さし、目で解放を要求した。文吉は憤怒《ふんぬ》に身震いしていたが、埒《らち》があかないと悟ったのだろう、ほどなくボルクを突き放した。

襟もとを正しながらボルクが巨漢たちに指示した。「ゲレオン、下へ行ってクルマをまわしてこい。ラルス、最後までしっかり狙ってろよ」

髭を生やしたゲレオンが真っ先に外へでていく。ラルスは拳銃で威嚇しつづけた。

ボルクは悠然とドアへ向かいながらいった。「俺はこのまま消える。警察に捜査などさせるな。邪魔はしないだろ? 行き先も探ろうとするな。尾行するな。寿満子の命が惜しければな」

伊藤博文が厳しい目つきを投げかけた。「見損なったぞ。私は近代国家ドイツを心から尊敬してきた。きみのなかにあるのは本物の愛国心ではあるまい」

ボルクが振りかえった。「わが国の憲法は君主の力を強く保障している。天皇を中心に据えた日本にとって、ちょうどいいモデルだったというだけだろう？　伊藤、死人に国は救えん。ドイツにとっても日本にとっても、あんたはもういないんだよ」

博文がいっそう険のある顔になった。ボルクは勝ち誇ったような足どりで、ドアの向こうへと立ち去った。ラルスは拳銃を構えつつ後ずさりし、最後に部屋から消えた。

文吉が駆けだそうとした。「まて！」

だが博文が文吉の肩に手をかけた。「よすんだ」

かっとなった文吉が嚙みついた。「父上はつまらない面子《メンツ》に囚《とら》われておられます！　だいたい死を偽り、国家を欺こうとしたこと自体、まったく愚劣な考えではないですか」

ホームズはなだめた。「文吉君、それをいわれると先達者の僕としては耳が痛い。路頭に迷った僕を、父君は救ってくれたんだよ」

しかし文吉はホームズにも食ってかかってきた。「あなたは誰かに雇われていたわけではなかったし、天涯孤独の身だから、あるていど人生を自由にできたでしょう。でも父は国家の要職にあったんです。ほかに方法がないほど追いこまれていたのはわかりますが、結局は政治の力学に翻弄《ほんろう》され、己を犠牲にしたにすぎない」

博文は辛《つら》そうに低い声を絞りだした。「文吉。こうなったのは私の責任だが……。

いまは耐えてくれないか。私たち全員が辛抱のしどころだ」

「寿満子さんはどうなりますか」

ホームズは諭した。「文吉君。彼女の安全のためにも、いまボルクに逆らってはならない」

文吉は激しく首を横に振った。「無事に帰ってくる保証はありません。見殺しにするのですか」

博文による説得がつづいた。「へたに動けばかえって彼女を危険にさらす。桂総理も事情を知れば辛いお立場になる。我慢だ」

そのひとことがかえって火に油を注いだらしい。文吉はまた声を張った。「女を使い捨てにできるのが父上でしょう！　僕は我慢なりません」

「おい」博文の眉間に深い縦皺が刻まれた。「文吉……」

「寿満子さんはまだ十三でも、ひとりの女性ですよ。人間なんです。父上。ご自身が女性に生まれて、それが寿満子さんの人生だったら？　そういう想像に及ばないから、父上は女性を好き勝手にできるんです。国民の半数は女性でしょう。個々の幸福を知らずして、誰が国家をまとめられるんですか」

「言葉がすぎるぞ！　文吉……」

ふいに文吉はホームズの手から拳銃をひったくり、ドアへと駆けだした。

ホームズは呼びかけた。「文吉君！」

「とめないでください」文吉が振りかえった。「父上は存在を消しておられればよいでしょう。僕はどうあっても寿満子さんを捜しだします」

文吉は踵《きびす》をかえすや部屋を飛びだした。階段を駆け下りる靴音が遠ざかっていく。

博文が怒鳴った。「文吉！」

ホームズは窓辺に向かった。見下ろすと深夜の本郷通りがあった。人の往来のない路上に文吉が走りでた。拳銃を手に左右を見まわし、大学正門のほうへと駆けていく。

ボルクたちがまだ文吉の目にとまる範囲にいるとは思えない。文吉は勘を頼りに、がむしゃらに走りだしただけだろう。

伊藤博文が項垂《うなだ》れつつ、深いため息を漏らした。「私の蒔《ま》いた種だ……」

「そう悲観なさるな。ボルクが妙にこだわる〝惜別の会〟の最終日まで、まだ時間的な余裕がある」

「しかし……。打つ手はない。ホームズ先生、かつてのあなたの気持ちがよくわかる。死人にはなにもできん」

「いや。そうでもない」ホームズは室内を見まわした。「この部屋はボルクの拠点だった。手がかりはきっとある。あなたが作りだした警察組織も素晴らしいはずだろう。ここへきて五里霧中のままなどありえない」

20

曇り空だからか、赤煉瓦《あかれんが》造りの英国大使館には、霧のロンドンの風情が漂っていた。英国工務局上海事務所のヘンリー・ボイス技師長が、三十六年前に手がけたという洋館を仰ぎ見る。ホームズが前に日本へ来たときにも、何度となく足を運んだ。死人ゆえにここを頼れなかった苦しみを思いだす。いまの伊藤博文も同じ心境だろう。

広大な英国庭園に石畳の私道が延びる。むろん大使館の敷地内だった。馬車が続々と到着し、大使のほか大勢の職員が出迎える。ずらりと横並びに整列するモーニングやフロックコート姿のなかに、ホームズとワトソンも加わっていた。

ワトソンがささやいた。「横浜港からずっと馬車で来たのかな」

「まさか」ホームズは苦笑してみせた。「どの馬も元気すぎる。入港時刻から考えても、とても間に合うはずがない。彼らはみんなすぐ近くまで自動車で運ばれ、直前で馬車に乗り換え、こうして大使館入りしている」

「この国で見かける自動車といえばアメリカ製かドイツ製だからね」

「伝統というのはときに嘆かわしいよ。大衆の目に触れない自己満足の儀式であっても、費用負担はわが国民の税金なのだからね」

金に縁取られた豪華なキャビンから、内閣の重鎮らが次から次へと降り立つ。庭園は半ばパーティー会場と化していた。来賓はまず大使と談笑、つづいて大使夫人や家族、職員らと立ち話をする。閣僚の列が徐々にこちらへ近づいてくる。先頭は五十七歳になる高貴な紳士で、白髪交じりの銀髪をきれいに整えていた。髭のない顔の政治家をひさしぶりに見た気がする。

ハーバート・ヘンリー・アスキス首相が、大勢の側近を引き連れながら、ホームズとワトソンの前に来た。側近のひとりがアスキスに耳打ちする。自己紹介の手間は省けそうだとホームズは思った。

アスキスが手を差し伸べた。「きみがシャーロック・ホームズか。会えて嬉《うれ》しい。きみがいなければブルースーパーティントンはドイツが先に製造していただろうな」

ドイツとの建艦競争に忙しいアスキス首相ならではの第一声だった。ホームズは握手した。「光栄です、首相」

ワトソンとも握手を交わしたのち、アスキスがホームズに向き直った。「きみはなぜ日本に来た？　噂では引退したとか」

招待状が偽物だった以上、旅の目的がアスキスと同じだったとはいえない。ホームズはわざと言葉を濁した。「少々調べものがありまして」

「調べもの？　そのためにわざわざ日本に？」

「閣下のお役に立てることかもしれません」

妙なことをいう、そんな目つきでアスキスはホームズを見た。だがすぐにまた微笑に転じると、アスキスが冗談めかした。「弩級《どきゅう》戦艦の建造数でドイツをうわまわる方法を見つけてくれれば、きみを食事に招待する」

「あいにくご期待には……」

「だろうな」アスキスは気にしたようすもなく立ち去りだした。「お二方とも、日本でのよき滞在の日々を」

「閣下も」ホームズはアスキスを見送った。

ワトソンは不満そうにつぶやいた。「ドイツを見習うのなら、まず老齢年金制度のさらなる充実だろう」

「ドイツは一昨年から、毎年弩級戦艦を三隻、巡洋艦一隻を建造するときめているからね。イギリスも毎年四隻から六隻を造りたがってる」

「重税に泣かされてばかりだ」ワトソンがふと思いついたようにいった。「ホームズ。テオフィル・フォン・ボルクが狙っているのは、わが国の海軍についての情報かな」

「ありうるね」ホームズは庭園のあちこちで談笑する閣僚らを眺めた。「軍拡に消極的な閣僚は招かれていないようだ」

「でもチャーチルが来ているよ。彼は軍艦を造るより、老齢年金の財源確保が優先するって方針じゃなかったか」

「グレイ外務大臣に海軍増強を押し切られたと新聞にあった。折れた以上は首相の賛同者だ」

ああ。ワトソンが残念そうな小声を発した。

そのウィンストン・チャーチルが近づいてきた。弱冠三十五歳の若い内務大臣が目を輝かせ握手を求めてくる。「ホームズ先生、ワトソン先生。お噂はかねがね」

ワトソンがにこやかに手を握った。「いまあなたの噂をしていたところです。お若くして我々高齢者の味方であられる」

ホームズも握手しながらいった。「職業安定所の設立も」

チャーチルがホームズを見かえした。「この国はいかがですか。妻は襖や障子だらけの家では、暗殺者の襲撃を受けると恐れていましてね。故伊藤博文公がフグ料理を許可したともきいて、絶対食べないでと私に念を押したんです」

両方の危険に直面したばかりだ。ホームズは微笑を維持した。「そう滅多にはないことかと」

「伊藤公という類《たぐ》い希《まれ》なる政治家に哀悼の意を表するためと説得して、ようやく妻を連れてくることに成功しました。あっちでいま大使夫人と話しているのが家内です。のちほど紹介しますよ」

「ありがとうございます。ところで閣僚諸氏は、ついでに極東で重要な会議かなにか、予定がおありなのですか」

「いや……。特にきいていませんが」チャーチルは笑顔のままだった。「伊藤公は波《は》瀾《らん》万丈の人生を送られたかただったんですね。日本にとって大きな損失でしょう」

「支持者にとってはそうでしょうな」

「復活を切望する国民も多いんじゃないでしょうか。ライヘンバッハの滝から蘇った御仁もおられるぐらいだから」

「……ジョン・オールスブルック・サイモン法務次官はお越しにならなかったんですな。故伊藤公の国葬にぜひ参加したかったとの声明が報じられていましたのに」

「ああ。彼も残念がっていましたよ。なぜか招待状が来なかったので」チャーチルはふと遠くに目を移した。「ちょっと失礼」

彼の妻が談笑する男性職員が気になったらしい。それとなく合流したチャーチルが会話に加わる。一昨年に結婚したばかりの二十五歳の妻について、やはり動向が気になるようだ。

ワトソンが複雑な面持ちになった。「やけに僕らの近況をかすめる発言ばかりだったが」

「勘がいいのか、あるいはただ冗談を並べ立てただけか。政治家は嘘が巧《うま》いからね。真意を見抜くのも大変だよ」ホームズは到着した馬車に注意を引かれた。「おや。あれは」

閣僚らにつづいて現れたのは、スコットランドヤードの顔なじみたちだった。みな見慣れない制服を身につけている。ホームズはワトソンとともに歩み寄った。

「やあ」ホームズは声をかけた。「モートン警部、おひさしぶり」

髪に白いものが交じる四十代、イアン・モートンが片手をあげた。「ホームズ先生じゃないですか。ワトソン先生も。ここでお目にかかるなんて」

「警備のため同行したのかね？」

「そうです。あなたもなにか事件のために呼ばれたとか？」

「とんでもない」本音ではテオフィル・フォン・ボルクについて情報の提供を求めたい。だがいまそれは明かせなかった。ホームズはきいた。「ずいぶん日程ぎりぎりのご到着だね」

「ええ。〝惜別の会〟は十三日から始まっていたでしょう？　しかしアスキス首相らが出席するのは最終日の一日前、十九日ということになったらしくて」

「ききましたが、航海の大幅な遅れは、またなぜですかな」

「いえ。遅れたわけじゃありません」

「というと？」

「諸外国との電報のやりとりで調整がついたのが十九日だそうです。主要な国が相互に連絡をとり、いつ出席するかと模索しあったところ、せっかくだから同じ日にしたいということになったようで」

「主要な国とは？」

「イギリスのほかはアメリカ、フランス、ドイツ、ロシア、オーストリア＝ハンガリー、イタリアです」

上司らしき男性がモートンを呼んだ。警察関係者一行を大使夫妻に引き合わせようとしている。モートンがそちらへ向かいだした。「ちょっと失礼」

ホームズとワトソンはその場にたたずんだ。不穏な空気を感じずにはいられない。ワトソンも小声でささやいた。「〝惜別の会〟にかこつけて、まるで世界会議じゃないか。秘密裏になにか話し合われるのかな。ボルクが狙っているのもそれか？」

まだわからない。だが各国が日程を摺《す》り合わせたのは気になる。なんらかの情報が持ち寄られるのだろうか。ボルクは総理の娘を誘拐してまで妨害を排除しようとしている。単なる〝惜別の会〟とは思えない。

21

きょうはもう十八日だった。帝国ホテルに戻って昼食をとると、この年齢ゆえの怠惰さがのぞきだす。ワトソンは部屋のベッドに横になるや、昼寝を始めてしまった。

ホームズもしばらくパイプ煙草をくゆらせたかったが、ふと時間を無駄にしていることに気づいた。ベンジャミン・フランクリンのいったTime is moneyは、この国でもそのまま諺《ことわざ》になっている。トキハカネナリ。

まだ起きそうにないワトソンを残し、ホームズはふたたびでかけた。イギリス大使館のみならず、アメリカ大使館からも情報を得たい。ジェームズ・シャーマン副大統領やフィランダー・ノックス国務長官も、当然ながら到着しているだろう。

ホテルのフロントでアメリカ大使館の住所をきいた。路面電車で赤坂《あかさか》なる地名の一帯へ移動する。言葉があまり通じないのは相変わらずだが、この国の乗り物にはずいぶん慣れてきた。

赤坂区溜池《ためいけ》榎坂町《えのきざかちょう》。少々変わった街並みだとホームズは思った。上流階級の住まいが多いのはあきらかだが、洋館の多くは木造で、瓦《かわら》屋根や破風《はふ》に和の趣がある。家々の庭先には、六ヤード以上の高さのポールが立ち、いろ鮮やかな帯もしくは旗が数本、風になびいている。円筒状で、ぽっかり丸く空いた口が流れる空気を吸うさまは、まさしく鯉《こい》だった。事実として鯉の目や鱗《うろこ》が描きこまれている。そんなポールがあちこちに目についた。

ぼんやり眺めるうち、女性の声が告げてきた。「あれはコイノボリですのよ」

アメリカ人らしい英語のアクセントだった。ホームズは振りかえった。華奢《きゃしゃ》なドレス姿の若い令嬢が立っていた。ハイウエストで丈が長く、引き締まったスカートは、いかにもアメリカで流行中の装いだ。花を盛った大きな帽子の下に、色白の小顔がのぞいている。

ホームズはシルクハットのブリムを軽く持ちあげ挨拶《あいさつ》した。「どうも。溜池榎坂町一番地はこの辺りだと思っておりました。トーマス・オブライエン大使はお元気ですかな」

令嬢は青い瞳《ひとみ》を丸くした。「イギリスのおかたですね。わたくしが大使と関わりがあると、どうしておわかりに？」

開いたカーテンのごとく左右に分かれた髪形は、やはりアメリカの流行だったが、この令嬢のセッティングは完璧《かんぺき》に思える。ホームズはいった。「大使館お抱えの美容師が腕を振るったとお見受けします。我々と髪質がちがう日本では、滞在する西洋人もなかなかそのような恩恵にあずかれないので」

驚きの表情がすぐに微笑みへと変わる。令嬢が自己紹介した。「キャロル・アディントンと申します。大使の姪《めい》です」

「光栄に存じます。私はシャーロック・ホームズ」

「まあ」キャロルはまた目を瞠《みは》った。「有名な探偵の……。引退なさったかと」

「おかげでこうして日本への旅を楽しんでいられます」

「叔父《おじ》とお約束が？」

むろん面会を申しこんではいない。キャロルに大使館へ案内してもらったところで門前払いだろう。外で情報を得られるものなら、機会を逃す手はない。ホームズはさりげなくいった。「この時間は大使館のかたも散歩をなさるんですかな」

「ええ。父もすぐ近くの囲碁将棋クラブに足を運ぶのが常ですのよ」

「囲碁将棋クラブ？」

「正しくはどう呼ぶのかわかりませんけど、チェスプレイヤーのための店に類するもので」

「ふうん。この界隈《かいわい》にあるのですか」

「ご案内しましょう」キャロルが歩きだした。「聡明《そうめい》なホームズ様なら、囲碁や将棋にもきっと興味をお持ちかと」

「趣旨は知っておりますが、実際に対戦したことはないですな」ホームズはキャロルに歩調を合わせた。「コイノボリも知らなかった無頓着《むとんちゃく》さなので」

「ご謙遜《けんそん》を。コイノボリはカープ・ストリーマー、つまり鯉の幟《のぼり》です」

「ああ。やはり鯉《カープ》ですか」

「男児の成長と立身出世を願うためのものです。春ぐらいに掲げて、五月上旬にはしまう家も多いのですが、旧暦の端午《たんご》の節句まで飾ったりもします」

「鯉が描かれているのはわかるのですが、いちばん上の抽象物は？」

「五色の吹き流しです。清国の五行説に由来し、魔除《まよ》けの意味があります」キャロルは通りかかった自動車に微笑みかけ挨拶した。自動車が徐行しつつ通り過ぎると、キャロルはホームズに向き直った。「失礼しました。いま大使館は来客が多くて」

「伊藤博文公の〝惜別の会〟のためでしょう」

「ご存じだったのですか。ホームズ様もそちらへ……？」

「うかがわねばなりませんな。十九日にはなにやら興味深い会合がありそうですし」

探りをいれたつもりだったが、キャロルは意味不明と受けとったらしい。きょとんとした顔で見かえした。特に問いかけてくるようすもなく、近くの門を指ししめす。キャロルがまた笑顔になった。「ここですのよ」

門は出入り自由のようだった。敷地内には純和風の庭園と屋敷が見えている。キャロルにいざなわれ、ホームズは門のなかへ入った。

縁側の障子が開放されている。畳敷きの室内に大勢の男性たちが座っていた。足つき将棋盤もしくは碁盤を挟み、一対一で向かい合っている。

キャロルは縁側の手前で一礼し、靴を脱いであがった。礼儀がしっかりしている。ホームズも同じようにした。

日本人がみな正座しているなか、胡座《あぐら》をかいた六十過ぎとおぼしき西洋人はめだつ。上質な仕立てのスーツはやはりアメリカ製だった。口髭《くちひげ》をたくわえた男性は盤上を睨《にら》み、向かい合う日本人とぶつぶつ言葉を交わしている。どうも対局とはちがうようだ。相手は和装の中年男性で、あきれたような顔で片手を振る。アメリカ人がむきになって駒をいくつか動かす。また相手がやれやれという態度をしめし、駒を元の場所に戻す。

キャロルはホームズに耳打ちしてきた。「父のロイド・アディントンです」

ホームズは挨拶すべく近くにたたずんだ。しかしロイドはいっこうにホームズを仰ぎ見ない。

やがてキャロルが声をかけた。「お父様……」

「まて」ロイドは盤上から顔をあげなかった。「どうすればあと二手で詰める……

……?」

「失礼」ホームズは帽子をとった。「シャーロック・ホームズといいます。ロイド・アディントンさん。少しお話を……」

「まってくれ。この難題を解き明かさんことには、誰とも喋《しゃべ》る気にはなれん」

「……見たところ対局なさってはいないようですが」

ロイドはホームズを一瞥《いちべつ》したものの、また盤に目を戻した。「ある意味、対局よりずっと重要なことでな」

キャロルが困惑顔を向けてきた。どうやらロイドのいう〝難題〟が解明されないかぎり、話をきくこともかなわないらしい。

ホームズは畳に腰をおろし胡座をかいた。「どのような問題ですかな」

ロイドと相手の日本人が揃って眉《まゆ》をひそめる。ホームズの飛びいりに面食らったようだ。日本人が盤上を指さし、ぼそぼそと日本語でいった。

わきに正座したキャロルが通訳した。「先手が七手で詰んだという棋譜を、父は再現したがっているようです。相手の日本人のかたは正解がわかっておられるようですが、父はまだ……」

むっとしたロイドが娘を制した。「黙っていてくれ。先手が最後〝角成り〟だったことはわかっとるんだ。ええと、この金が……」

ホームズは身を乗りだした。「助太刀しましょう。どうやらそれはビショップと同じ、斜め方向に無限に動けるようですな。こっちはルークですか。ポーンなのに前のマスのポーンがとれる？」

ロイドが呆気《あっけ》にとられた顔でホームズを眺めた。相手の日本人ばかりか、キャロルまで似たような面持ちだった。

唸《うな》るようなため息とともに、ロイドが傍らのカバンから小冊子をとりだした。英語で"How to play Shogi"とある。ロイドが低くつぶやいた。「これを読んでいてくれ。無言でな」

ほかの対局者らからも冷やかなまなざしが投げかけられる。ホームズは気にもせず小冊子を開いた。

なるほど、駒の動かし方が風変わりだ。王《キング》はチェスと変わらないが、ほかはいたって不自由きわまりない。敵の陣地に入っても金にしか成れない。チェスならクイーン以下どの駒にも成れるのに。

キャッスリングはないようだ。ただしとった駒がふたたび使えるとは興味深い。チェスは消耗戦になるが、将棋はいつまで経っても盤上が賑《にぎ》やかだ。

ホームズは小冊子から顔をあげた。「さっき先手が七手で詰みとおっしゃったかと」

ロイドがまた厄介そうに応じた。「それがなにか?」

「先手の最後の手は〝角成り〟ですか」

「いまルールに接したばかりでは、なんのことかわからんだろう。いいから見て勉強したまえ」

「ありがたい」ホームズは駒に手を伸ばし、対局前の配列に戻した。

「触らんでくれ！」ロイドが怒りをのぞかせた。

キャロルが諌《いさ》めるようにささやいた。「お父様」

当惑のいろを浮かべたロイドを横目に、ホームズは駒を動かしにかかった。

「先手、七六歩」ホームズは双方の駒を一手ずつ進めた。「後手、三四歩。先手、角をとって二二角だが、成らない自由もあるのだな？　だから成らない。後手、四一の金を五二へ。先手、四二角、王手。とった駒が使えるとは面白い。これでビショップふたつになった」

周りの空気は一変していた。ロイドが食いいるように盤上を見つめる。相手の日本人もホームズの手もとを凝視しつづけていた。

ホームズはつづけた。「後手、王手を躱《かわ》して四一玉。先手、右の角を三一に進め金に成る。チェックメイトだ」

ロイドとキャロルの父娘《おやこ》は、同時に感嘆の声をあげた。周りにもどよめきがひろがる。

相手の日本人は、お見逸《みそ》れしましたとばかりに一礼したが、さらになにやら出題してきた。

キャロルがいった。「最初は互いに同じ筋の駒を動かすという条件のみで、七手詰みの棋譜を再現できるかと……」

ホームズはすべての駒をもとの配置に戻した。「ふむ。筋というのは縦のラインだな？　先手はまた七六歩としよう。後手六二銀。先手四四角。後手五四歩。先手、銀をとって六二角、成らない。後手、王手を避けて五二玉。先手、とった銀を五三に置いて王手詰み」

室内にざわめきがあった。気づけばほかの対局者らも周りに集まってきている。

そんななか縁側に西洋人のスーツがひょっこり現れた。なんとワトソンだった。

「ここにいたのか、ホームズ」

「ああ、ワトソン。よくここがわかったね」

「赤坂のアメリカ大使館へ行ったときいたが……。路地でどよめきのするほうへ足を運んだら、馴染《なじ》みの声も耳に届いてね」

ホームズは紹介した。「友人のワトソン博士です」

「ワトソン？」ロイドが目をぱちくりさせた。「たしかあなたはさっきホームズと……。ああ、探偵の!?」

キャロルが苦笑を浮かべた。「さっきそのように申しあげようかと」

「これは失礼」ロイドは立ちあがりかけたが、退席にも礼儀が必要と思い直したらしい。相手の日本人にきちんと頭をさげたのち、おもむろに腰を浮かせた。縁側に歩きだしつつロイドがいった。「いや、お恥ずかしいところをお目にかけました。将棋となるとつい頭に血が上ってしまって」

「構いませんよ」ホームズはロイドとともに靴を履き、庭先に降り立った。「聡明なキャロル嬢がこちらに導いてくださったのです」

「大使館になにかご用ですかな?」

「本国から要人らが到着されているかと」

「ええ。副大統領や国務長官がね。故伊藤博文公の〝惜別の会〟出席のために……。あなたも?」

「うかがいたいのですが場所を知らされていません。各国要人のかたがたが十九日に出席するよう、しめしあわせているのは承知済みなのですが」

「新聞記者のような詮索《せんさく》ですな。あいにく会場がどこであるかも、招待された者だけに知らされるようです。私は出席しないためわかりかねますが」

「……ご存じない?」

「ええ、大変申しわけないですな。では大使館へ戻りますので、失礼」

キャロルが戸惑いをのぞかせながらも、父にしたがう意思をしめした。「ホームズ様、ワトソン様。予期せぬ出会いに感謝申しあげます。厚かましいですが、そのうち父に将棋を手ほどきしていただけるとありがたく存じます。それではごきげんよう」

アディントン父娘が立ち去っていく。ホームズとワトソンは日本庭園に残された。

ワトソンが啞然《あぜん》とした。「なんだ？　空振りだったのか」

「いいや。重要な情報を得られたよ」ホームズはつぶやいた。「大使が身内にも場所すら明かさないという事実がね。十九日は明日だ。何時にどこに集まって、なにをしようというんだろう……」

22

十八日の夜を迎えた。明日はアスキス首相と閣僚を筆頭に、主要国の要人らが一堂に集う。テオフィル・フォン・ボルクはそこでなんらかの情報を得るべく暗躍している。なにが起きるのか予断を許さない。

ホームズにとって懸念すべきことは数多くあった。もっとも頭を悩ませるのは、要人たちが集合するのは何時になるのかという点だった。なにしろ招待状が偽物だったせいで、日本に着いてからもまったく詳細を伝えられていない。ホームズはいまだに会場がどこなのかさえ知らなかった。いずれ文吉が案内してくれると思っていたが、次から次へと予期せぬ事態が発生し、それどころではなくなっていた。

皮肉なことに、伊藤博文〝惜別の会〟について、伊藤本人から告げられた。国葬とちがい、細かいことが公になっていないのは、警備の必要あってのことだという。靖《やす》国《くに》神社の境内に新築された洋館、悠久殿《ゆうきゅう》に伊藤博文の肖像画を祀《まつ》った祭壇がある。昼夜問わず無数の蠟燭《ろうそく》の光を絶やさない。よって夜間に訪ねることも可能らしい。忙しい要人らの日程への配慮だったが、主要国は個別に参加せず、なぜか最終日の一日前に集うことになってしまった。

警視庁の広い洋間は、伊藤博文暗殺事件の〝詳査班〟の拠点だった。いまはベルノルト・クラルヴァイン殺人事件の捜査本部に変わっている。夜も更けているというのに大勢の私服警官が詰め、壁に貼りだされた地図を前に協議し、各方面に電話をかけまくる。モートン警部もさっき訪ねてきて、衝立《ついたて》のこちら側に立ち寄った。

部屋の片隅に衝立があった。ホームズはワトソンとともに、衝立の陰に並んだ椅子に腰掛けていた。ここに隠れざるをえない理由は、隣に座るもうひとりの存在にある。スーツ姿の伊藤博文は肩を落とし、背を丸めながら着席していた。

刑事たちの多くは伊藤博文を死んだと思っている。しかしここに情報が集約される以上、ホームズや伊藤が待機する場所はほかにない。滑稽《こっけい》ともいえる事態だが、むろん誰も笑っていなかった。文吉がどうなったか心配だ。寿満子の行方も気になる。

ホームズは伊藤にささやいた。「〝惜別の会〟は通夜とは異なるはずだ。会というからには、参列者ならぬ参加者が集まったうえで、なんらかの段取りを踏んでおこなわれるのではないのか。それとも期間内に自由に会場を訪ね、きみの肖像画に玉串《たまぐし》でも捧《ささ》げるだけのことか?」

「よく知らんよ」伊藤が意気消沈した顔で応じた。「私も梅子を通じ、準備委員から教えてもらったばかりだ。私が主催したわけではないからね」

「要するに国葬の延長でしかないのか。要人らが国葬にでられなかった代わりとして、きみを悼む機会が設けられたというだけかな」

「きいた話では、当初は要人らを集めて宴《うたげ》を開く案もあったらしいんだが、神道としてはしめやかに執りおこなうべきとの声も多かったとか。結局はわりと簡素な弔事にならざるをえなかったんだろう」

ワトソンが眠たげな顔でいった。「しかしボルクが招待状の発送にこっそり干渉し、あれこれ工作を働いて、参加者を選別したわけだよな。僕らまで呼ぶとはわけがわからんよ」

ホームズは参加者名簿の書類に目を通していた。「招待状に根気強く小細工を働いた労力を考えるのなら、ボルクはおそらくほかの手段もさまざまに駆使し、要人の来日を操作しただろう」

「操作?」ワトソンがきいた。「たとえば?」

「電報だよ。主要国の要人らが、互いに日程を調整しあったというが、きっかけは偽電報だったかもしれない。イギリスは十九日でないと都合がつかないと各国に打電する。ロシアやドイツが十九日を望んでいるとイギリスに送る。そこまであからさまではなく、もっと遠まわしだったと思うが……」

「ボルクが各国に対し、相互に日程を摺り合わせるよう仕向けたのか」

「それも十九日に誘導した。各国要人らが自発的に秘密の会合を画策したのではなく、ボルクによって集められたのかもしれない。その可能性も捨ててはならない」

「でもなぜ十九日なんだ? 何時だろう」ワトソンが伊藤に目を向けた。「要人らは何時ごろに集まる約束ですか」

「知らんよ」伊藤が小さく嘆いた。「私は偲《しの》ばれる立場だからな」

ホームズは身を乗りだした。「イギリス大使に話をきき、ロシアやアメリカの大使館にも探りをいれてみたんだが、どうもはっきりしない。警備の都合上、参加する時刻を明かせないというんだ。これもそうするようにボルクが巧く誘導したとも考えられる。第三者の邪魔が入らないようにだ」

ワトソンが腑《ふ》に落ちない顔になった。「でもボルクは僕らにも偽の招待状をだしている。会場へ導くつもりだったんじゃないのか?」

そこがよくわからない。各国要人らが参加する時刻を、文吉に調べてもらいたかったが、彼がいまどこにいるのか不明だ。正式な招待を受けていないホームズとワトソンには、どの国の要人も集合時刻を知らせてくれない。

ホームズはため息をついた。「各国要人から日本の内閣まで、あらゆる方面に顔がきく権力者の知り合いが、いまこそいてほしい。伊藤公こそまさしくそんな存在だったのだが……」

「死人だ」伊藤は悄気《しょげ》ていた。「桂や山縣さんに会おうにも連絡がつかん。総理大臣官邸に足も踏みいれられない。〝惜別の会〟がどうなっとるのか、幽霊なら悠久殿を漂って見物できるだろうが、中途半端に生身の身体でいては、それも叶《かな》わん」

井原警部が衝立の陰に入ってきた。伊藤を見たとたんにかしこまる。ホームズから伊藤の生存は伝えてあったが、対面はこれが初めてだった。

伊藤が苦笑を浮かべた。「いいんだ、警部。楽にしたまえ。きみは国葬でも敬礼してくれたのだろう？　もう充分だ」

なおも恐縮したようすの井原が頭を低くした。「本当にご存命であられたとは……。心よりお喜び申しあげます」

ホームズは井原にたずねた。「捜査のほうは？」

「はい」井原が手もとの書類に目を落とした。「テオフィル・フォン・ボルクは宣教師としてさまざまな偽名を用い、全国各地を動きまわっています。地方の学校や病院、寺、教会に多額の寄付をしたと」

「寄付？」ワトソンが眉《まゆ》をひそめた。「重要な施設に片っ端から関与する気なのかな」

「いえ、そうではありません。菰方《こもかた》尋常小学校畑江舎、これは滋賀の山間部にある、なんということはない田舎の分校ですよ。青森の倉又《くらまた》病院だとか、鹿児島の三島《みしま》教会、石川の多賀《たが》寺、どれも取るに足らない村落のちっぽけな施設です」

ホームズはきいた。「ぜんぶで何か所ぐらいある？」

「学校七か所、病院四か所、寺八か所、教会五か所です。どれも近くに警察署どころか交番すらない僻地で、情報を集めるのに苦労しましたが、それだけにドイツ人宣教師の寄付という事例はめだったようで」

「ボルクはひとりで全国を巡ったのだろうか」

「いえ。それぞれの寄付先では、宣教師を名乗る外国人がひとりずつ、近くの民家に滞在しているようです。男もいれば女もいるとか」

ワトソンが疑問を呈した。「ボルクの仲間たちかな？」

むろんそうだろう。だがなにが目的なのか。ホームズは井原を見つめた。「それらの場所が、日本の閣僚の出身地だとか、あるいは外国要人が寄贈をした物があるとか、国葬の出席者が住んでいるとか……」

井原が首を横に振った。「なにもありません。〝惜別の会〟とも無関係です。それらの地域も住民も、ドイツのスパイが訪ねたところで、情報収集の役に立つはずがないのです。ただの素朴な農村ばかりですから」

複数の靴音が足ばやに近づいてくる。衝立の陰をのぞきこんだのは、なんと内閣総理大臣だった。燕尾《えんび》服姿の桂太郎と側近たちがこちらを見ている。

伊藤が驚いたように立ちあがった。ホームズがそれに倣うと、ワトソンも腰を浮かせた。井原警部がふたたびかしこまった姿勢をとる。

桂は憔悴しきった顔で、側近たちに立ち去るよう命じた。井原警部に対し、楽にしろと指示してから、伊藤のもとに歩み寄った。

憂いのいろを濃くした桂がささやいた。「伊藤公、申しわけありません。こんなことになるとは」

「いや」伊藤が穏やかなまなざしで見かえした。「寿満子さんのことで心を痛めているのはわかる。私も文吉の無事を願うのみだ」

頭《こうべ》を垂れた桂が井原警部に問いかけた。「その後なにか情報は……?」

井原が力なく応じた。「捜査に全力を費やしておりますが、残念ながらボルク一味の行方は杳《よう》として知れません。なんの要求も伝えてこないのです」

「そうか」桂が伊藤に目を戻した。「あなたに悪いことをしてしまった。山縣元帥が強力に推し進める韓国併合について、私もおおむね賛成してきました。だがどうもおかしい……。なんらかの力に振りまわされている気がしてならんのです。寿満子もそのため被害を受けたのではと」

「気に病むことはない、桂」伊藤が静かにいった。「事実の一部があきらかになってきている。ただし寿満子さんや文吉の命を案ずれば、静観するほかにない……」

「〝惜別の会〟も奇妙な様相を呈してきているのです。主要国の要人らはこのあと、午前二時から靖国神社の悠久殿に集まるとの誘いがあり……。あまりに急な話ではありませんか」

　桂総理が燕尾服を着ているのはそのためか。ホームズは置時計に目を向けた。午前零時をまわっている。あと二時間もない。

　ホームズは私見を口にした。「桂総理。振りまわされているというあなたの比喩《ひゆ》は適切かもしれない。そもそも〝惜別の会〟を国葬の半年後としたのは、アスキス内閣の都合に日本側が配慮してくれたためだというのが、イギリスにおける見方だった。しかしあなたによれば、じつはドイツ大使の提言からだという」

「そうです。余裕をもって一週間の開催としたのですが、各国が徐々に十九日の参加で合意していき、私も予定を調整していたところ……。ジョージ五世の国王即位もあり、アスキス首相らが緊急に帰国せねばならなくなったと。イギリスの決定は影響力が大きく、どうしても各国が追随するかたちになるので」

　ワトソンがあきれ顔になった。「振りまわしているのは我が大英帝国か」

「奇妙だ」ホームズは思いのままいった。「国王のためとはいえ、出発が明日の午後にずれこもうが、たいした差はないだろう。ロンドンから帰国を急ぐよう打電があったとすれば、その連絡が本物だったかどうか怪しい」

「ボルクか？」ワトソンがきいた。

「あるいは打電は本物だが、ボルクの弟あたりがイギリス外務省に謀略をめぐらせ、打つよう仕向けたか。周到に何重にも工作をおこなった可能性も否定できない。イギリス以外の各国の要人に対しても小細工があったはずだ。午前二時の参加にせざるをえない理由が、おそらくそれぞれにあたえられている」

「なにが目的なんだろう」ワトソンが首を横に振った。「そう仕向けられているとはいっても、要人たちが出席に利得《メリット》を感じていなければ、わざわざ午前二時に足を運んだりしないだろう」

伊藤がうなずいた。「同感だよ。私への追悼にしては、どの国もあまりに熱心すぎる」

ホームズは名簿を見た。「国葬から半年後の開催はドイツ大使の提言。ボルクもドイツのスパイだ。陰謀の要《かなめ》はドイツとみてまちがいない。名簿によればホルヴェーク宰相の出席はなく、シェーン外相やティルピッツ海軍相といった、ドイツの大物政治家は誰ひとり来日していない」

「変だな」ワトソンが腕組みをした。「要人がみんな出席できるようにするため、余裕をもって半年後に開催するって判断じゃなかったか。いいだしたドイツが欠席だらけとは」

「まったくだ」ホームズはドイツからの出席者の名を確認した。「ディートリヒ・アンデルス海軍相補佐官？　ああ」

桂がきいてきた。「知ってるのかね」

「名前だけは」ホームズは頭のなかで資料のページを繰った。「一昨年の二月、ドイツ帝国議会が可決した艦隊法修正法に、反対の立場をとる人物です。海軍大臣の補佐という立場にありながら、イギリスとの建艦競争に前向きでない」

ワトソンが一笑に付した。「そもそもドイツのスパイが他国の情報を盗もうとしてるんだから、自国からは重要人物を出席させる必要がないんだよ」

「それはそうだが……」ホームズは名簿に目を通しつづけた。「建艦競争といえば、そこに多少なりとも関与している参加者ばかりだ。アスキス首相、チャーチル、デビッド・ロイド・ジョージ。一方、伊藤公の国葬に参列したがっていたジョン・オールスブルック・サイモンは、建艦競争と無関係のためか載っていない」

「でも」ワトソンがきいた。「小説家のラドヤード・キプリングは？『ジャングル・ブック』は建艦競争に関わりがないだろう？」

「彼はイギリス帝国主義の絶対的な崇拝者だ。思想面ではドイツが敵視することもありうる。……そうだな。諸外国の要人も、イギリスの海軍力増強に肯定的な立場をとる者ばかりが、参加者に選ばれている」

「ジョージ・バーナード・ショーやジェーン・アダムズの出席も検討されてたんだろう？　ふたりとも平和主義者じゃないか」

「だからボルクによってひそかに名簿から外された。未使用になった招待状に、英語で僕らの名を書き加え、誘いだすのに使ったのさ」

「戦争反対を唱える人間は、どうせ重要な情報を握っていないだろうから、ボルクにとっても用なしってわけか」

「だろうね」

ワトソンは首をかしげた。「名簿はボルクがあれこれ手を加えた結果だろう？　あるいは僕らみたいに、中途半端な招待状が届きながら、名簿には載っていなかった要人がいるのかな」

「いや。僕たちについては、名簿に掲載させるほどの手間をかける必要がなかったんだ。偽の招待状で来日させておけば、勝手に謎を追って〝惜別の会〟に行くだろうからね」

「ああ。現にクラルヴァインを怪しんで、彼の仕事場へ行ったりしたからね。ランプレヒトに化けたボルクがそれを利用し、自分のアリバイを作りだした。シャーロック・ホームズを証人にしようとは、あいつも危険な賭《か》けにでたものだよ」

「あるていど謎を解かせれば、僕らを十九日の〝惜別の会〟へ誘導できると踏んだのかもな……。興味深いことだ。あらゆる人間がきょう午前二時、靖国神社の悠久殿へ導かれている。ボルクの狙いはどこにある……?」

桂がすがるようなまなざしを向けてきた。「ホームズ先生。いますぐにでも各国の来賓に呼びかけ、この不審な成り行きについて問いただしたい。しかし寿満子を人質にとられている以上、なんの行動も起こせんのです」

あと一時間四十分。ホームズは熟考した。安全のため〝惜別の会〟の詳細を公にしないぐらいだから、靖国神社の悠久殿には、いまも厳重な警備が敷かれているだろう。要人たちの身に危険はないと考えられる。それでも各々が持ち寄る情報をボルクが狙っている。その情報をボルクはどうやって盗みだす気か。なぜ午前二時なのか。

衝立の向こうで日本語の声が呼びかけた。井原警部がそちらへとでていき、なにやら緊迫した声でやりとりをした。

戻ってきた井原は血相を変えていた。「文吉さんが発見されました」

23

私立日本医学校付属駒込《こまごめ》医院は建ったばかりだという。おぼろなアーク灯に照らされるだけでも、内壁が真新しい光沢を放っているのがわかる。ホームズはワトソンとともに、特別応急棟なる洋館の通路を進んだ。

周りを囲みながら歩調を合わせるのは、井原ら私服警官の群れだった。彼らはホームズを護衛しているわけではない。あえてみすぼらしい和装に身を包んだ伊藤博文が、背を丸めつつ一緒に歩いている。むしろホームズとワトソンも彼を守る立場にあった。

話によれば文吉は、神田《かんだ》川のほとりに倒れているところを、深夜巡回していた警官に発見されたらしい。重傷を負っているとのことだが、それ以上はなにも伝えられなかった。

個室に入るとベッドに横たわる文吉の姿があった。頭と顔の周りに巻いた包帯が痛々しい。顔は腫《は》れあがり、痣《あざ》と出血痕《こん》だらけだった。

足を踏みいれた伊藤は、声を発することなく、静かにベッドのわきに近づいた。警察関係者は事情を知っているが、医師や看護婦らがいる前で、正体のばれる振る舞いはできない。そんな事情もたしかにある。だがそうでなかったとしても、伊藤が取り乱すようすなど想像がつかない。いまも父親としての厳しさとやさしさが混ざりあったまなざしを、ベッドの上の息子に投げかけるだけだった。

文吉は身動きがとれないようだ。両腕は添え木つきの包帯で固定されている。たぶんシーツの下の両脚も同じありさまだろう。意識を失ってはいなかった。かすかに目を開けると、文吉はぼんやりと父親の顔を眺めた。

博文が低い声の日本語でささやきかけた。しばしの沈黙ののち、文吉も日本語で返事をした。そのうち文吉は苦笑まじりに力なくつぶやいた。

ホームズを振りかえった博文が英語でいった。「この手当ては大げさすぎると……。骨にヒビが入っているとはきかされたが、折れてはいないそうだ」

ワトソンが難しい顔になった。「深夜の応急処置ではわからないこともあります。安静にするためにも、身体の複数箇所を固定するのは正しいやり方ですよ。この病院は信用できます」

「そうですか」博文の細めた目尻《めじり》に皺《しわ》が寄った。ただし微笑にまで至ったとはいいがたい。憂いのいろを濃くしつつ、また博文が息子に向き直った。「文吉がこんなふうになったのは、私の責任です」

ホームズは控えめに問いかけた。「なにがあったか文吉さんにきいてもいいですか」

「私がきこう」博文は日本語で文吉に質問した。

文吉は途切れがちな小声で応じた。日本語のなかにときどき寿満子の名が交ざる。哀感がのぞくたび、ただちにそれを恥じるかのように、意志の力で封じこめ平静を保つ。文吉の目が潤みだすことはなかった。気丈さと頑固さは父親に似ていた。肉体的に敗北しようと、心では勝る、その信念を譲らない。これが武士の血なのだろう。

博文が英語でささやいた。「ホームズ先生。文吉はあなたに謝りたいといっている」

「なにを？」

すると文吉も英語を口にした。「ボルクの書斎です……。写真を持ちだしたホームズ先生を僕は責めました。でも本当は僕も、ホームズ先生に知らせていないことがあったんです」

「察するにあの室内には、僕の理解できない日本語表記で、なんらかの情報があったんだろうな」

文吉が弱々しく表情を和ませた。「あなたはなんでもお見通しなんですね。ボルクが逃げだす前後、机に積まれた書類のなかに、住所が書かれた登記簿が目に入りました。隠れ家の可能性もあると思ったんです」

ひとりで行こうとしたことを責めるわけにいかない。文吉が寿満子をどう思っているのか、彼の行動にすべてが表れている。

博文があとをひきとった。「文吉によれば、そこは線路に面した粗末な小屋で、わきに自動車が停まっていた。呻《うめ》き声がきこえ、窓をのぞきこんでみると、寿満子さんが後ろ手に縛られた状態で、床に横たわっていたと……。文吉は助けだそうとドアへまわりこんだが、そこには例の大男ふたりが立っていた」

ホームズはつぶやいた。「ゲレオンとラルスか」

「ボルクも小屋のなかにいたらしい。ドアを開け外にでてきたが、まったく動じていなかったそうだ。文吉は大男どもに挑みかかったが、殴る蹴《け》るの応酬を受け、しだいに意識が薄れ……。気づけば川辺で警官に担がれ、自動車へ運びこまれたと」

この国にもいずれ救急車ができ、救急搬送という概念が生まれるだろう。ホームズは文吉にたずねた。「川辺に放りだされるまで、いちども意識は戻らなかったのか。なにかおぼえていることは?」

「いわれてみれば……。クルマに揺られていた気がします。寿満子さんのすすり泣く声も耳にしました。ボルクたちはドイツ語で喋《しゃべ》りあっていました。僕のわかる範囲では、つながり《フェアビンドウン》とか……」

「つながり?」ホームズはポケットから手帳とペンをとりだし、きいたままにドイツ語らしくverbindungと綴《つづ》ってみた。「こうかね？」

「はい……。そうきこえました」

ワトソンが首をひねった。「なんのつながりだろう？」

ホームズは片手をあげワトソンを制した。廊下に話し声がきこえたからだ。

ドアが開いた。警官らが通したのは和装の梅子だった。和服に長羽織を重ね着している。

梅子は室内の一同におじぎをした。夫と目が合うと、もういちど頭をさげたのち、ベッドのわきで姿勢を低くした。文吉の額にそっと手を這《は》わせ、日本語で静かに語りかける。実母のような気遣いに満ちたしぐさだった。文吉もかすかな驚きをしめしたが、すぐに身をまかせるように目を閉じた。

文吉が梅子を拒絶しがちに見えたのは案外、事実と異なっていたのかもしれない。人前ではすなおになれないこともあるのだろう。ホームズはワトソンの横顔を眺めた。彼の家族を思いだす。慧眼をもってすれば対象者のすべてを見抜ける、そんな自負など思いあがりにすぎない。この歳にしてようやく悟った。家族のなかはわからない。独り身は夫婦について、本人たちほど達観できているわけではない、ただ経験がひとつ足りないだけだ。

ワトソンが懐中時計を手にしていた。「ホームズ。そろそろ行かないと」

午前二時が迫っている。ホームズは博文を見つめた。「僕らは会場へ行かねばならない……」

博文がじっと見かえした。「なんの罠《わな》がまっているかわからんぞ」

「たしかにそうだが、偽物とはいえ招待状で誘われたのでね。罠に飛びこんでみなければ、見えるものも見えてこない」

「私も行きたいが……」

井原警部が顔をしかめた。「論外ですよ、伊藤公」

じれったそうに博文が井原に問いただした。「素性を隠して乗りこんでも駄目か？」

「もしばれたらおおごとになります。あなたがここにおられるのもすでに危険なのです。警視庁へお戻りください。世間から身を隠さないと」

「しかし」博文はベッドを振りかえった。「文吉が……」

梅子が静かに告げた。「わたくしが看《み》ておりますから」

室内に沈黙がひろがった。博文は立ち尽くし、ベッドの上の息子と、寄り添う妻を眺めた。そうか、と博文はぼそりといった。ごくふつうの家族の風景に見える、ホームズはそう思った。

ゆっくりと後ずさりながらホームズはささやいた。「ワトソン、僕らは煙のように消えよう。井原警部、あとはよろしく頼む」

井原も小声で応じた。「おまかせを。悠久殿の警備には伝令を走らせてあります。ホームズ先生とワトソン先生をなかへお通しするようにと」

「ありがとう」ホームズは礼をいい、ワトソンとともに部屋を抜けだした。

暗い通路を足ばやに急ぐ。ワトソンが帽子を被《かぶ》った。「こんな時間に〝惜別の会〟への集団参加だなんて、おかしいという自覚が要人たちにはないのかな」

「さっきのきみの推理どおり、なんらかのメリットがあるんだろう」ホームズは半開きのドアにぼんやり目を向けた。「問題はそれがなんなのかという点だが……」

ふいに足がとまった。ホームズは思わず立ちすくみ、その室内を凝視した。

医長あたりの執務室だろうか。いまは誰もいないようだ。ホームズはふらふらと部屋のなかへさまよいこんだ。

「お、おい」ワトソンがあわてて追いかけてきた。「勝手に入っちゃまずいよ、ホームズ」

気を引かれたのは大きめの球体だった。木製の地球儀を手で回転させてみる。日本からイギリス。ほぼ半周の距離にあるとわかる。広大な海を渡った末、ずいぶん遠くまで来たものだ。

ホームズのなかに湧き立つものがあった。気づけば手をしきりに動かし、地球儀をぐるぐると回転させていた。

ワトソンが子供を相手にするような口調でいった。「地球は丸くて、太陽の周りを回ってるんだよ」

思わずむっとする。ホームズは身体を起こした。「きみのおかげで、地動説を延々と論ずる手紙が、僕の引退直前まで山ほど送られてきた」

「若き日のきみとの会話を、僕は正直に綴っただけでね」

「地動説を知らなかったわけじゃない。ロンドンの街角で犯罪を追うときには、不必要な知識だといいたかっただけだ」ホームズはドアの外へ引きかえした。「きみの本は誇張だらけだ」

ワトソンが妙な顔をして追いかけてきた。「いまはいったいどうしたっていうんだ？」

「きみと出会ったころの発言を、いま撤回するよ」ホームズは歩を速めた。「謎解きのためにあらゆる科学が必要なら、天文学だって不可欠だ」

24

深夜の靖国神社を馬車や自動車が無数に取り囲む。警備の制服警官らが、大鳥居や参道、拝殿に至るまで、あらゆる場所に配置されている。軍隊の制服も多かった。靖国神社は陸海軍の管轄だからだ。

悠久殿なる建物は境内の北寄りにあった。巨大な六角形の煉瓦《れんが》造りで、まるで要塞《ようさい》のように窓ひとつ設けられていない。出入口前には警官隊とともに、各国要人の警備が整列していた。スコットランドヤードのモートン警部が、ホームズとワトソンを見かけると、すぐになかへ案内してくれた。招待状なしでも入れるのは、井原警部の伝令のおかげだろう。

なかの通路には警備の姿はなかった。壁には等間隔にランプが並び、暗い通路をぼんやりと照らしだす。

歩きながらホームズは思った。スコットランドヤードの面々は、モートン警部を除き、テオフィル・フォン・ボルクの暗躍を知らない。ドイツのスパイについて、伝えたいことは山ほどあるが、口をつぐまねばならない。桂寿満子の命がかかっている。

通路の行く手に観音開きのドアがあった。ここにも警備はいない。その先には息を呑《の》むような光景があった。

大教会か大寺院に等しい、圧倒されるような眺めだった。高い天井と広々とした空間、奥の祭壇は巨大で、幾千もの蠟燭《ろうそく》に彩られている。その中央には伊藤博文公の肖像が飾ってあった。

祭壇の手前には数百の座席が設けられていた。あらゆる国からの出席者が喪に服し、神妙に列席している。国ごとに順に立ちあがり、前へ進みでると、玉串《たまぐし》をとり祭壇に捧《ささ》げる。作法を指導する斎服姿の男性は、おそらくこの神社に属しているのだろう。英語は喋れないようだが、身振り手振りで立礼や屈体を教えている。

ほかにも白い小袖《こそで》に緋袴《ひばかま》の女性たちが、厳かに振る舞いながら立ち働く。ホームズは以前に日本へ来たとき、宮城で天皇陛下に謁見したが、そのとき彼女たちが巫女《みこ》と呼ばれる存在だと知った。かつては神秘的とみなされる職業だったものの、現在は神職の補助と定義されているという。

端の通路を前方へ向かいつつ、ホームズは列席者を観察した。錚々《そうそう》たる顔ぶれとはまさにこのことだ。名簿にあった各国の政治家から思想家、芸術家までが一堂に会している。著名人ばかりだった。主要国の内閣が牽制《けんせい》し合うように距離を置いていた。

いみじくもワトソンが喩《たと》えたとおり、まさしく世界会議の様相を呈している。

座席の最前列まで来た。最も端に位置しているため、列席者の注目を浴びずに済んでいる。モートン警部が歩きだそうとした。「アスキス首相のお隣へどうぞ。側近に紛れている警備らに、席を替わってもらいますから」

「いや、いいんだ」ホームズはモートンを制した。「僕らはここに座る。きみこそ首相のそばにいてあげてくれないか」

「私がですか？　なぜ……？」

「危険が迫っているからといっておこう」

モートン警部は怪訝《けげん》な面持ちだったが、やがて首相のほうへと向かいだした。「わかりました、あなたがそうおっしゃるのなら」

警部を見送ったのち、ホームズは最前列の端の席に腰掛けた。ワトソンにも座るよう目でうながす。

ワトソンが着席しながら顔を輝かせた。「すごい状況だな。イタリアのルイージ・ルッツァッティ首相までいるよ」

「ああ」ホームズは平然と応じた。「彼も好戦的な姿勢で知られる人物だからね。だがドイツだけはディートリヒ・アンデルス海軍相補佐官と、エルマー・バルリング大使、およびそれぞれの側近しか来ていない」

「ご婦人の姿がまったく見えないね。子供もだ」

「どの国も家族に同席させないがための、午前二時の集合だったんだろう」

オーストリア＝ハンガリーのアロイス・エーレンタール外相らが、玉串を捧げ終えると席に戻った。神職や巫女らが退場していく。要人らによる追悼は、つつがなく終了したようだ。

アスキス首相が立ちあがり前方へと向かった。祭壇を背にして立つと、アスキスが声を張った。「故伊藤博文公への悼辞を述べさせていただく前に、ここにいる皆様のご懸案であろう義務を果たしたい」

館内は静まりかえった。列席者らが居住まいを正し、やけに真剣な態度でアスキスの演説に耳を傾ける。

「うわべだけ取り繕っても意味はあるまい」アスキスがさらりといった。「暗黙の了解により、各国首脳陣が集まるこの機が、歴史の重要な転換点になることを、皆様はご承知だったと思う。各国が互いに情報を共有しあい、調整しあってきた。このような全主要国会議と呼ぶべき場を、私たちは必要としていた」

アメリカのジェームズ・シャーマン副大統領が声を張った。「アスキス首相。私たちも単なる噂や気の迷いで日程を合わせたわけではない。水面下のやりとりにより、あなたのいう歴史の重要な転換点に立ち会うべきと判断し、こうして出向いてきている。各国の代表諸氏も同じだと思うが」

フィランダー・ノックス国務長官がつづけた。「いまさら遠まわしにものをいう必要もないでしょう。こんな時刻に集まったのはそのためですからね。どのような案件かは、各国とも察しがついているが、もし実現すればたしかに世界の勢力図が変わる大事件です。ぜひすみやかに本題に入っていただきたい」

ロシアのココツェフ蔵相が腕組みしているのが見てとれる。予想どおりだとホームズは思った。

伊藤博文〝惜別の会〟。西欧を遠く離れた極東への長旅に大義名分ができるうえ、各国の新聞記者を閉めだし、非公式な国際会議の場としうる。しかもなにやら我がイギリスには、歴史の重要な転換点と称する議題があるようだ。アスキス内閣はその証言を集めたがっていたのだろうし、各国代表も立ち会いを望んだ。いわば〝惜別の会〟は、世界的密約を交わす場の隠れ蓑《みの》として好都合、そのようにみなされたことになる。

全世界に足りないのはこういう場だとホームズは感じた。個別に二、三か国が手を結んでは牽制しあう、現在のやり方ではすれちがいだらけだ。このようにあらゆる国が一堂に会し協議できる場が、秘密会議でなく公にあったなら。国際同盟と呼ぶべきか、あるいは国際連盟か連合か、名称はなんでもいい。これを機に実現に向かってほしいとさえ願う。いまここを襲うであろう危機を、無事に乗りきったうえでのことになるが。

アスキス首相が咳《せき》ばらいをした。「じつはドイツ帝国のホルヴェーク宰相から水面下での接触があった。先の経済恐慌を受け、ドイツ金貨のイングランド銀行への輸出が、四百万ポンド近くに上っている。宰相によれば、今後ドイツは内政問題に力をいれるため、債務の減額と引き換えに、艦隊法修正法を撤廃するとのことだ」

館内がざわめいた。どの国にとっても、これは耳を疑う吉報にちがいない、ホームズはそう思った。

一九〇八年二月にドイツ帝国議会は艦隊法修正法を可決。ドイツ海軍は毎年、弩級戦艦を三隻、巡洋艦を一隻建艦していき、一九一七年までに合計五十八隻の大艦隊を編制すると豪語した。イギリスはこれを受け海軍増強を進め、英独の建艦競争に発展した。これを全面戦争前夜の動きとみる向きは多い。

だがアスキスによれば、ここへきてドイツが艦隊法修正法を廃止するという。建艦競争に終止符が打たれるとともに、ドイツ帝国海軍の脅威もなくなる。

フランスのアリスティード・ブリアン首相が英語でいった。「それが本当なら誠に喜ばしい。ドイツ帝国のヴィルヘルム二世が、わが国への宣戦布告を画策し、緊張が極度に高まっている。戦争を回避しうるのなら心から賛成する」

「しかし」訛《なま》りの強い英語で発言したのは山縣有朋元帥だった。公爵大礼服を着た山縣が疑問を呈した。「ドイツからは宰相はおろか、閣僚がどなたもお越しになっていないようだが?」

桂総理が山縣の隣に座っている。娘の安否が気になるせいか、ときおり落ち着かなげな態度がのぞくものの、周りに悟られないていどには抑制をきかせている。振り向いたホームズと桂は目が合った。桂が無言のうちに進展を尋ねてくる。ホームズが黙って首を横に小さく振ると、桂は視線を落とした。

アスキス首相がいった。「いかにも。だがドイツ帝国の艦隊法修正法廃止に関する、我がイギリスとの調印文書を、ひそかに海軍大臣補佐官に託すとの連絡が、宰相の側近から入った。諸君、ご紹介しよう。ディートリヒ・アンデルス海軍相補佐官だ」

列席者が半信半疑の面持ちながら、いっせいに拍手しだした。みなドイツ代表を探し視線を交錯させる。やがて誰もが一点を見つめた。燕尾《えんび》服姿のドイツ人が、ためらいがちに立ちあがったからだ。

痩《や》せ細った顔の三十代、アンデルス海軍相補佐官は、まだ戸惑いをしめしていた。拍手が鳴りやんでも、前へ進みでようとはせず、その場にたたずんだままだった。途方に暮れたようすのアンデルスが、たどたどしい英語でいった。「あの……。どういうことでしょうか。艦隊法修正法の廃止などありえません」

ざわっとした驚きがひろがる。アスキスが眉《まゆ》をひそめた。「なんだと？」

「私がうかがっていたのは、イギリスこそグレイ外務相やマッケナ海軍相が方針を転換し、弩級戦艦の建造を未来永劫《えいごう》中止すると……。そのための諸外国との調印文書を、アスキス首相が持参なさると」

列席者らが騒然としだした。アスキス首相の顔から血の気が引いている。

ワトソンがささやいた。「どうやらボルクの偽電信に、双方とも踊らされたようだね」

「そのようだ」ホームズは感心せずにはいられなかった。ボルクはよほど巧みに電信を偽装したのだろう。全世界が手玉にとられているではないか。

わがイギリスのアスキス内閣を含め、各国首脳はけっして愚鈍ではない。ただこの世界に、公的な国際会議の場が存在しないのは、そもそも大問題だった。いまここであらためてそれが浮き彫りになっている。各国間における水面下の折衝というものは、あくまで非公式な接触に留《とど》まる。どのような提言が、どんなかたちでなされた場合、信用に値するとみなすべきか、具体的な判断基準はどこにもない。

極東における伊藤博文〝惜別の会〟での混乱は、きっと歴史に残る。変則的な会合を約束しあい、暗中模索で進んだ結果、スパイの介入を許した。いやスパイは最初からいた。各国がそこに引き寄せられてしまった。〝惜別の会〟を国葬の半年後にすることさえ、ボルクがそう仕向けたにちがいないからだ。

祭壇の前に立つアスキスは、怒りに顔を真っ赤に染めていた。座席にいたチャーチル内務相が憤然と立ちあがり、ドイツのアンデルス海軍相補佐官に目を向けた。「いったいどういうことなんです！　わが国が建艦を放棄するなどと、誰があなたに吹きこんだのですか」

アンデルスが及び腰に応じた。「タンガニーカにいた私に、本国から電信があってのことで……」

山縣元帥も腰を浮かせた。「バルリング大使。〝惜別の会〟の開催時期をご提案になったのはあなただ。どうもきな臭い。そのときからなんらかの謀りごとがあったのではないのですか」

「と」アンデルスの隣、丸眼鏡をかけたバルリング大使が立ちあがった。「とんでもない。私も本国の意向をお伝えしただけで……」

「宰相から直接指示を受けられたわけではあるまい」

「むろん私はこうして日本にいますので、郵送されてくる文書と、暗号電信により……。どの国の大使館も同じだと考えますが」

ホームズは視界に不審な動きをとらえた。人影がひとつ後方へ駆けていく。巫女だった。なぜかたったひとり居残った巫女が、逃げるように出入口へ向かう。その俊足ぶりにホームズは衝撃を受けた。

ワトソンが驚きの声をあげた。「ホームズ、あれは例の女中だ。いまは巫女に化けてるぞ！」

巫女装束を着た謎の女が通路にでるや、観音開きのドアを外側から閉じた。バタンと音が響いた。列席者らがいっせいに振りかえった。

なにごとかと誰もが辺りを見まわす。ざわめきのなか、ふいに野太い声が響き渡った。「諸君らの罪状を述べる」

ドイツ訛りの英語だった。祭壇の前に立つアスキスが目を泳がせた。「なんだ？この声はいったいどこから……」

「ハーバート・ヘンリー・アスキス」不気味な声がいった。「海軍貯蔵庫や火薬庫の増築拡大、英日同盟更新の提案、植民地軍の強化。戦争準備を着々と進める。断罪に値する」

姿の見えない声の主にアスキスは反発した。「それはドイツがフランスに戦争を仕掛けようとしているからだ」

モートン警部らが駆けだし、アスキスを護衛しつつ、通路を後方へと向かいだした。デビッド・ロイド・ジョージやチャーチルらも避難に同調する。

だが観音開きのドアに達したものの、警備らはあわただしく把《と》っ手をいじるばかりになった。モートンが怒鳴った。「開かないぞ！」

一同が騒然となるなか、野太い声がつづけた。「ジェームズ・シャーマン副大統領。ドイツ帝国の金貨をイングランド銀行経由でアメリカに輸入。イギリスと結託し戦争不安を煽《あお》る」

シャーマン副大統領が怒りとともに立ちあがった。「すべてドイツの独善的な見解だ。これはドイツの陰謀だ！」

各国の警備が雪崩を打つように、ドイツのアンデルス海軍相補佐官とバルリング大使のもとに殺到した。ふたりは心外だというように必死の抵抗をしめした。

そのとき謎の声がふたりを名指しした。「ディートリヒ・アンデルス海軍相補佐官、エルマー・バルリング大使。艦隊法修正法に反対の意向をしめすとともに、英日同盟を締結されるがままに放置した罪は重い。万死に値する」

アンデルスが血相を変え周りに怒鳴った。「きいたでしょう！　私も標的にされているんです」

山縣が食ってかかった。「そう思わせ疑惑から逃れようと画策しておるのではないか。あきらかにドイツ帝国ありきの論調だ」

なおも低い声が反響した。「山縣有朋元帥。旅順攻略戦における二〇三《にひやくさん》高地の奪取を強行し、多数のロシア兵の命を奪った」

列席者らの目がロシア代表らに注がれる。初めてドイツではなくロシアに被害をあたえたことが、罪状として読みあげられたからだ。ココツェフ蔵相が渋い顔になった。ところが謎の声はココツェフをも断罪した。「ウラジーミル・ココツェフ蔵相。祈《き》禱《とう》僧《そう》ラスプーチンを追放せんと日ごろから策を弄《ろう》する。断罪に値する」

「ラスプーチンだと⁉」ココツェフの額に青筋が浮かびあがった。「あんな詐欺師に皇帝皇后両陛下を操らせてたまるか。ラスプーチンの肩を持つなど、我がロシアの弱体化を狙っているとしか思えん。この声の主はやはりドイツのまわし者だ！」

列席者の罪状が次々と読みあげられた。桂太郎はイギリスと同盟を結んだ罪。フランスのブリアン首相はドイツの敵対者であることの罪。オーストリア＝ハンガリーのエーレンタール外相は豚を禁輸し、セルビアとの貿易摩擦を引き起こした罪だという。各国の閣僚らも片っ端から罪人あつかいされた。スコットランドヤードの私服警官ひとりずつまで、謎の声による断罪から逃れられなかった。イギリスに忠誠を誓う者はドイツの敵という論調だった。

やがて声はホームズとワトソンにも言及した。「シャーロック・ホームズ、ジョン・H・ワトソン博士。ブルース－パーティントン設計書の国外流出を防ぎ、ドイツ帝国に損害をあたえた罪。万死に値する」

「はん」ホームズは両手を頭の後ろに組み、椅子の背に身をあずけた。「それだけかね」

館内はしんと静まりかえった。要人の誰もが息を呑み、ホームズひとりに視線を注いでくる。

言葉に詰まったようすの声が、若干うわずりながらつづけた。「ここに全員を極刑に処す」

「異議あり！」ホームズは立ちあがった。「テオフィル・フォン・ボルク。間もなく開戦に至る戦争で、祖国に勝利をもたらさんと大量虐殺を企てるとは、それこそ断罪に値する」

「おまえに抗弁の機会などないぞ、ホームズ」

「陪審員はどこだね。おまえの一存でここにいる要人すべてを裁けると、本気で思っていたのか」ホームズは祭壇の前に進みでた。「途方もない手間をかけたものだな。おまえはきょうこの日、この時間、ドイツの敵になる人間をすべてここに閉じこめんがため、伊藤博文公〝惜別の会〟を利用したうえで、あきれるほどの手間を費やした」

ココツェフがきいた。「ホームズ、どういうことだ。ドイツのスパイはここに火でも放つつもりか？　そんな事態になったら、さすがに全世界の軍と警察が黙ってはおらん。かならずや証拠を炙《あぶ》りだし、ドイツの吊《つ》るしあげが始まるだろう。スパイにとって藪蛇《やぶへび》ではないか」

「犯行があきらかならばそうです」ホームズは語気を強めた。「だがそうはならない。数年間は不幸な事故とみなされるからだ。ハレー彗星《すいせい》の尾に地球が呑まれる天変地異によって」

どよめきが波状にひろがった。シャーマン副大統領が身を乗りだした。「な……なんだと!?　ハレー彗星？」

「そうです。去年の九月十二日、マックス・ヴォルフがハイデルベルクのケーニッヒシュトゥール天文台で望遠写真により観測。スペクトルの分析が実施され、ハレー彗星にはシアン化物が含まれていることがあきらかになった」

チャーチルが動揺をしめした。「シアン化物！　それは本当なのですか」

フランスのブリアン首相が苦々しげに吐き捨てた。「ドイツ人が発見した彗星か。そんなものありはしない」

「いいえ」ホームズはきっぱりといった。「フランスの天文学者カミーユ・フラマリオンは、地球がハレー彗星の尾に近づいたとき、大気中にガスが充満し、すべての生命体が死に至るかもしれないと主張しました」

ドイツ人ではなくフランス人の天文学者も同調していると知り、ブリアン首相はばつの悪そうな顔で黙りこんだ。

「しかも」ホームズはつづけた。「複数の学者により、彗星の尾の直撃を受けるのは極東の可能性が高いとされた」

「ああ」デビッド・ロイド・ジョージが茫然《ぼうぜん》とつぶやいた。「新聞で読んだ。『タイムズ』ではなく『デイリー・メール』だったが……。だが最接近が取り沙汰《ざた》されたのは先月だろう。そのころは一部で騒乱もあったときくが、もう通りすぎたんじゃないのか?」

ホームズは応じた。「近日点に達したのが先月二十日だったのです。彗星の尾に呑まれると予測されたのは、五月十九日午前二時から三時。ちょうどいまです」

「知識階級は相手にしていなかったのでは?」

「学説としては有効でした。けさ日本のあちこちの学校、寺、教会の周辺家屋、病院で不審死が発生します。ここで私たち全員がシアン化水素中毒死するのと同時にです」

山縣がうろたえながら天井を仰ぎ見た。「ガ、ガスを流しこむつもりか」

「ボルク!」ホームズは祭壇を振りかえった。「伊藤文吉君は朦朧《もうろう》とする意識のなか、おまえの〝つながり《フェアビンドウン》〟という言葉をきいた。正確にはverbindungではなくcyanid-verbindung、シアン化物という意味だ。極めて強い毒性を持つ気体、シアン化水素ガスをここに充満させれば任務完了、そう思っているのだな」

ハレー彗星。七十年から八十年周期で地球に接近すると思われる。彗星の尾による影響を不安視しない人々が大半だが、現時点では眉唾《まゆつば》と呼べるほど信憑《しんぴょう》性のない学説ではない。

極東の国日本で、謎のシアン化水素中毒による不特定多数の死が報告されれば、当面は被災の可能性を否定されない。世界の要人が集団死した事実があっても、ただちに陰謀が疑われることはなく、彗星による脅威が取り沙汰される。各国の事故調査は、はるか極東まで出向かねばならず、しかも土質や水質などを採取し、詳細に分析することが必要になる。自然災害だったとする見方は数年間つづき、そのあいだはむやみに陰謀とみなすこともできない。

だが結論をまっているうちに、戦争準備を整えたドイツがフランスに宣戦布告する。強い指導者や思想家を根こそぎ欠き、弱体化したイギリスおよび各国が、ドイツの軍門にくだってしまう。

低く保っていたボルクの声が、焦りのせいか地声に近くなった。「ホームズ。口を慎め」

「なぜ僕が黙る必要がある？　桂総理の五女、寿満子さんを人質にとった以上、わが身は安泰だときみは信じているのだろう。だが策謀のすべてがあきらかになった現在、きみは全世界の敵だ」

「いまさら気づいても遅いぞ、ホームズ。悠久殿の玄関は固く閉ざされ、外にいる警備らも突入できん。ドアを破る前におまえたちはシアン化水素中毒死する。地方の農村で息絶える、哀れな名もなき連中と同じようにな」

「いいや！」ホームズは声高にいった。「ここへ来る前、警視庁に連絡し、全国の警察へ電報を打つようにいった。各地の村落にはとっくに警官が駆けつけ、きみの仲間を根こそぎ逮捕している。きみの陰謀は終わりだ」

「お」ボルクの声は忸怩《じくじ》たる響きを帯びだした。「終わりだと……？」

「現に彗星の尾が地球をかすめたかどうか知らないが、私もきみも生きている！」

ワトソンが声を弾ませた。「ホームズ！　きみの口から何度も地球という言葉がきけて嬉《うれ》しいよ」

調子が狂いそうになったものの、ホームズは冷静さを保った。「あきらめるんだな、ボルク。これが日本で起きた犯罪である以上、日本の司法がおまえを裁く」

しばし沈黙があった。腹に据えかねるといいたげなボルクの唸《うな》り声がきこえた。

「どうあろうがおまえたちを皆殺しにすれば、我がドイツ帝国は勝利の栄光に輝く！」

祭壇を突き破り、直径一インチほどの鉄パイプが、長さ数フィートにわたり出現した。誰もが凍りついた。ホームズは固唾《かたず》を呑み、パイプの先端を注視した。シアン化水素の噴出口にちがいない。ボンベは壁の向こうか。窓のない館内において、通風口はすべて塞《ふさ》がれているとみるべきだった。

鳥肌が立つような静寂が数秒つづき、ふいに閃光《せんこう》が視野を覆った。至近距離の落雷をも凌駕《りょうが》する轟音《ごうおん》が耳をつんざく。煉瓦壁が吹き飛ぶや、何千何万の破片が横殴りに襲った。激震が壁面を崩壊に導く。天井に亀裂《きれつ》が走り、無数の石の塊が頭上から降り注いだ。

見えたのはそこまでだった。白煙と砂埃《すなぼこり》が充満し、濃霧のごとくなにも目視できなくなった。逃げ惑う要人たちの叫び声がくぐもってきこえる。爆発音のせいで耳鳴りがひどい。聴覚が半ば失われている。

気づけばホームズは瓦礫《がれき》のなかに突っ伏していた。顔をわずかにあげると、ぼやけきった視界の奥で、炎が揺らいでいるのがわかる。かなりの広範囲におよんでいる。まるで火の海だ。

幻聴のようにワトソンの声がかすかにきこえた。ホームズ。ワトソンはしきりに呼びかけていた。ホームズ！

ホームズははっとした。上半身を起きあがらせたとき、周りの音がきこえるようになった。砂埃まみれのワトソンが近くにひざまずいていた。むろん自分も同じありさまだろう、ホームズはそう悟った。

目を凝らすと、壁に大穴が開いているとわかる。人影が続々と雪崩《なだ》れこんでくる。悠久殿の外にいた各国の警備らにちがいなかった。要人たちがふらふらと立ちあがり、警備の手を借りながら避難し始めている。燃え盛っているのは祭壇だった。

煤《すす》だらけの顔でワトソンがいった。「発破だ。井原警部が間に合ったな」

推理のすべてを伝えてあったものの、ボルクが犯行に及んでからでなければ、犯罪自体を立証できない。危険な賭《か》けだったが、分は悪くないとホームズは確信していた。ここは日本だ。伊藤博文の築きあげた法治国家だ。警察組織が機能している。悠久殿に閉じこめられようとも、警備が何重にも取り巻いている以上、ボルク一味は袋の鼠も同然だった。

ホームズはワトソンの肩を借りながら立ちあがった。膝《ひざ》や肘《ひじ》に鈍重な痛みを感じる。全身の関節が抗議する。五十六歳の身体にはさすがに無理が応《こた》える。

ワトソンがぼやいた。「吐き気をもよおすようなにおいだ。シアン化水素だろうか」

「いや」ホームズは苦笑した。「発破の火薬が燃えたにすぎない。これがシアン化水素ガスなら、僕たちはもう生きてはいないよ」

おぼつかない足どりで、さかんに炎上する祭壇へと近づく。爆破された壁の穴はその向こう側にあった。火の海を避けるには大きく迂回《うかい》せねばならない。要人たちが列を作っていた。モートン警部が大声で道をあけろと呼びかける。警備に囲まれたアスキス首相と閣僚らは、みな砂埃で真っ白になり、むせながら警部につづいていた。

「ホームズ先生！」井原警部の声がきこえた。行く手から日本の私服警官たちが突入し、要人らの避難に手を貸す。井原が走り寄ってきた。「ホームズ先生、ワトソン先生。ご無事ですか」

「ああ、平気だ」ホームズは軽く咳《せ》きこんだ。「よく発破を手配できた」

「東京駅の建設予定地にあった工事用を提供させました。ご指示どおり、通路に潜んだボルク一味が行動を起こすのをまち、導火線に点火したんです」

「ボルク一味はどこだ？」

「まだわかりません。突入と同時にシアン化水素ガスのボンベを確保しました。要人の避難が優先するので……」

いきなり猛獣の咆哮《ほうこう》に似たわめき声が響き渡った。壁に開いた穴の向こうで巨体が起きあがった。穴のすぐ手前まで迫っていたアスキス一行が、恐れおののき足をとめる。

巨漢は髭《ひげ》のないラルスだった。全身血まみれで、片方の瞼《まぶた》が腫れ上がったラルスが、逆上したように拳銃《けんじゅう》を振りかざし乱射しだした。銃声がけたたましく鳴り響く。要人や警備がいっせいに伏せた。ホームズもワトソンとともに、つんのめるように腹這いになった。

見たところラルスは失神してもおかしくないほどの重傷を負っている。それでも怒りが意識をつなぎとめているのか、目を爛々《らんらん》と光らせ、瓦礫の山を乗り越えてきた。へたりこむ要人らを見下ろす。ラルスがアスキス首相に拳銃を向けた。まずいとホームズは思った。逆上したラルスがいまにもトリガーを引こうとしている。警備らがアスキスを庇《かば》うが、このままでは全員射殺されてしまう。

ところがラルスがいきなり、ぎゃっと声を発し大きくのけぞった。

長い材木を刀がわりに振り、ラルスの背に一撃を食らわせた者がいる。尻餅《しりもち》をついたラルスが後方を振りかえる。その脳天にふたたび材木が振り下ろされた。痛烈な打撃とともに材木が折れた。ラルスは痙攣《けいれん》を起こし、瓦礫のなかに突っ伏した。

アスキス首相が驚愕《きょうがく》の声を発した。「な……まさか。い、伊藤公⁉」

粗末な和服をまとった、頭髪の薄い白鬚《しろひげ》の日本人。折れた材木を構える姿は、武士が一刀両断した直後を思わせた。火の粉が散り、陽炎《かげろう》のように揺らめく空間に、伊藤博文が立っていた。

要人らのどよめきはほとんど悲鳴に近かった。あちこちでばたばたと倒れる姿さえ見てとれた。死人が蘇《よみがえ》った姿に戦慄《せんりつ》し、気を失ったらしい。

ホームズは起きあがり、瓦礫に足をとられながらも、伊藤のもとへ急いだ。「姿を見せてはならない！　あなたの国への不信を買ってしまう」

「いいんだ、ホームズ先生」伊藤は決意の固さをのぞかせていた。「幽霊に身をやつすのは耐えられん。ボルク一味を逃すわけにはいかん」

砂埃まみれの山縣と桂が歩み寄ってきた。額から流血している山縣が、日本語で伊藤になにかを語りかけた。伊藤も日本語で応じた。

山縣が公爵大礼服の腰から正剣を引き抜き、伊藤に手渡す。真摯《しんし》な目つきの山縣が伊藤をじっと見つめた。伊藤がうなずきながら右手で正剣の柄を握った。西洋のサーベルに近く、刃渡りも短いが、装飾でなく本物の武器だった。

桂が英語できいてきた。「寿満子は？」

ホームズは応じた。「文吉君と一緒に隠れ家から連れだされたからには、ボルクとともにいるでしょう。この近くです」

井原警部がいった。「靖国神社の境内を、警察と陸軍の馬車や自動車が包囲しています。一味はそのなかです」

「行こう」ホームズは動きだした。

伊藤が山縣とともにアスキス首相を助け起こす。ホームズは足をとめ振りかえった。アスキスが茫然と伊藤を眺める。伊藤は自嘲《じちょう》ぎみの微笑を浮かべていた。チャーチルも目を瞠《みは》り、伊藤の横顔を食いいるように見つめる。

モートン警部がアスキスをうながした。「首相、離れずについてきてください。外へでます」

山縣がホームズに向き直った。「我々は通路を探そう。寿満子さんがおられるかもしれん」

「同感です」ホームズは祭壇を覆っていた布の一部を破りとった。材木の先に巻きつけたうえで、火を燃え移らせ、松明《たいまつ》の代わりにした。

伊藤が祭壇の残骸《ざんがい》を眺めている。燃え盛る炎のなかに、彼の肖像画が横たわっていた。公爵大礼服を着た伊藤の姿が焼失していく。

ワトソンが伊藤の肩に手をかけた。伊藤が振りかえった。ワトソンが目でうながすと、ようやく伊藤は歩きだした。

穴の向こうの通路へでた。要人らは警備とともに正面出入口へ急ぐ。ホームズとワトソンは通路を逆方向へ進んだ。伊藤と山縣、桂と井原警部も歩調を合わせてくる。

内壁のランプはほとんど消えていた。天井がいたるところで崩落し、夜空がのぞいている。床にも縦横に亀裂が走る。無数の段差に何度もつまずきかけた。

行く手から制服警官らが現れた。ストーブほどの大きさの金属製容器を担ぎ、ゆっくりと運んでくる。ガスボンベらしい。井原警部が日本語で声をかけた。警官たちとすれちがうと、その先の通路は真の暗闇になっていた。

ホームズは松明をかざし一歩ずつ進んだ。唐突に風圧を感じた。ぼんやりと白い人影が眼前に迫ってくる。

ワトソンがホームズの襟をつかみ、強引に伏せさせた。巫女装束が逆手に握った短刀が、ホームズの頭上すれすれで空を切った。

巫女の扮装《ふんそう》をした女は足をとめ、振り向きながら見下ろした。ホームズはワトソンとともに倒れたまま、女を仰ぎ見るしかなかった。短刀がいまにも振り下ろされようとしている。

だが公爵大礼服が割って入った。山縣だった。女の胸倉をつかみ、柔道の投げ技で壁に叩《たた》きつける。女は短い悲鳴を発したが、猫のようにすばやく起きあがると、壁の凹凸に手足をかけよじ登った。崩落した天井から外へと姿を消す。驚くほどの身の軽さだった。

いきなり伊藤が山縣を突き飛ばした。通路の奥で銃火が閃《ひらめ》いた。あきらかにこちらを狙っていた。伊藤とともに伏せた山縣のそばで、瓦礫に跳弾の火花が散った。山縣がため息まじりに日本語でなにかをいった。助けてくれた伊藤に礼を口にしたらしい。山縣は腰のホルスターから拳銃を引き抜いた。通路の行く手に猛然と銃撃する。暗がりで巨漢が身を翻した。髭を生やしたゲレオンの顔が、闇のなかに一瞬浮かびあがった。ゲレオンは背を向け、通路を逃走していった。

背後で桂が井原警部とともに伏せている。身を起こした桂が、たまりかねたように呼びかけた。「寿満子！」

ホームズは立ちあがった。「お静かに。ボルク一味を刺激します」

ワトソンがいった。「ホームズ。悠久殿の外は警備だらけで、ボルクたちは通路に潜んでいたんだろ？　シアン化水素で要人らを殺したあと、どうやって逃げるつもりだった？」

「いい質問だ」ホームズは松明を行く手にかざした。「この先に抜け穴があるにちがいない。ゲレオンもそこへ逃げこんだ」

一行は走りだした。大半が老骨に鞭打《むちう》つありさまながら、全力疾走で通路を駆け抜けていく。六角形をなす通路を何度か折れると、瓦礫だらけの床に鉄蓋《てつがい》が見えた。鉄蓋は横にずれ、ぽっかりと大穴が開いている。ホームズは駆け寄り、松明で穴のなかを照らした。降下する鉄梯子《てつばしご》が浮かびあがった。

山縣が顎《あご》をしゃくった。「避難用通路だ。すぐ近くの境内にでる」

ホームズは松明を穴のなかに投げ落とした。三ヤードほど下方で松明は跳ねた。横たわる松明はまだ燃えている。穴のなかがぼうっと照らしだされた。

下に寿満子がいるかもしれない。ホームズは鉄梯子を下りだした。ワトソンがつづく。四方に警戒の目を向けながら、ホームズは穴底に降り立った。天井と壁面は煉瓦に覆われている。そこから横穴がつづいていた。

ワトソンが鉄梯子を下りきった。「ベーカー・ストリート・イレギュラーズのウィギンス少年も、もういい歳だろうから連れてくればよかった。彼は狭いところを這いまわるのが得意……」

闇のなかに蠢《うごめ》く巨体にホームズは気づいた。「ワトソン、後ろだ！」

はっとしたワトソンが身じろぎするより早く、ゲレオンが暗がりから飛びだした。伊藤が鉄梯子を下る途中のため、味方は至近にいない。ゲレオンに羽交い締めにされたワトソンが泡を食い、逃れようと必死の抵抗を試みる。

だがホームズはすでにすばやく踏みこんでいた。掛け手は右足前回り捌《さば》き。身を翻しながら敵の眼前に深く入りこむ。ホームズは巨漢の胸倉をつかみ、柔道の一本背負いを食らわせた。ゲレオンの叫び声がこだました。巨体が弧を描きながら宙を飛び、煉瓦の壁に激しく激突する。壁を広範囲に破壊しつつ、ゲレオンの身体は床に落下した。

伊藤らが鉄梯子を下りてきた。ゲレオンは唸りながらも身体を起こした。ドイツ語で悪態をつき、片足をひきずりつつ通路の奥へと逃げていく。鉄梯子から山縣が下りきり、拳銃を構えたときには、もうゲレオンの後ろ姿は見えなくなっていた。

ぜいぜいと高齢者たちの息遣いがこだまする。ワトソンがほっとしたようすでいった。「助かったよ、ホームズ。いまのがバリツかい？」

「バリツ？」伊藤が眉をひそめた。

ホームズは苦笑とともに松明を拾った。「ワトソン。名称を訂正するついでに、滝《たき》壺《つぼ》のくだりに詳細を綴ってくれたまえ。いまきみは技をまのあたりにしたのだからね」

山縣が拳銃を片手にいった。「私が先に行こう。前方を照らしてくれぬか」

いわれたとおりホームズは松明を高く掲げ、山縣のあとにつづいた。油断なく通路を進んでいくと、ほどなく行きどまりになった。真上へ縦穴が延びている。外気が吹きこんでくる。出口に夜空が見えていた。

ところがその穴からゲレオンの顔がのぞいた。ホームズはとっさに松明を投げだした。「危ない。退《ひ》け！」

光源を放棄したのは狙われないためだ。ゲレオンは拳銃で穴のなかに発砲してきた。銃火が点滅するたび煉瓦の内壁が砕け散る。ホームズたちは松明の照らす範囲から逃れた。ほどなく銃撃がやんだ。

代わりに重い物をひきずるような音が響いた。仰ぎ見るやホームズは慄然とした。蓋《ふた》が横にずれ、いまにも穴を塞ごうとしている。かなり重量のありそうな蓋だった。いったん閉じられたら、おそらく持ちあげるのは不可能だ。

ホームズは急ぎ鉄梯子を上りだした。だが蓋はどんどん閉まっていく。間に合わない。

ふいに殴打に似た鈍い音が反響した。ゲレオンの呻き声がきこえ、どさりと倒れたのが振動でわかった。

蓋が徐々に開きだした。顔をのぞかせたのはゲレオンではなかった。頭と顔の周りに包帯を巻いた若者、伊藤文吉が穴底を見下ろしていた。「父上！　ホームズ先生！」

伊藤博文が息を呑み、穴底でささやきを漏らした。「文吉……」

25

ホームズらは穴から地上へ這いだした。靖国神社の境内はまるで戦場のようだった。あちこちに火の手があがり、警察や軍隊の制服が駆けまわる。半鐘の音が鳴り響き、怒鳴り声が飛び交っていた。

井原警部が走りだした。「ようすを見てきます」

さすがに年配者ばかりのため、みな地面に座りこみ、荒い呼吸とともに足を投げだした。息を切らしながら伊藤博文が文吉にきいた。「ここでなにをしている。おまえは病院にいるはずだろう」

「馬鹿いわないでください」文吉はひとり片膝をついた姿勢で吐き捨てた。よれよれのシャツとズボンを身につけ、靴を履いている。病室を抜けだすにあたり、急ぎひっぱりだしたのだろう。包帯の添え木もすべて外してきたようだ。右手に木刀を握った文吉が父を見かえした。「寿満子さんをこのままにしておけません」

木刀による一撃がいかに強烈だったか、近くに伸びているゲレオンの巨体を見ればあきらかだ。脱力しきったゲレオンを制服警官らがひきずっていく。

ホームズは辺りを見まわした。「巫女装束の女もここから脱出したはずだが」

文吉がうなずいた。「警官たちが追っています。あいつらは神社のそこかしこに火を放ちました。混乱のなかを逃げおおせるつもりでしょう」

山縣がへたりこんだままいった。「軍と警察が包囲しとる。絶対に逃げられん」

ひとつの考えが脳裏をよぎった。ホームズはいった。「警官か兵士に変装するつもりだ。ゲレオンとラルスの巨体は、日本人の制服を着られなかったが、ボルクと女ならありうる」

「捜しだします」文吉は立ちあがると駆けだした。

博文があわてたように身体を起こした。「ま、まて。文吉!」

遠ざかりかけた文吉が足をとめる。振りかえったその顔には、父に似たりりしさが備わっていた。ふたたび背を向け、文吉は喧噪《けんそう》のなかへと走り去った。

跳ね起きるように立ちあがった博文が、文吉を追走していった。「ひとりでは行かせん!　私もついていくぞ」

ホームズは息切れしていたが、必死に博文を追いかけ、なんとか行く手にまわりこんだ。「よすんだ、伊藤公。ご無理をなさるな。ご子息に対し、命を大事にするよう呼びかけるのは正しいが……」

「なにをおっしゃる」博文は不満げに主張してきた。「許嫁《いいなずけ》のため殉ずるは男子の本懐。文吉はよき死に場所を見つけた」

思わず面食らう。ワトソンが息を切らしながら駆けつけた。山縣と桂はまだ回復できないらしく、辛《つら》そうに地面にへたりこんでいる。

桂が弱々しく声を張った。「伊藤公、ホームズ先生……。寿満子を頼む」

しかと心得たとばかりに博文がうなずく。踵《きびす》をかえそうとする博文をホームズは押しとどめた。

「まつんだ」ホームズは博文を見つめた。「ここには警察や陸軍がいる。あなたや文吉君が危険を冒してはならない。ましてあなたはなおさらだ」

「ホームズ先生。私は行かねばならん。文吉は伊藤姓を継いだ。伊藤家の未来のためにも……」

「話をきいていないのか。もし無人の山奥にボルクが逃げおおせて、あなたに頼るべき味方もいないのなら、みずから行動を起こさねばならないだろう。だがいまはちがう。あなたは上に立つおかただ。法治国家の名のもと警察がある。彼らはあなたの分身だ」

博文は首を横に振った。「命はとっくに捨てた」

「頼む、伊藤公。死を偽ったあなたの工作を僕は見抜いた。ホームズ対伊藤は知恵の勝負においても僕に軍配があがった。よって僕の指示にしたがってほしい」

「妙な理屈で説き伏せようとせんでくだされ、ホームズ先生。あなたとは価値観が異なる」

「どうちがうというんだ」

「父としての生きざまだ」博文の目は潤みだしていた。「文吉に正道を歩ませてやれなかった。本来なら伊藤家の男児として、幼少のころから胸を張って生きられたものを……。梅子もその母親にできなかった。悔やんでも悔やみきれん」

ホームズは言葉に詰まった。「だからといって人生を投げだしていいことにはならない。この国はあなたを必要としている」

「人生は投げださんよ。死せるとしても明日のためだ」

禅問答のように難解だとホームズは思った。「だが伊藤公……」

そのときワトソンがいった。「ホームズ。行かせてあげるべきだ」

ホームズは驚きとともにワトソンを見た。ワトソンの煤まみれの顔が、まっすぐホームズを見かえした。

ため息まじりにワトソンが告げてきた。「僕らが彼を支えればいい」

半ば茫然とせざるをえない思いで、ホームズはつぶやいた。「きみにも家族がいるだろう」

ワトソンが微笑した。「極東まで連れてきておいて、いまさらそんなことをいうのか？　僕がきみに感銘を受けるのは、博識ぶりや推理のみごとさばかりじゃなく、けっして人を見捨てたりしないやさしさがあるからだよ。いまだってそうだ。伊藤公の名誉を守ってあげてほしい」

「……ワトソン。父親としてそう思うのか？」

「きみにもわかるはずだよ。生涯結婚はせずとも、きみの類《たぐ》い希《まれ》なる想像力を発揮すればね。この世に生きた証《あかし》を遺《のこ》すとか、子のためには死んでもいいとか、そんな言い方はどれも的を射ていない。強いていうなら、子がいるかぎり永遠なんだよ。自分だけじゃなく、万物のすべて、なにもかもが」

ホームズは黙ってワトソンを見つめた。こんなに澄んだまなざしのワトソンと向き合うのはいつ以来だろう。いや彼はいつも誠実な親友だった。ワトソンによって支えられてきた人生があった。

誰もひとりでは生きられない。詩人ジョン・ダンの綴ったその一節を、これまではただ自然の摂理と受け流してきた。五十代も半ばを過ぎたいまになり、ようやく共感できつつある。

伊藤博文が頭をさげた。「かたじけない。ワトソン先生」

日本の文化に疎かった親友のほうが、どうやら博文と心を通じあえたようだ。ホームズはささやいた。「ワトソン君は禅の哲学に足を踏みいれたらしい」

ワトソンが苦笑いを浮かべた。「難しいことはなにもわからんよ。同じ父親どうし、伊藤公と通じあえる気がするだけだ」

どこかで銃声が轟《とどろ》いた。辺りがいっそう騒然としだした。燃え盛る炎のなか、右往左往する警察や陸軍の動きが慌ただしさを増す。銃声は何発もつづいた。

博文が駆けだした。膝をあげず肩で風を切る独特の走りだ。銃声がきこえた方角をめざしている。ホームズはワトソンとともに追いかけた。

ジョン・ダンの言葉が正しいのなら、その後につづくくだりにも真理があるのだろう。誰もが大いなるものの一部。互いのつながりを知ればこそ、もう天涯孤独と打ちひしがれることはない。

26

行く手から猛烈な熱風が押し寄せてくる。神社の拝殿は激しく燃え盛っていた。拝殿の向こうに見える本殿も炎上している。木造が密集する一帯はまさに火炎地獄だ。警官や兵士らはそこを離れ、大通りに面する南門へ殺到している。銃声はたしかにそちらからきこえた。だが……。

伊藤博文も南門をめざしている。ホームズはその背に声をかけた。「そっちはちがう！」

足をとめた伊藤が振りかえる。当惑とじれったさをのぞかせ伊藤が主張してきた。「発砲があったのはあっちだ」

「いや。銃声は音が低い。振動数が少ない音は気流の影響を受ける。火災現場ではよく起きることだ。左右の耳のうち、音の発生源から遠いほうにも音が届くせいで、方向が曖昧《あいまい》になる」

「ならどっちだといわれる」

ホームズはいまにも焼け落ちそうな拝殿に顎《あご》をしゃくった。「あそこだ」

ワトソンが驚きをしめした。「火の海のなかか？　ボルクがそこに？　なぜ？」

「文吉君と寿満子さんを身代わりにするためだ！　ふたりを殺し、ボルクの服と巫女《みこ》装束をそれぞれに着せ、焼死体にする。容疑者死亡の可能性がしばし高まる。手薄になった包囲網を、警官もしくは兵士の制服に変装したボルクと女が、まんまと抜けだす」

伊藤が引きかえしてきた。祈りのごとく唸《うな》るような声で伊藤がつぶやいた。「きみの聡明《そうめい》さがいまも正しくあらんことを」

「僕はいつだって正しい。猜疑心《さいぎしん》など持たれぬことだ」ホームズは駆けだした。「行こう」

吹きつける熱風に逆らい、眩《まばゆ》いばかりの火柱のなかへ身を投じる。無数の火の粉が降りかかる。みずから突入するとは正気の沙汰《さた》ではない。だが躊躇《ちゅうちょ》はしていられなかった。

一面火の海に見えようとも、よく目を凝らせば、倒壊した建物の燃え盛る残骸《ざんがい》には、いたるところに隙間がある。炎の壁のあいだを縫うように進む。服が燃えだすか肌が溶けだすか、恐るべき灼熱《しゃくねつ》地獄に身を置いているのは、紛れもない事実だった。うっかり転倒すれば焼死を免れない。

炎上にともなう轟音《ごうおん》のせいで、聴覚がまともに機能していない、ホームズはそのことを実感させられた。人影が突如として視界に飛びこむ寸前まで、なんの音もききつけられなかった。いきなり陸軍兵士の制服が出現し、ワトソンに挑みかかった。やけに長い髪をなびかせる小柄な身体だった。小刀がワトソンの眼前に迫る。ホームズはワトソンとともに退こうとした。だが背後は火炎地帯だ。避けきることはできない。

閃光《せんこう》とともに小刀が弾《はじ》かれた。伊藤の正剣が女の攻撃を遮った。女がすばやく身を翻す。伊藤が女に刃を振り下ろしたとき、女のほうも伊藤の腹を水平に斬り裂いた。

伊藤の呻《うめ》き声がきこえた。一瞬の光景にホームズは愕然《がくぜん》とした。ふらついた伊藤が炎のなかに倒れこみそうになる。ホームズとワトソンはとっさに伊藤を支えた。

女も足もとがおぼつかなかった。だらりと垂れさがった右手から小刀が落ちた。汗だくの顔が振りかえる。意識が朦朧《もうろう》としてきたかのように、女の目は焦点が定まらなくなっていた。兵士の制服からおびただしい量の血が滴下している。

憎悪の籠《こ》もった目つきが伊藤を睨《にら》みつける。女が息も絶えだえになにかをつぶやいた。日本語でないことはホームズも気づいた。

「し」伊藤がささやいた。「清国の間者であったか……」

なおも女はうわごとのように、異国の言葉を口にしていたが、やがて白目を剝《む》くと後方に倒れていった。女の身体は仰向《あおむ》けに、燃え盛る炎のなかへと沈んでいった。

伊藤が片膝《かたひざ》をついた。手で腹を押さえている。和服が真っ赤な血に染まっていた。

ワトソンが切羽詰まったようすでいった。「すぐここからでたほうがいい」

「馬鹿なことをおっしゃる」伊藤が掠《かす》れた声を絞りだした。「手前勝手で恐縮だが、早く奥へ向かいたい。連れていってくれ」

「しかし、私は医者として……」

「頼む！　ワトソン先生」伊藤は苦しげに咳《せ》きこんだ。「いちどハルビンで犬死にした身だ。もう恥をかかせんでくれ」

ホームズはワトソンをうながした。「僕らで肩を貸そう」

ワトソンはなおも抗議の目を向けてきた。だがほどなく折れ、ホームズの提案にしたがった。ふたりで博文を支えながら、炎の織りなす複雑な迷宮のなかを、一歩ずつ進んでいった。

前方は暗がりだった。いまだ火が燃えひろがっていない、黒々とした地面の一帯がある。拝殿と本殿のあいだの中庭だとわかる。近づくと少しずつ温度が下がってきた。伊藤を休ませる場としては好都合だ。ホームズがそう思ったとき、行く手から銃声が轟《とどろ》いた。

思わず息を呑《の》む。その場に足をとめ、三人は姿勢を低くした。熱風に揺らぐ視界のなかを凝視すると、中庭に人影があった。両手をあげた文吉の後ろ姿だった。文吉の視線の先、真っ赤に燃え盛る本殿を背に、倒れた大木の陰に身を潜める者がいる。ボルクの声が怒鳴った。「近づくな！　一歩でも動けば小娘の心臓に風穴が開くぞ」

人影がわずかに伸びあがった。警官の制服を着たボルクが、巫女装束姿の寿満子に拳銃《けんじゅう》を突きつけている。寿満子は泣きじゃくっていた。すっかり怯《おび》えきった寿満子には、抵抗の意志をしめす余裕などない。

ボルクが片手につかんだ衣類を前方に投げた。「これを着ろ。俺の服だ。寿満子と同じく、おまえも着替えろ」

文吉が憤りをあらわにした。「おまえの身代わりなど断る」

「許嫁《いいなずけ》の小娘が死んでもいいのか」

「よせ！」文吉の声が焦燥の響きを帯びた。「寿満子さんを傷つけるな」

「ならさっさと指示にしたがえ」

「僕が服を着たら寿満子さんを解放するか」

「おまえに選択の余地はない」

文吉は脇腹を押さえていた。どうやら撃たれ負傷したらしい。前屈《まえかが》みになった文吉がよろめきながら歩を進める。地面に落ちたボルクの服に近づいていく。

いきなり伊藤博文が怒鳴った。「とまれ、文吉！」

博文はホームズらの手を振りほどき、中庭へ駆けだしていった。ワトソンがあわてて怒鳴った。「伊藤公、駄目だ！」

銃声が轟いた。博文が両膝をつき、その場にくずおれた。

ボルクの射撃は威嚇だったように見えた。博文は被弾したわけではないが、傷口が開いてしまったのかもしれない、正剣を地面に落とした。両手で腹を押さえ、苦しげな呻き声とともにうずくまった。

文吉が駆け寄ろうとした。「父上！」

「動くな！」ボルクが呼びかけた。

息子は瀕死《ひんし》の父に駆け寄ることもできない。博文が額を土につけたまま唸り声を漏らした。「文吉。おまえはもう一人前だ。誇りを持って生きろ。この国の未来は私ではなく、おまえの世代にある」

博文にはもう身じろぎする力さえ残っていない、そう気づいたからだろう。ボルクが余裕を漂わせた。「そのひとことを口にするのが生き長らえた代償か？　不憫《ふびん》だな、伊藤。しぶとく死の淵《ふち》から逃れようとも、己の運命は変えられなかったようだ」

「ボルク」博文がささやくように問いかけた。「小銭を持っているか」

「……なに？」

「五枚をベストのポケットにいれろ。残りは左のズボンのポケットだ」

「なんのことだ」

「それで釣り合いがとれる」

「戯言《ざれごと》か。とうとうまともな思考すら働かなくなったようだな」

文吉が涙ぐんでいた。「父上……」

博文は弱々しく咳きこんだ。「文吉。立派になれ」

声はそれきりだった。博文は横倒しになるのを拒むように、最後まで座礼のごとくうずくまったまま、ぴくりとも動かなくなった。

「父上！」文吉がまた駆け寄ろうとした。

ボルクが声高に命じた。「動くなといっただろう！　心配せずともすぐに父親の後を追わせてやる。許嫁と一緒にな」

ワトソンが昂揚《こうよう》したようすで告げてきた。「ホームズ、いまのは……」

ホームズは片手をあげワトソンを制した。ボルクの拳銃が文吉を狙い澄ましている。

もし文吉がボルクの服に着替えれば、ただちに射殺されてしまうだろう。阻止できるのは自分だけだ。ホームズは声を張った。「きけ、ボルク！」

ボルクがびくっと反応し、また拳銃を寿満子に突きつけた。「ホームズか？　でてこい」

暗がりにいるボルクの目には、眩い炎のなかに潜むホームズとワトソンが見えないらしい。ホームズは怒鳴った。「そこが火のまわらない中庭だったのが運の尽きだ」

「なんだと？」

「伊藤公のご遺体は焼かれることなくそこに残る。間もなく警官らが駆けつけるだろう。ハルビンで死んだはずの伊藤公がおまえとともにいた。おまえは伊藤公の誘拐犯とみなされるうえ、ハルビンでの暗殺偽装工作まで疑われることになる」

「馬鹿をいうな」

「ドイツ本国の命令を受けてもいないのに、おまえは勝手に伊藤公を攫《さら》ったうえ、自分の手で死なせた」

にわかにボルクが動揺をのぞかせた。「伊藤が生き延びたのは偶然にすぎん。俺はそもそも暗殺に関与などしていない」

「ところがおまえと一緒に伊藤公のご遺体が見つかれば、そんな申し開きは通らない。

どうするつもりだ、ボルク。伊藤公は親独派だったんだぞ。戦争至上主義者でもなかった。ドイツにとって少なくとも利用価値のある大物政治家を、おまえは殺した」

「伊藤を暗殺などしていないといっただろう！」

「ここでは殺そうとしたな」

「すでに死人だからだ。ハルビンは無関係だ」

「本国もそう解釈してくれれば、きみの身も安泰だろうが、おそらくそうはなるまい」

「……伊藤の死体を火にくべてしまえば、なんの証拠も残らん」

「おまえに彼を火葬する権限があるのか」

「黙れ！」ボルクの目が文吉に移った。「おまえがやれ。父親の亡骸《なきがら》を炎に投げこめ」

「断る」文吉がきっぱりといった。「僕を撃ちたいのなら撃て。だが父上にそんなことはできん」

ボルクが忌々《いまいま》しげに唸った。銃口を寿満子の胸もとに押しつける。「許嫁を殺されたいか！」

しかし寿満子が顔をそむけながらささやいた。「どうぞ撃ってください」

「な」ボルクが凍りついた。「なに?」

「伊藤公と文吉様の尊厳が傷つけられたまま、わたしひとり生き長らえようとは思いません」

狼狽《ろうばい》をあらわにしつつボルクが叫んだ。「この死にたがりの野蛮人どもが! おまえたちは開国前となにも変わっていない!」

ホームズは大声で呼びかけた。「テオフィル・フォン・ボルク! おまえの犯行は許しがたいが、動機はいささか特殊だ。物心つく前からドイツ帝国に尽くすよう、徹底的に教育されたからだ。愛国心と排他主義を混同し、過激な思想を植えつけられた。おまえはドイツにとっての捨て駒でしかない。自分の人生を取り戻せ」

「俺に説教などするな、ホームズ!」

「まだ遅くはない。おまえと同じように育てられた弟とともに、真っ当な感性や情緒を、みずから育てねばならない。潔く逮捕される道を選べ」

「子供あつかいするな。俺はもう百戦錬磨の工作員だ。おまえのような素人探偵とはちがう」ボルクの尖《とが》ったまなざしが、ふたたび文吉をとらえた。「さがれ。俺の手で伊藤を火葬に付してやる」

文吉が低くいった。「やめろ」

「指図するな！　許嫁が息絶える瞬間をまのあたりにしたいか」

ボルクの拳銃が寿満子に突きつけられている。いまにもトリガーを引きそうな勢いだ。文吉はやはり寿満子を見殺しにできないらしい。両手をあげたまま後退した文吉は、父親からかなりの距離を置いた。

もう文吉やホームズが駆け寄ろうとも、ボルクは寿満子を仕留め、接近者も返り討ちにできる。そんな確信に至ったのだろう。寿満子を引き立てたボルクが物陰から全身を現した。銃口を寿満子に密着させたまま、ふたりでゆっくりと博文に迫る。

うずくまった姿勢で息絶えたようすの博文を、ボルクが見下ろす。片手を伸ばしたボルクが、博文の襟の後ろをつかみあげようとした。

その瞬間、ふいに博文が正剣をすくいあげた。ボルクの目が驚愕に見開かれる。トリガーが引かれるより早く、博文がすばやく身体を起こし、ボルクの右腕の付け根を斬り裂いた。

ボルクは絶叫した。腕がもげはしないものの、複数の腱《けん》を切断したらしい。右手が握力を失い、拳銃が地面に投げだされた。

そのときにはもうホームズは駆けだしていた。伊藤博文が死んだふりをしているにすぎないことを、ホームズもワトソンも察していたからだ。ボルクは左手でナイフを引き抜くや、ふたたび博文に突進しようとしたが、ホームズは足払いをかけた。突っ伏したボルクの手から、ワトソンがナイフをもぎとった。

文吉が駆けつけるや寿満子を引き離した。今度はボルクが地面を這《は》っていた。代わりに博文がゆっくりと立ちあがる。腹部がざっくり裂け、血が滲《にじ》んでいるのはたしかだが、致命傷は免れていたようだ。とはいえ常人の基準で考えれば、のたうちまわるほどの深手にちがいない。それでも仁王立ちが可能になるのは、元武士としての意志力の強さか。

「謀ったな！」ボルクが転げまわった。「このペテン師め。一度も死を偽りやがって。武士なら潔く死んだらどうなんだ！」

火災の勢いはかなり弱まってきている。ホームズは背後に複数の靴音をきいた。振りかえると井原警部とモートン警部が、制服警官の群れを引き連れてきた。中庭に踏みこんだ警官らが、ボルクの身柄を拘束にかかる。

医師と看護婦らも駆けつけた。博文の容体を案ずるように近づく。だが博文は首を横に振った。自分が無傷だと誇示するかのように、背筋を伸ばしまっすぐに立った。

「私より彼女だ」博文が寿満子に顎をしゃくった。「ただちに手当てを」

文吉も語気を強めた。「寿満子さんを頼みます」

当惑をしめした医師だったが、寿満子は地面にへたりこんでいる。放置できないと判断したのだろう。看護婦らとともに寿満子を助け起こし、火災地帯から連れだしていく。

ふらつきかけた博文に、ホームズとワトソンは駆け寄った。ふたりがかりで博文を支える。ワトソンが唖然《あぜん》としたようすできいた。「伊藤公、なぜカルバートン・スミス事件のことを……？　私もまだ記録を出版していないのに」

すると近くをモートン警部が通りかかった。ボルクを連行しながらモートンが目配せした。博文が苦笑とともにうつむいた。

モートンの後ろ姿を見送ったのち、ホームズはワトソンに向き直った。「国際犯罪専門のモートン警部は、あのときスマトラ出身のスミスを追い、いまはアスキス内閣の護衛で日本へ来ている。瀕死の探偵による小芝居について、モートンから話をきいた伊藤公が、僕らへの合図に使えると思ったんだろう。警視庁の衝立《ついたて》の陰でね」

「伊藤公」ワトソンは迷惑そうにぼやいた。「いちいち心臓に悪いやり方を学ぶとは感心しませんな」

博文は微笑をかえしたものの、腹の負傷が痛むらしく、顔をしかめながら前かがみになった。

ワトソンが真顔になった。「すぐに病院へ運ばないと」

文吉が歩み寄った。「私が」

父と息子の目が合った。文吉が肩を貸そうとする。博文の表情が穏やかなものになる。多少はためらう素振りをしめしたものの、今度ばかりはわりとすなおに息子にしたがった。文吉自身も包帯だらけだが、父を支えるのになんの苦痛も感じないらしい。ふたりの背がゆっくりと遠ざかる。

周りは残り火がくすぶるだけになっていた。伊藤親子の後ろ姿を見守りつつ、ホームズはつぶやいた。「万物のすべてが永遠か」

「ああ。親はそう感じたりするものなんだよ」ワトソンはふと気づいたように配慮をしめしてきた。「きみという人間は偉大だから、子供がいなくても永久に名声が語り継がれるし、世に多大な影響を……」

「もういい、ワトソン。そんなに気を遣ってくれるな」ホームズは笑ってみせると、蒼《あお》みがかった空を仰いだ。「あれを見るといい。まさに神秘的じゃないか」

夜空にひときわ強い光を放つ、真っ白な星が彼方《かなた》へ飛び去ろうとしていた。うっすらと長く伸びる尾を引いている。

ワトソンが感慨深げにハレー彗星《すいせい》を眺めた。「次に来るのは一九八〇年か九〇年か

「……」

「ああ。そのときにも、僕らふたりは永遠だよ」ホームズは心からいった。「いつか寿命を全うしようとも、人の命は永遠だ。森羅万象を超越し、あらゆる意味でね」

27

ホームズは世界各国の大使館から引く手あまたになった。だが宴《うたげ》の席が苦手なため、ほぼすべてをワトソンに代わってもらった。唯一出席したのは宮城での天皇陛下との謁見だった。ホームズとワトソンは勲章を授けられた。名誉に思うよりも、ホームズは隣にいたワトソンの緊張しきった横顔に、笑いを堪《こら》えるのがやっとだった。彼の妻と子供たちに見せてやりたい。きっと誇りに思うにちがいない。

ただし授与されたのは、公にできないことが前提の特別勲章になる。伊藤博文の生存が絡んでいる以上、どの国の要人も事件について明かせない。むろんワトソンも記録に綴《つづ》れない。

横浜港が見下ろせる丘にホームズは立っていた。辺り一帯にひろがる草原を、透き通った空気が駆け抜ける。深みを増した碧《あお》の空の下、緑の絨毯《じゅうたん》がみずみずしい輝きを放つ。微風が花の香りを運び、木々の枝葉の揺れる音を届ける。

ホームズとワトソンはフロックコート姿だった。丘を緩やかに下った谷間に、数台の自動車が停まっている。やはり正装の伊藤文吉や、ドレス姿の寿満子、和服をまとった梅子と生子がいる。美しく着飾った家族のなか、伊藤博文だけが継ぎ接《は》ぎだらけの和装に身を包む。一見みすぼらしい外見の博文が、ひとり緩やかな丘を上ってきて、ホームズとワトソンに合流した。

歩調からすると、まだ傷は完治していないようだが、快方に向かっていると思われた。伊藤の皺《しわ》だらけの顔が曇りがちになった。「また人目を避けた場所での見送りになってしまって、本当に申しわけない。私がいるせいで」

ワトソンが笑った。「ここしばらく、あなたはそんなことばかりおっしゃる。宮城では公爵大礼服がよくお似合いでしたよ」

「誰も見ていなければ好きなだけ着飾れるのだがね」

三人は静かに笑いあった。いつしかすっかり打ち解け、長年の友人どうしのような関係が築かれている。

「ホームズ先生」伊藤がささやいた。「ロンドンで初めてあなたに会った日を思いだす。当時からあなたは聡明で、風変わりな少年だった。あなたは歴史に残る偉大な人になられた」

「それはあなただろう、伊藤公」ホームズは思いのままを言葉にした。「あなたが生きておられてよかった」

伊藤は渋い顔になり、ざっくばらんな物言いに転じた。「各国の要人たちから理解を得られたのは、きみが事実を曲げたからだ。私が死を偽ったのは、テオフィル・フォン・ボルクの陰謀を炙《あぶ》りだすためだったなどと……」

「アスキス首相もあなたの勇気を称《たた》えている」

「本来私は、内々の問題を解消しようと、つまらない思いつきを実行に移しただけだ」

「つまらなくなどない。伊藤公。あなたは政敵を突きとめる必要に迫られていた。もともと捨て身の果敢な行為だった」

「買いかぶりすぎだよ。だがきみがそういってくれるのは、すなおに嬉《うれ》しい」

ワトソンが伊藤にいった。「生存を公になさればいいのに。国民もきっと喜ぶでしょう」

伊藤は首を横に振った。「ワトソン先生のご助言はありがたいが、陰の元老として政治を見守っていく決意を固めておるので……。客観的な立場でものをいえる存在を、わが国は必要としているのだから」

ホームズはうなずいた。「その理想的な地位が設けられる機会となり、あなたが就任するのはめでたいことだ」

ため息とともに伊藤がつぶやいた。「桂君や山縣さんが、私の意見に耳を傾けてくれるだろうか」

「これだけははっきりいえる。伊藤博文公がハルビンで命を落とした歴史と、いまこうして生存しておられる現状は、あきらかに異なってくる。たった一日先のこの国のありようも、あなたがたが作っていくものだよ」

「……どこへ向かう道なのかを、はっきり知ったうえで切り拓いていくべきなのだろうな」

「きっと素晴らしい未来がまっている。美しくやさしさにあふれる、教養ある人々の国なのだからね。この先も類い希な繁栄と発展がつづいていく。もし選択を誤った場合も、己を省みて新たに学び、さらなる成長を遂げる。日本だけでなくどの国もそうだ。やがて世界があなたたちを規範とするだろう」

踏みしめる足もとから、ほのかに草の香りが立ち上ってくる。これが自然の息吹というものか。自分という存在もそのなかに溶けこんでいる。生まれたときからこの世界の一部だった。そんな思いが強まるのも歳ゆえだろうか。

伊藤が表情を和ませた。「成長したな、ホームズ君。きみからは教わりっぱなしだ。いまや私にとってかけがえのない人生の師、唯一無二のホームズ先生になられた」

「あなたこそ僕を導いてくれた人だ……。この国での経験すべてが忘れられない。けれども僕らは、まだ若い。明日に目を向けよう。きょうもまた学ぶことばかりなのだし」

「同感だ」伊藤の目尻《めじり》に皺が寄り、屈託のない笑いが浮かんだ。「私たちはまだ若い。ホームズ先生、ワトソン先生。この先もそれぞれの道を歩んでいこう。めざす場所はおそらく、依然としてはるか彼方にあるだろうから」

ワトソンが右手を差し伸べた。「これからもお元気で。伊藤公」

伊藤はワトソンと握手をし、次いでホームズと向きあった。年輪を刻んだ目もとを眺めるうち、おそらく最後にして最善の別れになるのだろう、ホームズはそう思った。

手を握りあってからほどなく、伊藤が緩やかな傾斜の下へと視線を向けた。ホームズもそちらを眺めた。文吉や寿満子、梅子と生子がこちらを見上げている。

うなずいた伊藤がゆっくりと丘を下りだした。伊藤の丸めた背中が小さくなっていくのを、ホームズはワトソンとともに見送った。

「なあワトソン君」ホームズは静かにいった。「僕の引退のきっかけになった、プレスベリー教授の事件だが……」

「けっして蒸しかえしたりしないよ」

「いや、その逆だ。執筆してくれないか」

ワトソンが目を丸くした。「どうして？『デイリー・メール』の悪意に満ちた記事なら、すっかり世間の記憶から消え去ってるっていうのに」

「いいんだ。すべてが僕の足跡なんだからね」

「からかいの手紙が舞いこむよ、ナンセンスな推理だって。きみの名誉が失墜してしまうじゃないか」

「都合のいいことだけ発表して、ありのままを伝えずに、自分の尊厳を守ろうなんて馬鹿げている。成功も失敗もあって、いまの自分がある。僕の過ちに気づいたうえでも、わかる人はきっとわかってくれる」

「これから先はもう、どんなふうに思われようとかまわないって？」

「それもちがうよ。僕らはまだこれからなんだ。人生にはいつまでも成長がある。だから素晴らしいんじゃないか。たとえ第一線を退こうとも、なにも終わりはしない。新章の扉が開くだけだ」

面食らった顔のワトソンが、やがて腑《ふ》に落ちたように笑った。「ああ、そうとも。それなら納得がいくよ。僕たちにはいつも明日がある。最後の挨拶《あいさつ》にはまだ早いさ」

斜面を下りきった伊藤が家族のもとへ帰る。一家はこちらを仰ぎ見ると、揃って手を振った。ホームズはワトソンとともに手を振りかえした。

これは最後の挨拶ではない。たとえもう会えないとしても、思い出のなかでつながっている。事件簿を振りかえるばかりが成熟ではない。また新たな冒険がある。そう、人生の若き日々には何度でも帰還できる。

28

初夏のロンドンは暖かく、空気が乾燥し、風も爽やかだった。雲の切れ間から陽射しが降り注ぐ、こんな午後はまた格別に思える。

商売敵のタクシー自動車が走りだしても、辻馬車の座面は薄いクッションのまま、いっこうに改善のきざしがない。石畳の硬い感触がじかに突きあげてくる。乗り心地はよくない。けれどもいまは許せる気がする。ワトソンと横並びに座り、絶えず馬車に揺られつづける、この窮屈ながら心安まる時間があるなら。

後方からクラクションが鳴り響く。タクシー自動車が馬車を追い越していった。ワトソンが苦笑した。「この街区は綺麗すぎて、道にはみだす物売りもいなければ、人寄せ行為も見かけない。おかげで道幅がたっぷりあって、自動車に抜かれ放題だよ」

ここクイーン・アン街では、美しく整備された花壇や庭園がよく目につく。石造りの建物はどれも格調高く、アーチ形の窓に緑のカーテンが映える。

ホームズは思いのままを口にした。「この辺りに診療所を持てる医師は、ごく一部の成功者にかぎられる」

「よしてくれ。ローレッタのために背伸びしただけのことさ」

ふと沈黙が降りてくる。ワトソンが妻に言及するや、ホームズはなにもいえなくなった。もうワトソンの自宅はすぐそこに迫っている。日本から帰る豪華客船で過ごした日々、サウサンプトン発の列車を経て、この馬車。ずっとふたりで旅してきた。とうとう別れのときが近づいている。

ワトソンも寂寥《せきりょう》をおぼえたのか、感慨深げにつぶやいた。「いい旅だったな」

「ああ」ホームズは静かに応じた。「いい旅だった」

「またサセックスへ遊びに行くよ」

「きみひとりで来てくれるとありがたい」

「……あいにくローレッタは、このあいだの訪問でアシュビー夫人と意気投合したらしくてね」

「客をもてなすのは家政婦の仕事のひとつだ」

「子供たちもアシュビー夫人に懐いてるんだよ。また会いたがってる」ワトソンはぼそりと付け加えた。「きみにも」

むず痒くなるような心情を、いつもの澄ました態度で抑えこむ。ホームズは首を横に振ってみせた。「遠慮するよ。僕が信じるのはきみだけだ」

「本当に？」ワトソンがホームズを見つめてきた。「案外きみは、僕の家族とも打ち解けられるように思えるんだが」

馬車がゆっくりと停まった。周りに馴染みの景色があった。そこに意識が向くのを故意に遅らせる。到着という事実を無視してみる。けれどもそれはとぼけた所業にすぎなかった。もうワトソンの自宅前に着いた。認めたがらないのは滑稽にすぎる。

玄関のドアが開いた。子供たちの歓声があがった。栗いろの髪につぶらな目の少年が駆けだしてくる。金髪で色白の少女もつづいた。ふたりともよそ行きの服なのは、父親の到着をまっていたからだろう。

ワトソンがそちらに笑顔を向けた。馬車を降りるとワトソンは身をかがめ、両手をひろげた。「ケヴィン。シェリル！」

ほんの数か月見ないうちに、ふたりの子供は少し大きくなっていた。どちらも満面の笑みではしゃぎながら、競うように父親の胸に飛びこんだ。

せわしないロンドンにあっても、さすが気品あふれるクイーン・アン街だった。停車を余儀なくされたタクシーが、クラクションを無粋に響かせたりはしない。親子の再会を妨げず、おとなしく手前で停まっている。

それでも几帳面なワトソンは、交通の邪魔になってはまずいと自覚したらしい。ゆっくりと身体を起こすと、子供たちにいいきかせた。「家の前に戻ってなさい。荷物を下ろさなきゃならないからね」

ワトソンが馬車に引きかえしてくる。ホームズはいったん降車した。ふたりで馬車の反対側にまわり、ワトソンのトランクを下ろしにかかる。かなり重かった。ホームズは嘆いた。「やれやれ。若いころみたいにはいかないな」

すぐにワトソンが手を貸した。「もう曲がった火搔き棒を元に戻す必要なんてないさ。引退後の貯金は充分だろう？　買い換えればいいんだし」

ホームズは控えめに笑った。ワトソンの顔にも微笑があった。

こうして間近に向きあうと、不変に思えたワトソンの外見にも、やはり歳月が反映されているとわかった。皺が年輪のように着実に刻まれている。髪の色素が薄くなり、数を減らしつつもある。ワトソンもホームズの顔に同じものを見てとっているだろう。だがそれはふたりで歩んだ日々の足跡でもあった。

ともに長い時間を過ごしてきた。多くの喜びや困難を分かちあった。互いに信頼を寄せ、励ましあい、絆を深めあってきた。

ワトソンがささやいた。「ホームズ。きみとの長きにわたる友情は、僕のなによりの誇りだ。とうとう世界各国の首脳たちの前で謎解きをしたな。記録には書けなくても、あの場に立ち会えた経験は一生の宝だよ」

「きみがいたからこそなんだ、ワトソン」ホームズは心からいった。「僕が実現できたすべてのことは、きみという存在のおかげだ」

率直《そっちょく》な物言いが過ぎただろうか。ワトソンのまなざしに困惑のいろが浮かんだ。だがその目はまた細くなった。満足げな笑みとともに、ワトソンが手を差し伸べてくる。

ホームズは握手を交わした。

ドアの開閉音が耳に届いた。ワトソン家の玄関に、イヴニング・ドレス姿のローレッタが現れた。ケヴィンとシェリルが母親に寄り添う。ローレッタは目を潤ませつつも、ごく自然な微笑をたたえ、夫をじっと見つめていた。

ホームズはうながした。「ワトソン。家に帰る時間だ」

ワトソンがトランクを重そうに路面から浮かせた。足もとがおぼつかなくなる。それでもホームズにもういちど笑いかけ、家族のもとへゆっくりと歩いていった。

夫婦の再会に水を差すべきではない。後方に馬車や自動車も渋滞していた。ホームズはふたたび馬車に乗りこむと、御者に告げた。「だしてくれ」

馬車が徐行し始める。ワトソンがローレッタと抱きあっている。ホームズはあえて前方を向いた。それでも気になり、また玄関先に視線が戻る。

ローレッタがこちらを見ていた。初めて屈託のない笑みが、ホームズに向けられていた。いまはすなおに応じればいいのだろう。ホームズは微笑をかえした。ひづめの音が響く。ワトソン一家四人に見送られ、馬車はクイーン・アン街を走りだした。

御者の声が問いかけてきた。「パディントン駅へ戻りますか」

「ああ」ホームズはいった。「頼むよ」

道を折れると、ロンドンならではの猥雑さが復活しだした。路地に小さな店が軒を連ね、人々が忙しそうに行き交っている。ウィグモア街を駅方面へ引きかえしていった。マンチェスター・スクエアの手前に郵便局がある。ホームズは記憶に残る言葉をつぶやいた。「けさウィグモア街の郵便局に行ったと分かるのが観察。何時に電報を打ったかを解き明かすのは推理」

「なんかいいましたか」御者がきいた。

「いや。なんでもない。ひとりごとでね」ホームズは前方に目を向けた。「その角を右折したら、まっすぐ行ってくれないか」

「でも駅には……」

「いいんだ。ずっとまっすぐ」

御者が腑に落ちなそうに黙りこむ。ホームズは思わず微笑した。

通り沿いの色彩豊かな看板、煉瓦壁に掲げられた広告。新聞の号外が配られる。子供たちが駆けまわっていた。ベーカー街はいつも活気に満ちている。ワトソンがいったように、ここでは屋台や人寄せ行為が、遠慮なく道幅を狭めてくる。御者が通行を嫌がったのもわからないではない。

ホームズは御者に声をかけた。「停まってくれ」

馬車が速度を落とす。ひっそりとたたずむ煉瓦造りの建物、二階の窓をホームズは見上げた。

ベーカー街221B。通りに面した窓に古びたカーテンが垂れている。曇りがちなガラスもむかしのままだ。

それでもあの室内は、もう記憶のなかに存在するのみだろう。いまの住人はきっと、整理整頓の行き届いた部屋が好みにちがいない。

多くの依頼人を迎えた。さまざまなできごとがあった。ここが冒険の舞台。親しき友との思い出が詰まった人生の拠点。

立ち寄るのを望んでおきながら、憂愁に気分が落ちこむのでは。そんな恐れがなかったわけではない。しかし来てみて実感できた。いまは満たされた思いしかない。

後方からの短いクラクションに、ホームズはふと我にかえった。

御者が苦々しげに愚痴をこぼした。「ったく、狭い道はこれだから」

ホームズはふっと笑った。「もういいよ、ありがとう。駅へ頼む」

動きだした馬車から眺める景色が流れていく。まさに人生そのものだとホームズは思った。去りゆく記憶と、新たに訪れる明日がある。旅はまだ始まったばかりだ。そう、この道は果てしなくつづいている。

最後の挨拶

ハレー彗星が飛び去ってから早《は》や四年が過ぎた。

予想されたことではあった。世界は暗雲に覆われていき、いまや闇の時代を迎えている。イギリスとドイツの建艦競争がつづく一方、オスマン帝国とバルカン同盟のあいだで戦争が勃発《ぼっぱつ》、勝者となった同盟国間でも衝突が起きた。一触即発の緊張のなか、サラエボ事件をきっかけに、たちまちヨーロッパ全土が戦乱の渦に巻きこまれた。

二国間や三国間の条約や協定により、どこかの国が戦争を始めれば、手を結ぶ国も参戦せねばならなかった。ドイツはロシアとフランスに宣戦布告。中立のベルギーに侵攻したドイツに対し、イギリスも一両日中には宣戦布告せざるをえない。英日同盟に基づき、いずれ日本もイギリスに歩調を合わせ、ドイツと戦うことになるだろう。

そんな八月二日の夜、人里離れた断崖《だんがい》に建つ屋敷に、ダミアン・クレイトンを名乗る青年がいた。爽《さわ》やかな顔つき、猪首《いくび》で肩幅が広く、筋肉に恵まれたスポーツマンだった。ヨットにハンティング、ポロで活躍し、競馬の騎手として入賞もしている。クレイトンは若い軍関係者のあいだで人気となり、よく仲間と一緒にナイトクラブで大酒を呷《あお》っていた。

だがその好青年ぶりは見せかけにすぎなかった。ダミアン・クレイトンの本名はフリッツ・フォン・ボルク。彼は潜入先のイギリスで交友関係をひろげつつ、イギリスの軍事機密を次々に盗みだしていた。

収集した情報はこの屋敷の書斎に溜《た》めこみ、間もなく本国にすべてを引き渡す手筈《てはず》だった。

フリッツ・フォン・ボルクが金庫を前に告げてきた。「組み合わせ錠の開け方は、アルファベットがAUGUST、数字は1914だ。小切手はこの机の上に置く。その前におまえの持ってきた暗号簿をたしかめさせてもらう」

ボルクが肘《ひじ》掛《か》け椅子に歩み寄ってくる。彼の同僚であるアイルランド系アメリカ人、オルタモントとふたりきりでいると、ボルクは信じきっている。差しだした小包がボルクにひったくられた。

紐《ひも》を解《ほど》き、包装紙を剥《は》がすと、ボルクの手に一冊の本が出現した。絶句する反応のみがあった。

「な……」ボルクが目を白黒させる。「こ、これはいったいなんだ⁉」

動転するのも無理はない。本の表紙には金の箔押しで『蜜蜂《みつばち》飼育実践ハンドブック』とある。著者名は……。

振りかえったボルクの口もとにスポンジを押しつける。クロロホルムをたっぷり染みこませたスポンジだった。オルタモントを名乗っていたホームズの前で、ボルクは床に倒れこんだ。

ドアが開き、ワトソンがなかに入ってきた。「本来は麻酔に使う医療薬だよ。ドイツのスパイを眠らせるのに使うのは感心しないね」

「そうはいってもひと瓶ぶん提供してくれたからには、きみもこの行動に理解をしめしているんだろう、ワトソン君」ホームズは縄をとりだし、フォン・ボルクの身体を縛りにかかった。「手伝ってくれないか」

「やれやれ。六十二歳の僕と六十歳のきみが、あいかわらず老骨に鞭打《むちう》って賊を縛ってる。いつになったら安息の日々が訪れるのかね」

「投げださないかぎり人生に引退はないんだよ。僕もこの二年間、アメリカ人の売国奴に化けて、ドイツの諜報《ちょうほう》機関とさかんに接触してきたのだからね」

金庫を開けた。敵国に渡る寸前だった書類の山を押収する。部屋にあったワインでホームズとワトソンが乾杯するうち、ボルクが我にかえった。縄でがんじがらめになり、身動きがとれないボルクが目を瞬《しばたた》かせる。

「こ……この二重スパイめ！」ボルクがわめき散らした。「地獄に落ちやがれ、オルタモント！　きっと復讐《ふくしゅう》してやるからな」

ホームズは平然と応じた。「よしたまえ。シカゴのオルタモント氏は実在しない。僕という人間がいるだけだ」

「誰だおまえは」

「きみの家系とはむかしから関わってきたんだよ。いわば親戚《しんせき》のようなものだ」

「ふざけるな」

「いや、ふざけてはいない。きみの従兄弟《いとこ》ハインリッヒが勅使だったとき、僕は先代ボヘミア王とアイリーン・アドラーを別れさせた。きみの母の兄、フォン・ウント・ツ・グラーフェンシュタインも救った。そして……」

なによりフリッツ・フォン・ボルクの兄、テオフィル。イギリスの保護下で彼は真っ当な人生を取り戻しつつある。

フォン・ボルクは愕然とした。「まさかおまえは……」

養蜂《ようほう》について綴った自著を手にとる。書名の下にある著者名をしめし、ホームズは落ち着いた声を響かせた。「自己紹介にあたり年齢までは必要あるまい。僕の明晰《めいせき》な頭脳はいまだ、いささかも衰えを知らないのだからね」

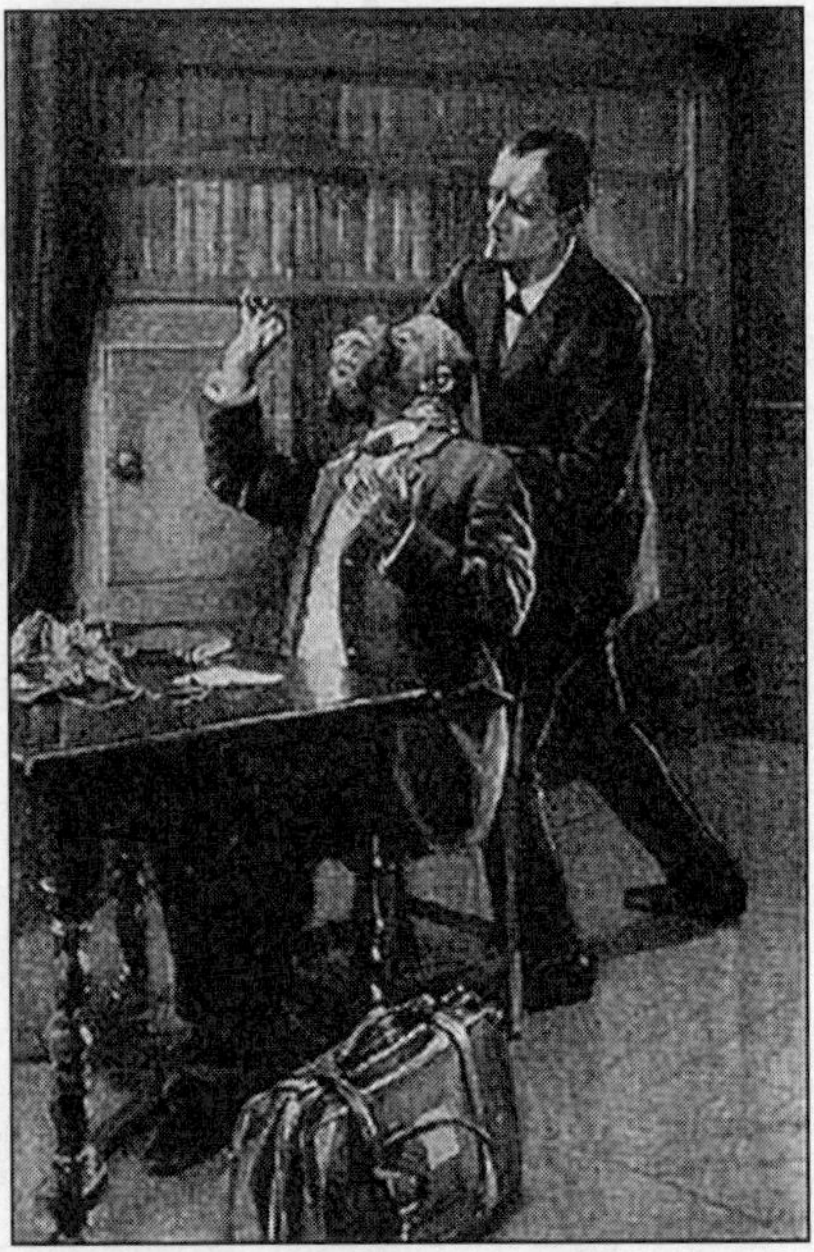

追記

日韓併合は当時の報道で「合併」と記されていたが、本作では現代語訳という趣旨で併合に統一してある。その他の表現にもわかりにくい箇所について現代語訳がなされている。

名称については、当時の言い方を現代語に変換した場合、ニュアンスが異なることも多く、その場合は古来の名称としたが、一部は現代において適切でない表現が含まれる。当時の時代性に鑑み、現実的に再現する目的であり、その点ご容赦いただきたい。

棋譜は現在、筋を算用数字、段を漢数字で表わすが、明治四十三年当時の新聞によればいずれも漢数字だったため、その記述に倣った。

解説　史実と奇想を結びつけた離れ業

千街《せんがい》晶之《あきゆき》（ミステリ評論家）

タイトルを見れば推察がつくように、本書『続シャーロック・ホームズ対伊藤博文《いとうひろぶみ》』は、講談社文庫から二〇一七年に刊行された『シャーロック・ホームズ対伊藤博文』（本書と同じ二〇二四年六月、角川文庫から刊行予定）の続篇として書き下ろされた小説である。

著者の松岡圭祐《まつおかけいすけ》は、『催眠』で一九九七年にデビューして以降、数多くのシリーズものから単発作品まで幅広く活躍しているが、『シャーロック・ホームズ対伊藤博文』、『アルセーヌ・ルパン対明智小五郎』（二〇二一年）、そして本書と続く系列の作品では、フィクションの世界に登場する名探偵や怪盗の活躍と、現実の歴史上の大事件とを絡めるという気宇壮大な試みを繰り広げている。

『シャーロック・ホームズ対伊藤博文』は、アーサー・コナン・ドイルのシャーロック・ホームズ譚のうち「最後の事件」（一八九三年）で描かれたライヘンバッハの滝における犯罪王モリアーティとの対決の後、ホームズが死んだと思われていた時期を背景としている。「空き家の冒険」（一九〇三年）で復活するまでのその三年間、ホームズはチベットなどを訪ねていたという記述があるが、具体的な行動は謎に包まれているため、この時期のホームズを描いたパスティーシュやパロディは数多い。中には加納一朗『ホック氏の異郷の冒険』（一九八三年）のようにホームズを来日させた作例もある。『シャーロック・ホームズ対伊藤博文』も同じ着想に基づいているが、一八九一年五月十一日の大津事件（訪日中のロシア皇太子ニコライが、巡査の津田三蔵《つださんぞう》に襲われ負傷した事件。奇しくも、ライヘンバッハの対決のちょうど一週間後である）をめぐるロシア側の不可解な動きの謎に、かつてロンドンで二度会ったことがあるホームズと伊藤博文が協力して対処し、ロシアとの戦争を回避しようとする物語となっているのがユニークだ。

伊藤博文は、長州藩の低い身分の出でありながら、幕末の尊皇攘夷《じょうい》運動の中で頭角を現し、明治政府の中心人物として要職を歴任、一八八五年には初代内閣総理大臣に就任……という、まさに激動の人生を歩んだ人物である（一八九一年当時の肩書は枢密院議長）。若き日は英国公使館焼き討ちなどのテロに参加するも、やがてイギリスに留学して国力の差を思い知り開国派に転向したり（明治政府の中枢になってからの外交姿勢は時に臆病《おくびょう》と謗《そし》られることすらあった）、韓国併合には慎重派でありながら初代韓国統監として併合に大きな役割を果たしたり——等々、さまざまな矛盾を内包して揺れ動いたその一筋縄ではいかない人物像は当時の日本が置かれた複雑な状況を反映していたが、大日本帝国憲法制定によって立憲政治を定着させ、日本の近代化を推進した功績は大きい。『シャーロック・ホームズ対伊藤博文』においても、大津事件の処理をめぐって法を重視しようとする伊藤の姿が描かれていた。また、伊藤といえば明治天皇から苦言を呈されたほどの並外れた好色ぶりで知られるが、作中では伊藤とホームズが、それぞれの悪癖である漁色とコカインを自らに禁ずるくだりが印象的だった。

さて、その続篇と銘打たれた本書では、ホームズは伊藤博文といかにして再び相まみえるのだろうか。

前作から歳月は流れ、さしもの名探偵も加齢には抗えない。ある事件での解決の説得力を疑われたホームズは、探偵業を引退してロンドンを去り、サセックスの片田舎で養蜂の研究に勤しむようになった。それから六年後の一九〇九年、五十五歳のホームズは久々に相棒のジョン・H・ワトソン博士と旧交を温めていたが、そんな彼のもとに衝撃的な報せが届く。伊藤博文が、満州《まんしゅう》のハルビン駅で朝鮮の民族運動家・安重根《グン》によって暗殺されたのだ。ところが、ロンドンに戻ったホームズの前に謎の女が現れ、「伊藤博文を殺したのは安重根ではない」という文章が彫られた仏像を彼に渡してそのまま姿を消した。恩人にして盟友である伊藤の死の経緯に不可解なところがあるのなら、どうあっても解明したいとホームズは決意する。翌年、ホームズは伊藤を偲《しの》ぶ「惜別の会」に出席するためワトソンとともに訪日したが、日本の政治家たちはホームズとワトソンに招待状を送った覚えはないという……。

前作では伊藤がホームズの相棒を務めたため、ワトソンは短い出番しかなかったけれども、本書ではいよいよ本格的にホームズの相棒として活躍することになる（ただし、事件の記述者としてではなく三人称の登場人物としての出番だが）。ホームズの兄マイクロフトも、前作同様に弟の訪日に重要な役割を果たす。一方、歴史上実在の人物はと言えば、伊藤博文はいきなり訃報《ふほう》での言及だが、前作にも登場した伊藤の妻・梅子《うめこ》や娘の生子《いくこ》、そして前作では名前のみ言及された伊藤の息子・文吉《ぶんきち》がホームズと対面する。そして、日本の政治家からは桂太郎《かつらたろう》首相・山縣有朋《やまがたありとも》元帥・小村寿太郎《こむらじゅたろう》外相から、伊藤やホームズとは因縁浅からぬロシアからはウラジーミル・ココツェフ蔵相、日本にとって重要同盟国となったイギリスからはハーバート・アスキス首相やデビッド・ロイド・ジョージ蔵相やウィンストン・チャーチル内相……といった具合に、当時の国際政治の舞台で活躍した傑物たちが日本で顔を揃えることになる。

彼らのあいだに波紋を拡げるのが、伊藤博文暗殺事件にまつわる疑惑だ。一九〇九年十月二十六日、伊藤博文が暗殺されたのはれっきとした史実である。しかし、ジョン・F・ケネディ暗殺事件にさまざまな陰謀説が唱えられているように、伊藤の死に関しても異説が存在しており、本書はそれらを取り入れてホームズに推理させている。『シャーロック・ホームズ対伊藤博文』の大津事件、『アルセーヌ・ルパン対明智小五郎』の張作霖爆殺事件のように、本書では伊藤暗殺事件からフィクションならではの裏面を見出しているのだ。こうした実際の事件や人物と、ホームズを中心とするフィクションの世界との巧みな融合ぶりは、山田《やまだ》風太郎《ふうたろう》の一連の明治小説を想起させる。

そういえば、前作『シャーロック・ホームズ対伊藤博文』には原胤昭《はらたねあき》が登場していたけれども、これは彼が津田三蔵が収監された釧路《くしろ》集治監の教誨師《きょうかいし》だったからだが、原が登場する『地の果ての獄』（一九七七年）や『明治十手架』（一九八八年）といった山田風太郎の明治小説へのオマージュの意図もあったかも知れない。

そして本書では、後半に明かされるある奇想が読者を最も仰天させるだろう。何しろ、史実には絶対にない出来事なのだから。しかし、前作では若き日に幕府の目を盗んで渡英した伊藤さながらにホームズが日本に密航し、またかつてはテロに手を染めながら日本を法治国家にするという確固たる信念の持ち主となった伊藤の姿に、モリアーティとの対決を正当化しようとしていたホームズが感化されるなど、ホームズと伊藤の行動は常に一対になって互いに影響を与えていることに注目しなければならない。その点は前作から本書にも受け継がれており、前作でのホームズの行為が、本書の伊藤のある行動に影響を与えたことになっている。つまり、ホームズと伊藤の間柄だからこそ必然的に成立するのが本書における奇想だと言えないだろうか。

他にも、本書の背景となった年ならではの出来事を指摘することで、天文学の知識がないとされるホームズが名誉挽回《ばんかい》を果たすのも痛快だが、本書の結末は、ホームズ譚のある作品とリンクしたかたちとなっている。史実の背後で奇想天外な物語を繰り広げ、しかもそれをホームズ譚と矛盾なく結びつけるという離れ業を、著者は本書で再び見事に成功させた。この種の虚実をないまぜにしたパスティーシュの世界で、著者が次はどのような新しい題材を見出すのか、興味は尽きない。

解　説　多層構造の面白さ、再び

北《きた》原《はら》　尚《なお》彦《ひこ》（作家・ホームズ研究家）

二十世紀の初頭、名探偵シャーロック・ホームズは現役から引退する。それからはサセックスの丘陵地帯で隠遁《いんとん》生活を送り、養蜂に従事していた。

そして一九〇九年。英国ではヴィクトリア時代に続くエドワード時代の末期。日本では明治四十二年であり、明治時代も終わりに近づいている――そんな時期のこと。ホームズがロンドンのディオゲネス・クラブを訪ね、兄マイクロフト・ホームズと面会すると、日本へと招く書状を渡された。ホームズは難色を示していたが、謎の女性から不可解なメッセージを刻んだ仏像を押しつけられる。かくしてホームズは、久々に日本へと渡る決心をした。そして彼は、大いなる「謎」を解き明かすことになるのだった……。

本書はその名の通り、『シャーロック・ホームズ対伊藤博文』の続篇である。前作を読んだけれども話を忘れてしまった、もしくは前作を未読で本書を手にしている、という方々のために、前作のあらすじを。

一八九一年、シャーロック・ホームズは「最後の事件」でモリアーティ教授と対決した後、身を隠すことになる。兄マイクロフトの勧めで、（本人は気が進まないながらも）日本に渡ることになった。ホームズが日本で頼る先は、伊藤博文。ホームズは少年時代に一度、そして大人になってから一度、渡英した際の博文と会っていたのだ。

一方、博文は重大な出来事の対応に追われていた。歴史的に知られる「大津事件」（来日中のロシア皇太子ニコライが津田《つだ》三蔵《さんぞう》巡査に切りつけられた事件）である。ホームズは、博文をワトソン代わりの相棒にして捜査に乗り出す。更には大して価値のないものが連続して盗まれる事件にも興味を示し、それも大きな問題に発展する……。

『シャーロック・ホームズ対伊藤博文』が発表されたのは、二〇一七年のこと。当時わたしは一読して「これだけの作品を書ける力量の持ち主ならば、更なるホームズ・パスティーシュを書いて頂きたいものだ」と思っていた。しかしそれに続く形で書かれたのは、パスティーシュではあってもホームズ物ではない『アルセーヌ・ルパン対明智小五郎　黄金仮面の真実』（二〇二一年）である（とはいえ、これもまた傑作であった）。

その後、『écriture　新人作家・杉浦李奈の推論 XI』（二〇二四年）では、

『バスカヴィル家の犬』にまつわる謎が取り上げられた。おお、松岡圭祐がまたホームズのネタに戻ってきてくれた！——と喜んでいたところ、霹靂《へきれき》のごとく訪れた更なる大きな喜びが本書『続シャーロック・ホームズ対伊藤博文』の刊行であった。

本書は独立して読むこともできるが、あくまで続篇ではあるので、『シャーロック・ホームズ対伊藤博文』を先に読んでからの方が楽しめるのは確実である。そちらも本書の刊行と同時に角川文庫から再刊されるので、ぶっ続けで二冊読む、という楽しみ方も最高だろう。

前作に引き続き、本作でもコナン・ドイルによるシャーロック・ホームズ原作（研究家が呼称するところの「正典」）の要素が幾つも巧みに混ぜ込まれているので、主要なものをざっと紹介しよう。まずは、ホームズが自分の留守中に見張りとして使った「情報屋のシンウェル・ジョンソン」。これは「高名な依頼人」に登場する人物。

本作では「ケンフォード大学のプレスベリー教授に関する件」がシャーロック・ホームズの引退のきっかけとなったとされているが、これは「這う人」のこと。同作は、最後の短篇集であり異色作揃いな『シャーロック・ホームズの事件簿』の中でも、とりわけ異色な作品。松岡圭祐は、この事件ではホームズが推理を誤ったのだとして、新たなる真相を提示している。

本作中、その事件に関してワトソンが「七パーセント溶液じゃないんだ」と言っているのは、ホームズ自身がコカイン注射をしていた際の濃度のことで、『四つの署名』から。

ワトソンが妻と共にクイーン・アン街に住んでいる時期がある、ということは「高名な依頼人」に出てくる。ホームズ研究家によってワトソンは複数回結婚したという説が唱えられているが、ここではそれに則って、今の妻はメアリー・モースタンとは別な女性に設定されている（ただし正典にはワトソンの子どもに関する記述はない）。

ホームズがサセックスに引退して養蜂などしているというのは「第二のしみ」での言及。そのサセックスにおいてホームズが「この崖《がけ》を下った砂浜」で遭遇した「不幸なフィッツロイ・マクファーソン青年」にまつわる事件というのは「ライオンのたてがみ」。

ワトソンとホームズのやりとり中に出てくる「例のブルースーパーティントン設計書事件」は、その名の通り「ブルースーパーティントン設計書」事件。まだ公表するわけにはいかないという「ジェームズ・デマリー卿の事件」というのは、「高名な依頼人」事件のこと。「保養地コーンウォールでモーティマー・トリゲニスが、妹や兄弟の死を告げてきた、あの異様な事件」は、「悪魔の足」事件。

ホームズの兄マイクロフトやディオゲネス・クラブ、ライヘンバッハといった名前は、最早説明するまでもないだろう。

「バリツ」は、「最後の事件」においてモリアーティ教授との対決の際にホームズが用いたという日本の武術で、その正体は昔から議論の的になっている。近年、エドワード・W・バートン＝ライト『シャーロック・ホームズの護身術　バリツ』などという本も刊行された。

複数の仏像が現われてくるところは「六つのナポレオン像」オマージュ、ドイツ人のステッキからホームズが推理するところは『バスカヴィル家の犬』オマージュだろうか。

篝火《かがりび》に薪《まき》をくべるシーンで言及される「ジョナス・オールデイカー」は、「ノーウッドの建築業者」のキャラクター。

後半で登場するスコットランドヤードの「モートン警部」にホームズは「おひさしぶり」と声をかけているが、この警部は「瀕死《ひんし》の探偵」事件を担当していた。

地球儀を前にホームズとワトソンは「地動説」についてやりとりするが、『緋色の研究』ではホームズは地動説を知らなかったとワトソンが語っている。

やはり後半に登場のテオフィル・フォン・ボルクという人物。これは正典「最後の挨拶」に登場するフォン・ボルクの親族という設定になっている。

終盤、「五枚をベストのポケットにいれろ。残りは左のズボンのポケットだ」というセリフが出てくるが、これは「カルバートン・スミス事件」つまり「瀕死の探偵」が元ネタ。

ウィグモア街でホームズが「けさウィグモア街の郵便局に行ったと分かるのが観察、何時に電報を打ったかを解き明かすのは推理」と言っているが、これが「記憶に残る言葉」なのは、『四つの署名』での彼のセリフだからである。

掉尾《とうび》で描かれるのは、先述の「最後の挨拶」におけるフォン・ボルクとのやりとりである。

松岡圭祐によるパスティーシュは、原典となる作品中の出来事と、現実世界の歴史上の出来事を巧みに絡み合わせるところが最大の特徴だ。前作では、伊藤博文の幕末における英国密航、明治維新後の改めての訪英、そしてロシア皇太子襲撃の大津事件などだ。『アルセーヌ・ルパン対明智小五郎　黄金仮面の真実』でも同趣向だったし、『écriture 新人作家・杉浦李奈の推論 XI』までもその要素があった。本作では、なんと「あの」重大事件の真相がホームズによって明かされることになる。

伊藤博文について。前作『シャーロック・ホームズ対伊藤博文』では枢密院議長だったが、一九〇五年に韓国統監となる。そして辞任した一九〇九年、ハルビンにおいて安重根《アンジュングン》によって射殺された――ということは、日本近代史を習った方ならご記憶だろう。

この伊藤博文暗殺が、歴史上の重要なポイントであることは確かである。韓国では、安重根が伊藤博文を殺していなかったら、という「IF」を描いたSF『京城・昭和六十二年』（卜鉅一《ポククイル》作、一九八七年）なども書かれている。この作中世界では博文が死なかったため、現代に至るまで日本による朝鮮半島統治が続いているのである（『ロスト・メモリーズ』として映画化もされている）。

ここに述べたような事柄が色々と詰め込まれているが、何も知らずに読んでも良質のエンターテインメントとして楽しめて、ホームズ関係や歴史の知識があればさらにニヤリとできる。多層構造の面白さ――それが松岡圭祐作品の最大の長所なのである。

本書は書き下ろしです。

本文イラスト／シドニー・パジェット（4、348ページ）
本文イラスト生成／長村新（Midjourney）（5、6ページ）

続《ぞく》シャーロック・ホームズ対《たい》伊《い》藤《とう》博《ひろ》文《ぶみ》

松《まつ》岡《おか》圭《けい》祐《すけ》

令和６年　６月25日　初版発行
令和６年　８月10日　再版発行

発行者●山下直久

発行●株式会社KADOKAWA
〒102-8177　東京都千代田区富士見2-13-3
電話　0570-002-301（ナビダイヤル）

角川文庫 24206

印刷所●株式会社暁印刷
製本所●本間製本株式会社

表紙画●和田三造

●お問い合わせ
https://www.kadokawa.co.jp/（「お問い合わせ」へお進みください）
※内容によっては、お答えできない場合があります。
※サポートは日本国内のみとさせていただきます。
※Japanese text only

ISBN 978-4-04-115089-4　C0193

◇◇◇

角川文庫発刊に際して

角川源義

第二次世界大戦の敗北は、軍事力の敗北であった以上に、私たちの若い文化力の敗退であった。私たちの文化が戦争に対して如何に無力であり、単なるあだ花に過ぎなかったかを、私たちは身を以て体験し痛感した。西洋近代文化の摂取にとって、明治以後八十年の歳月は決して短かすぎたとは言えない。にもかかわらず、近代文化の伝統を確立し、自由な批判と柔軟な良識に富む文化層として自らを形成することに私たちは失敗して来た。そしてこれは、各層への文化の普及滲透を任務とする出版人の責任でもあった。

一九四五年以来、私たちは再び振出しに戻り、第一歩から踏み出すことを余儀なくされた。これは大きな不幸ではあるが、反面、これまでの混沌・未熟・歪曲の中にあった我が国の文化に秩序と確たる基礎を齎らすためには絶好の機会でもある。角川書店は、このような祖国の文化的危機にあたり、微力をも顧みず再建の礎石たるべき抱負と決意とをもって出発したが、ここに創立以来の念願を果すべく角川文庫を発刊する。これまで刊行されたあらゆる全集叢書文庫類の長所と短所とを検討し、古今東西の不朽の典籍を、良心的編集のもとに、廉価に、そして書架にふさわしい美本として、多くのひとびとに提供しようとする。しかし私たちは徒らに百科全書的な知識のジレッタントを作ることを目的とせず、あくまで祖国の文化に秩序と再建への道を示し、この文庫を角川書店の栄ある事業として、今後永久に継続発展せしめ、学芸と教養との殿堂として大成せんことを期したい。多くの読書子の愛情ある忠言と支持とによって、この希望と抱負とを完遂せしめられんことを願う。

一九四九年五月三日

連続刊行決定!!

『高校事変20』

2024年7月23日発売予定

『高校事変21』

2024年8月25日発売予定

発売日は予告なく変更されることがあります。

松岡圭祐

角川文庫